人间烟火

梁晓声 著

贵州出版集团
贵州人民出版社

图书在版编目（CIP）数据

人间烟火 / 梁晓声著. -- 贵阳：贵州人民出版社，2022.6（2025.2重印）
 ISBN 978-7-221-17015-6

Ⅰ. ①人… Ⅱ. ①梁… Ⅲ. ①中篇小说－小说集－中国－当代 Ⅳ. ① I247.5

中国版本图书馆 CIP 数据核字（2022）第 000338 号

人间烟火
RENJIAN YANHUO

梁晓声 / 著

出 版 人	朱文迅
责任编辑	杨抒婕
出版发行	贵州出版集团　贵州人民出版社
地　　址	贵阳市观山湖区中天会展城会展东路 SOHO 公寓 A 座
印　　刷	三河市中晟雅豪印务有限公司
版　　次	2022 年 6 月第 1 版
印　　次	2025 年 2 月第 7 次印刷
开　　本	890 毫米 ×1240 毫米　1/32
印　　张	8
字　　数	193 千字
书　　号	ISBN 978-7-221-17015-6
定　　价	59.00 元

如发现图书印装质量问题，请与印刷厂联系调换；版权所有，翻版必究；未经许可，不得转载。

目录

... 人间烟火   001

... 失　聪   172

... 唱歌女孩   213

人间烟火

一

一盏盏幽蓝的水银灯,睥睨地俯视着从它们下面蹒跚经过的瘦小身影。

火车站的自鸣钟,当当地敲响了十二下。光华街,没有车辆,没有行人。葛全德迈着缓慢而沉重的步子向家走。初雪,白天被各种车辆碾压得很实,很硬,像一层平滑的塑料贴面,铺在宽阔的柏油马路上。路灯清冷的银辉,戏弄着葛全德的身影,将它渐渐抻长,再将它渐渐缩短。

这座北方城市不久之后即为开放城市,所以这条原来坑坑洼洼的土路便在很短时间内修筑成了全市第一等质量的柏油马路,从飞机场通往闹市中心。仅两年内,马路旁就盖起了十几幢四层以上的高楼。新盖的高楼和原先的高楼很有规则地彼此连接,挡住了它们后面的小街陋巷,挡住了一片片矮屋破房的人间烟火。

每盖成一幢楼，便有许多人家从四面八方搬来。这条街空前热闹了。街上来往的小汽车多了，楼前停的小汽车多了。不但小汽车多了，摩托车也多了。生活在小街陋巷的青年，以前看到别人的一辆"轻便"也羡慕不已，如今瞧着进出于高楼的或男或女的同龄人潇洒地骑着各种牌子的崭新的摩托驶来驶去，威风而神气，就不只是羡慕，简直有点嫉妒了，同时也产生一种自卑心理。大杂院的姑娘们对摩托倒不甚感兴趣。摩托虽然标志着现代化，毕竟距离她们目前的生活水平太遥远，可望而不可即，将骑着摩托上下班的美梦寄托于二〇〇〇年呢，那时自己青春已逝，徐娘半老了。她们注重的是在她们的生活水平线上不难实现的。于是某些出入于高楼的时髦女郎的服装、发型、化妆、仪态，一招手一投足的举止，一颦一笑的表情乃至行走的姿势，都被她们暗中加以研究和学习。她们中有小家碧玉之美的姑娘经过研究、学习，继而效仿甚而发挥之后，夏日的傍晚就三三两两有意无意地徘徊在高楼前，要与那些大家闺秀们一比时髦和美貌。倘若高楼里的小伙子的目光被招惹得粘在她们身上，她们便会感到一种满足和……胜利。她们的母亲们行走在光华街上，却禁不住扬头朝马路旁高楼的窗口张望，比较谁家的窗帘更美观更典雅，谁家阳台上摆的花品种更多更好看，以此推测这些人家的社会地位。

此刻，光华街马路旁高楼的多数窗口已黑暗。彩色的诱惑人的灯光将那些没有黑暗的窗口映成恬淡的红色、蓝色、黄色、粉色或其他颜色。绰绰的人影一对一对从这些垂落着半透明的刺绣窗帘的窗口闪过去又晃过来。高楼里的人们要比那些生活在小街陋巷的人们精力剩余多得多。如果是夏天，立体声录音机播放出的优美音乐就会飘荡到马路上来。

葛全德走累了。

他走了一个多小时了,再走半个小时就可以到家。他六十八岁了,当了一辈子建筑工人。用他自己朴素而实在的话说,卖了一辈子"苦力"。不仅这座城市有许多幢高楼大厦的水泥砖缝中,凝固着他的汗珠子,甘肃、新疆、宁夏、青海等省区内的大三线建筑工地,当年都扔弃过他穿破的工作服和劳保鞋。如今他老了,他退休了,回到了这座城市,回到了家中。二十五年前,他告别妻子儿女跟随东北建筑工程公司的建筑队伍奔赴大西北时,他家就住在光华街尽端,一条窄得不能并排通过两辆自行车的小胡同里的一间半泥草房中。今天他家还住在那条小胡同里,还住在那一间半泥草房中。自从光华街马路旁盖起一幢幢高楼后,他总感觉到他自己,他的一家,以及所有那些生活在矮屋破房中的人们,是众多很有必要被"挡住"的人们,就像他的老伴用花布帘挡住家中最不体面、最凌乱、最羞于让外人看到的一角。这种感觉常常使他很惭愧。人活到这般地步,还活得有什么意思呢?

但他还很想长久些地活下去,活到七十八岁,八十八岁,九十八岁,一百岁。他不愿死,怕死,一想到死,他的心就缩紧。大儿子虽然有对象了,但还没定下结婚的日期呢。二儿子二十九岁了,对象还没影呢。二十三岁的女儿秀娟,还待业呢。老伴还没跟他过上一天舒心日子呢。他家还没住上楼房呢!最后这一点,曾使他产生多么强烈的盼望啊!近来这盼望已在他心中渐渐泯灭。被高楼挡住了,搬进楼房的希望也就更渺茫了。他并不因此而仇视那些新盖的高楼以及住在高楼中的人们。不是要使一部分人的生活先过好起来吗?偌大个中国,十几亿人口,为什么必得他自己家的生活先过好起来呢?早好晚好,只要家家户户的生活早早晚晚都能好上,他葛全德就毫无怨言。

他葛全德六十八岁了,退休了,不还实实在在地为别人们先住上楼房贡献着自己身体内所剩不多的力气吗?就为这,他今天下班前竟忘记了一个老年人的身份，大打出手。他眼下干活的施工队，是由几十名街道待业青年和十几名"特殊待业青年"组成的。唉！我们几乎天天都在喊反对"特权"，可非常应该的事偏偏那么非常难以实现！某些人的"特权"，不但"反"来"反"去就是反不掉，连待业青年中也产生了"特权"。施工队那十几个"吸血鬼"——葛全德这么看待他们，个个都是有来头的。某某区长的小姨子的表弟，某某公社书记的干外甥女，某某局长的大公子的女朋友的女朋友的女朋友的男朋友的妹妹的男朋友……他或她们胸有成竹地等待分配到好工作，同时在施工队挂个空名，每月白拿钱。他们拿到手的哪一张钞票不是施工队其他人汗珠子掉在地摔八瓣换来的？他们就拿着这样的钱和哥儿们姐儿们下馆子，和"朋友"旅游，花天酒地，任意挥霍。他们每个月最多到施工队"上班"那么十来天，每天也不过混上那么两三个钟点，在这两三个钟点内甚至连工具也不摸一下，男的甩扑克，女的织毛衣，打情骂俏，旁若无人。施工队长不管，睁一只眼闭一只眼装看不见。其他人敢怒而不敢言，得罪他们不起。得罪了他们中的哪一个，不但本人吃亏，还会给施工队招来麻烦。介绍他们到施工队来的那些人物，一跺脚就可能震落所有人的饭碗。

"吸血鬼"们只有发工资那天会一齐来到施工队。

今天就是发工资的日子。

一个雄性"吸血鬼"点了一遍拿到手中的钱，问会计："怎么少发我五元？"

会计赶紧解释："这个月咱们联络的活儿少，不只你们几个，每个人都少发了五元。"

"吸血鬼"眼珠子顿时瞪圆了，手中的钱啪地朝桌子上一拍，吼道："联络的活儿少，关我屁事！少发我一个钢镚儿也不行！"

吼声惊动了队长。队长从隔壁走过来，慌忙上前调解，一边劝那"吸血鬼"别生气，一边朝会计递眼色："补上，补上！补给他五元钱！"

会计一言不敢发，拿起五元钱，低声下气地递给"吸血鬼"。

葛全德在一旁实在看不下去了。他一步跨到会计身旁，劈手夺下"吸血鬼"正欲洋洋得意地接在手中的五元钱，大声质问队长："凭什么道理非要补给这家伙五元钱？"

队长一怔，随即说："老葛头，你别管！我是队长，我有权做主！"

其他几个"吸血鬼"这时给同类助威，男吼女叫："不给我们每人都补上五元钱，我们今天没完！"

"对！没完！谁也别想从会计这儿领了工资去！"

另一个"吸血鬼"说罢，一屁股坐到会计的办公桌上，跷起二郎腿，手拿算盘哗啦哗啦地抖着玩。

"嘻！我那五元钱可不指望队长大人做主，指望你给我做主了啊！"一个擦粉抹红的雌性"吸血鬼"厚颜无耻，拿腔拿调地说完，也一屁股占据了办公桌的另一半，悠荡着两条长腿嗑瓜子，成心故意地朝葛全德脸上啐瓜子皮儿。

葛全德的胸膛几乎被气得炸裂开来！他的腮帮子像通了电似的抽搐着。

那雌性"吸血鬼"乜斜了他一眼，抬起一只手，伸得笔直的小手指差点触到他鼻子尖上，有恃无恐地耍弄他："葛老头，你站得离我这么近干啥呀？我好看也不愿意让你这老头子直勾勾地看呀！回家看你儿媳妇去！"

"他儿媳妇还不知道在谁的腿肚子里转筋呢！"

"在我腿肚子里！"

十几个狗男狗女，你一言我一语，用下流的话侮辱他，放肆地爆发一阵大笑。

那张擦粉抹红的脸在葛全德眼前模糊起来，仿佛一块白墙皮上蠕动着两条艳红的毛毛虫。

他狠狠一记耳光扇过去！

墙皮消灭了。毛毛虫不见了。什么东西扑通一声从桌子上滚下地，耳边响起了女人只有在生不出孩子时才会嚎出的那种尖叫。

"老东西！你敢打……"雄性"吸血鬼"手中的算盘朝他脸面砍来。

葛全德早年在山东老家练过一身争凶斗狠的拳脚功夫，初闯关东那阵子，曾是山东穷人"同乡会"的"三把持"。他今天突然想舒展一下长久未练的拳脚！

他眼疾手快，偏头闪过砍来的算盘，弯起的胳膊肘像修鞋匠的丁字铁拐一般，朝对方胸口捣去。对方"唉哟"一声，表演了个"后滚翻"。

他跃开一步，靠着一个墙角刚刚站定，除了挨打的那一个，全体雄性"吸血鬼"呼啦一下围住了他。野蛮而残忍的目光从他们每个人的两眼中投射出来，凶恶地盯视着他。

他胸中积压了很久很久的那种郁怒，那种为自己也为施工队其他的人明吞暗忍的不平，那种得不到发泄机会的像岩浆一般在胸膛内奔突翻滚的激愤，和老年人那种难以阻挡的狮虎般的狂暴，此刻彻底冲决理智的堤坝了！

他猛喝一声："谁先上来谁先死！"从墙角操起一把铁锨，护法金刚似的高举过头顶。

他是要拼老命了，他完全被一种要跟什么人拼老命的冲动所支配。

郁怒、激愤和狂暴异常强烈,如一头在黑暗的森林中遭受矛枪刺杀的老熊。今天他要使那几个有"幕后人物"的"吸血鬼"们显出原形来!

他们被他震慑住了,一个个如木偶泥胎,呆呆地站在他面前,一动也不敢动。

厉害的怕拼命的。

他们看出了他不是吓唬人,是要玩儿命!他们在犹豫着要不要进攻和又不甘退却示弱的防范状态中,一个个暗自思忖:拿他们的还没有享尽人间乐事的小命,换葛全德活了六十八岁的老命是否很划算。

葛全德没给他们充分考虑的时间,他仍高举着铁锹,对其他被咂吮了几个月血汗的人大声命令:"你们还他妈瞧什么热闹,给我往死里揍呀!"

那些在社会上没半点权势攀附依靠的年轻人,他们明知自己毫无希望分配到比施工队体面的职业,他们也再不愿被抛回到"待业青年"的生活转盘上,他们将来的全部生活图景都是跟这个街道施工队的存亡连在一起的。他们每天都在用自己的肌肉和力气,维护着施工队刚开始被各个建筑部门承认的信誉。他们在被剥夺收入的同时,也感到了他们作为人的尊严蒙受着被极端蔑视的悲哀。他们早已忍无可忍!他们早就盼望着有谁对他们下达命令呢!葛全德的话音刚落,他们便大喊一声:"打!"纷纷揪住"吸血鬼"们痛打起来。被打者一时间哭爹喊娘,顿失往日的骄横狡悍。雌性的泼野总是假借雄性的嚣张的。她们像一只只被剁掉了半截尾巴的猫,虽然并没遭到一拳一脚,却恐惧地惨叫着,抱头在工棚中逃窜,惊惶之下,寻找不到门,缩在一个墙角挤做一团。

葛全德猛然恢复了理智,喊一声:"别打啦!"

哪一个睬他!他的话在打开之后便丧失了权威。

……

几分钟后,工棚里安静了下来。被打者,两个躺在地上哼哼,几个逃掉了,四个乖乖地靠墙站着,鼻青脸肿,眼皮都不敢撩起来一下。

刚才施工队长不知避到哪里去了,这会儿像从地底下冒出来似的出现了。

"老葛头,今天的一切后果由你负责!"他摆出了队长的架子。

葛全德胸膛内刚刚平息下去的怒火,又腾地蹿到了脑门儿。他妈的,这几个小杂种凭着一点点权势做靠山,就胆敢几个月来剥夺施工队众人的收入,你当队长的放过一声响屁吗?你的收入自然是不会被剥夺的,因而你处处庇护他们,跟他们称兄道弟,亲热得没比,利用他们的社会关系为你办这事办那事,此刻,你嘴里倒说出什么"后果",什么"责任"来了。

他捋起了袖子:"再多言,连你也揍!"

队长吓得倒退数步,睁大了眼睛呆呆地瞪着葛全德,心想:这老东西今天一定是疯了!他平日活儿也能干,话也不多,从不发脾气的呀!

"好,好!你厉害,你是大爷!从今天起,我这队长让贤,你来当好啦!"队长说罢,拂袖而去,怕溜迟了,葛全德真揍他。

队长走了以后,葛全德朝那四个靠墙站着的扫了一眼,一跺脚,"滚!"

他们如获特赦地滚了。

葛全德又朝躺在地上哼哼的那两个扫了一眼,吩咐几个平素很尊敬他的小伙子:"把他俩送走!"

"往哪儿送?"

"送医院!"

……

工棚里剩下葛全德自己时,他心中倏然产生一种孤寂之感。他朦胧地意识到今天自己发作得太过分了,却并不后悔。他这会儿的心绪倒很像一个孩子,刚刚做了一件早想做而缺乏勇气做的事,如今终于做了,对自己的勇气大为吃惊。既感到一种盲目的痛快,又因做来不过如此而感到无所谓,还来不及思考后果。

地上撒满了钢镚儿,他弯下腰去捡,一边捡一边数,一共捡起了九十二枚,都是一分的。肯定是会计在慌乱中收钱时落地的。他想,明天上班后的第一件事,要问问会计到底缺了多少钱。不管缺多少钱,他都给补上。会计家里生活困难,不能让会计倒霉。

他双手捧着满捧钢镚儿,忽然又想到,在别人眼中,自己一定是个老财迷吧?今天不就是为了五元钱扮演了一次老荒唐的角色吗?施工队里那些平日很尊敬他的小伙子们从此会怎样看待他呢?他可完全是凭着一个六十八岁的老人的良心为他们挺身而出,为他们伸张正义的呀!他们能理解到这一点吗?今天晚上,他们躺在被窝里,揉着被挫肿的手指,舔着松动了的牙齿,会不会暗暗诅咒:都是那老东西唆使,不就五元钱嘛,几个月来的剥削都忍了,何必在乎!倒被老财迷利用了!

他一开始这么想,似乎同时就有一百条理由可以充分肯定,他们今晚准会诅咒他的!

这难以驱除的想法令他内心无比悲哀!仿佛连自己也觉得自己竟那么卑下可耻了。

但是天地良心,他并非老财迷,也从没在钱字上怎样认真过。他今天的荒唐,完全是由于同情他们,怜悯他们啊!是的,他同情施工队这些普通家庭出身,本人也没有任何一技之长的小伙子们。他们既想获得尊重，又时常不被尊重的痛苦的人格，使他深深怜悯。如果不是为了他们，他才不会因每月多收入三十几元钱到施工队来受腌臜气呢！

　　五十二元的退休金，够他和老伴、女儿节省着花的。他也多想学某些退休老人的样儿，每天拎着鸟笼子到公园散散步，练练腿脚，活动活动筋骨，侍弄侍弄花呀草呀，找个老伙计下棋，谈山海经，一块儿去钓鱼。这样的生活他并非不愿过，也并非不会过。这样的生活起码会使他与世无争，襟怀洒脱，少见许多不平之事，心中也少郁积许多积愤夙愁，乐乐悠悠、健健朗朗地多活上几年。他本已逐渐习惯地过上了几天这种日子。

　　在他刚刚开始感受到这种日子对一个六十八岁老人身心的种种益处时，施工队长有天晚上来到了他家里。客人自报家门后，立即从兜里掏出"大中华"，恭恭敬敬地递给他一支烟，笑容可掬，虔诚之至地向他讲明来意，要聘请他到施工队当一名质量监督员。他毫不犹豫地拒绝聘请。他说自己这把年纪了，干不动体力活儿了。总不能到施工队只当质量监督员，什么活儿都不干吧？

　　施工队长却以为他在拿价钱，伸出一个巴掌三个指头，给他初定每月八十元的工资，并声明以后再加。他有些生气，他认为施工队长分明在跟他做一桩买卖，要用每月八十元钱的价格买去他退休后的残余日子。这段日子对他是无比金贵的，过一天生命就少二十四小时！谁知他还能活几个二十四小时？他葛全德为什么就不该享几天清闲福？施工队长出的价格虽高，他却不想成交。

　　施工队长不尴不尬地沉默了一会儿，忽然又说："这样如何，你若答应了，你大儿子也可以到施工队去干活儿！"

　　他动心了，大儿子葛玉明从北大荒返城，当时还没工作，全家发愁，玉明更愁。

　　善于察言观色的施工队长，看出他已被动摇，便不失良机地进一步瓦解："葛师傅，我今天是三顾茅庐请诸葛呀！您不出山，我今晚就不离开您家。咱们这是个由街道新组织起来的施工队，为了解决几十个社会青年的待业问题呀！这个问题有多重要您比我清楚，您家玉明没有工作闲待在家里，在您这当父亲的心中不是块病吗？可咱们这施工队，招牌打出来了，信誉还没争取到啦！一听说咱们连个懂行的质量监督员都没有，哪一个施工单位都信不过，不签合同。您能眼瞅着咱们这个施工队组织起来了又散伙吗？我是受几十个待业青年之托来聘请您的，您忍心一口拒绝吗？……"

　　谁的心能不被如此一片赤诚打动？

　　葛全德一拍大腿："别多说啦！"

　　施工队长脸上终于露出暗喜的笑容："您答应了？"

　　"我答应！"

　　"君子一言，驷马难追！"

　　葛全德又拍了一下大腿："驷马难追！"

　　他愧受每月八十元的工资，和施工队的小伙子们一样，每月只领四十元的工资。

　　他当质量监督员，也和小伙子们一块儿干活儿，一点不比小伙子们少干。他要用一个退休老建筑工人对建筑事业的责任感，用他萎缩的肌肉还能发挥的全部余力，为施工队打出一个承包局面，使它誉满全市。

　　他其实是在很不自觉地挤压出一个六十八岁老人生命中的最后那一点点剩余价值。

　　可是那些"吸血鬼"……

可是今天……

他腾出一只手，掏出手绢，将九十二枚一分钱的钢镚儿包好，拉开会计办公桌抽屉，放了进去。

一只肥大的耗子从他脚旁笨拙地跑到一个旮旯，找不到洞穴，顺着墙角往上爬，爬到了一根大梁上，伏下去一动也不动。它是被刚才那场混战吓坏了。施工队每个人的午饭，只要不是放在饭盒的，差不多都被它偷吃过。人人都恨透了它，都想亲手消灭它，但数次被它逃脱。

葛全德抬头朝大梁上看了它一眼，没心思治它，缓慢地走出工棚，锁上了门。

早已过下班的时间了。他忽然想起自己的职责，他要去看看今天浇灌的预制板是否合乎质量。

有三块预制板只浇灌了一半，水泥已凝固，肯定是有三个人干了一半活儿就进工棚领工资。如果没发生那一场混战，他们领到工资后是不会忘记应该在下班前干完这活儿的。他按照合乎自己思维习惯的逻辑这么想。幸亏他发现了，否则明天它们就成废品。

他不无愧疚地叹了口气，觉得过失不在别人，全在自己。

……

就因为这三块预制板，他没赶上末班公共汽车，只得从城市西北角走到东南角。

城市是人类带有最大艺术性最大创造性的劳动结晶。一个普通建筑工人夜里行走在城市的街道上，经过自己亲手砌砖盖瓦的高楼大厦，很容易产生一个雕塑家经过自己亲手雕塑的艺术品前的心情，这种心情中包含着一个劳动者对自己生命价值的确定和对劳动的崇拜。

葛全德此时此刻的心情正是如此，他并不怎么急着走回家。他难得一边慢慢行走一边尽意观瞻这座城市。他生命的六十八年中的每一个白天几乎都是在劳动中度过的。他一生都在凭一个劳动者的劳动本能不断创造,却从不对生活发问创造给他带来了什么,也根本没时间欣赏自己的创造。一幢高楼平地而起,建筑工人们就会匆匆离开它,到别处去打另一幢高楼的地基。而当他们若干年后仰视这些高楼大厦时,会情不自禁地对其雄伟、宏丽、辉煌和庄严,赞叹不已,甚至可能不太相信这就是他们自己的创造。他们会肃然地意识到劳动的伟大,也会同时产生一种身为劳动者的自尊自敬。

葛全德路过工人文化宫时站住了。

它是这座城市最值得骄傲的建筑,也是葛全德这位退了休的老建筑工人心中的自豪。每个建筑工人的一生,都是一部活的建筑史。而它,是他一生中的一个惊叹号。它不是砖体结构,是石体结构。它的外形并不美观,相反,倒显得怪拙。它没有飞檐耸脊,也没有探阁悬台。

它宛如半壁陡崖,拔地而起,势压雄关。砌成楼身的几万块长方岩石,每块重达百公斤以上,它是力的凝固。在五十年代建筑机械落后的情况下,一块块岩石全凭建筑工人用卡钩、用杠子抬运到高空。至今他仍清楚地记得当年和工人弟兄们哼的一首号子:

嘿哟,嘿哟,

弟兄们,挺直腰,

迈开腿哟,往上走哟,

别打晃哟,往上走哟,

沉住气哟,往上走哟,

哪个装熊,日他姥姥!

……

一天，两个建筑工人失足从跳板上翻落，巨石砸破了安全网，人从破洞坠下，当场断命。

它的石缝中是凝固着建筑工人的血的。

如今，当年那批工友都不知随着建筑工程队奔赴何方去了。多数人同他一样，肯定已经退休了。也许，有的人死了。许多人的姓名，他忘记了。但为建筑它而丧生的两个工友兄弟的姓名，他是牢牢地铭记着的，一个叫马泰昌，一个叫孙二宝。

工人文化宫矗立在夜色中，月光将楼影投在马路上，遮黑了很长一段马路。

他围绕楼体慢慢走，寻找着什么。他从楼体的这一侧面走到另一侧面，终于发现了在他记忆中应该有的东西。那是一块镶在楼体上的大理石，上面刻着简短的几行字：××工程队竣工于×年×月。大理石镶在高处，他无法摸到。描金的字在路灯的反射下闪闪发光。他仰视着它，心想，我不算白活一辈子。这块大理石上虽然没有刻下我葛全德的名字，但这幢楼是不会忘掉我的！它将千年百代地存在下去。我为它所付出的汗水和力气，已凝固在它的楼体之中。他相信，人们走进它内部，除了目前一些公共场所都喷洒的香水味儿，还会闻到另一种味儿，一种咸味儿，一种汗的咸味儿，建筑工人们流的汗的咸味儿。

他心中产生了一种激动，一种类似他对老伴偶尔才会产生的感情上的激动。他禁止不住自己，张开了双臂，将身子紧紧地贴在楼体。那一瞬间，他仿佛觉得，是它——这肖然耸立的楼体，更主动地朝他移近了。啊，老伙计，莫非你竟认出我葛全德了么？是啊是啊，你怎么会认不出我呢！他像一个和布娃娃说话的小女孩似的，喃喃自语着。他那双布满老茧的大手，亲切地抚摸着楼体，抚摸着突凸坚钝的石面的棱角。

他的指尖，顺着水泥石缝划动着。他分明感觉到，一股冷飕飕的电流似的物质，通过他粗糙的指尖，遍布了他的全身。这感觉到的什么东西，是具有能量的，一传到他身上，他身上的每一条肌肉，每一块骨头，都顿时强壮了，坚韧了，注满活跃的生命力了。他倏然感觉自己高大起来，感觉自己返老还童，又是一个中年的背阔腰圆的山东汉子了。啊老伙计，老伙计，难道我当年曾给予你的，你此刻是在偿还我吗？他心中默默叨咕着，同时他那张胡茬如刷的老脸，慢慢贴在了冰凉的石面上……

一辆自行车朝这里奔来，骑车人在远处就发现了他，一直看着他。

骑车人在他身边刹住车，跳下来，非常意外地叫了声："爸爸！"

他缓缓转过身，见是他的大儿子葛玉明。

"爸爸，你怎么还没回家？"葛玉明好生奇怪。他今天到水泥厂去为施工队联系业务，还不知道施工队下班前发生的事。

"没赶上末班车。"葛全德含糊地嘟哝一句。

"爸，我用车推你回家。"儿子搀扶着他坐到了自行车的后座上。在儿子的搀扶下，他重又意识到了自己的衰老。

这父子俩一路无言。

快到家时，葛全德才开口问道："玉明，你常看报，常听广播，你知道不，四化得什么时候才能实现？"

儿子没有回答。

"十年，能么？"他又问了一句。

儿子还是没有回答。

"十五年呢？"语调中充满了一个老年人小孩般急切的希望。

儿子终于摇摇头。

"二十年呢？"

儿子又摇摇头。

"二十……五年呢？"语调轻微得刚刚能让儿子听见。

儿子在父亲的一再追问下，不得不回答："爸，报上说了，四个现代化的全面实现，起码需要五十年的时间，几代人的努力……"

当父亲的得到这样的回答后，便不再问什么。

又走了一段路，葛全德开口说："玉明，我要嘱咐你一句话。"

儿子说："爸，我听着。"

"你把车停下。"

儿子把车停下了。

"你走我跟前来。"

儿子支好车，顺从地走到他跟前。

葛全德瞅着儿子的脸，说："玉明，有些人不要等到五十年，他们的生活早就四化五化地化上了。还有些人，不信服四化了，只信服自己往口袋里搂钱的能耐了。爸没这份能耐，辛辛苦苦干了一辈子，没给你们积攒下一个钱。爸这心里，老觉着对不起你们。四化五化上了的，咱们别眼气人家，眼气也没用，气的是咱自己。你不是对我讲过，报上说要使一部分人的生活先好起来么？排队买东西还有个先后呢，人家排在了先，咱排在了后，咱们认了！别人不信四化了，随人家信服搂钱的能耐去。可咱们还得信服四化，咱们不信服四化，咱们就什么指望都没有了，什么盼头都没有了。没了盼头，活着跟猪狗有什么两样？指望着这个盼头，咱们就得为四化干啊，咱们得为自己干啊！咱们不干，巴望着那些已经四化五化了的人为咱们干么？就这话，你今天给我牢牢记住了。你要常对玉龙和秀娟说，他们如今长大了，我的话不爱听了。兴许你对他们说，他们还能听得进。爸呢，老了不中用了,爸明摆着盼不到那一天了!可爸对得起这个国家,一辈子的力气都为这个国家了……"

葛全德说不下去了。他哽咽了。

在路灯的映照下,儿子发现,父亲早已老泪纵横。父亲长满了络腮胡子的脸,挂着一颗颗泪珠。泪珠悬挂在胡茬上,闪闪发光。

"爸……我记……"

葛玉明觉得自己的父亲是那么可敬,又那么……可怜。他心中充满了一个儿子对父亲的同情和怜悯。他想说一两句光明的话安慰父亲,可是他寻找不到一句这类话。他抑制不住自己的情感,冲动地搂住了父亲坐在自行车后架上的瘦小的身子。

在这一个深夜,在光华街上,葛家父子抱头哭了一场……

当他们消失在高楼后面,拐进自己家住的小胡同口时,葛秀娟正站在昏暗的胡同里唯一的路灯下等他们。

"爸,哥,你们怎么才回来?我都到大马路上接过你们几次了!"

秀娟把父亲从自行车上扶下来,神秘地凑近父亲的耳朵说:"爸,告诉你一件高兴的事儿,我分配工作了,在商业局的托儿所,当阿姨!……"

她眸子里闪耀着极其兴奋的光。

二

消失的月光和渐显的曙光交织在一起,被窗上薄薄的霜花过滤了,被窗帘遮幅成窄窄的一长条微亮,腼腆地渗到屋里来,屋里影影绰绰地看得见东西了。

葛秀娟醒了,偎在被窝里懒得动。

她翻过身，仰躺着，闭上眼睛，还想再睡一会儿，却怎么也睡不着了。她瞪大了眼睛瞧着屋顶，屋顶有一处漏雨的地方。雨水黄褐色的脏迹，在沉凸的屋顶画了一幅怪诞的"图画"，像收缩的猫皮，又像娃娃鱼。自从她在同学家里看见过一尊叫作什么丘比特的雕塑以后，她总希望把屋顶上那幅"图画"想象成同学家里那个带翅膀的石膏孩子，却无论怎么想象都无济于事。看来再想象百次，那"图画"也只能或是张收缩的猫皮，或是丑八怪似的娃娃鱼了。除非今年夏天屋顶再漏雨，才可能给她美好的想象提供新的依据。遗憾的是大哥玉明早已上房将漏雨之处补过油毡纸了。

开春后，一定得把房子里里外外刷一遍白灰。肮脏的屋顶，抹了几大块黄泥"补丁"的倾斜的墙壁，低矮的窗子，破旧的桌椅，她的家太不像样了。每次有生人迈进家门，她脸上就发烧。刷房子，这本该是两个哥哥的事。她一提起，大哥总说："刷，一定刷，下一个星期日就刷！"说说而已。她并不为此责怪大哥。大哥没工作那会儿，哪有心思刷房子！到施工队上班后，早出晚归，很少休息一天。二哥玉龙有一次被她说烦了，大为恼火地训斥她："你像个老太婆似的唠叨什么！二十三岁了，连个工作都没有，还得靠爸的退休金养活你，不为自己操点心，倒为屋子操不够的心！就咱家这破房子，值得粉刷么？你要是住得委屈了，趁早结婚，谁有好房子嫁给谁！家里少了你，我们也住得方便些……"

她气得哭了一场，两顿没吃饭。从那以后再不提刷房子的事。

今天这念头又一次在她头脑中产生，她很有志气地想：为什么非要依赖哥哥们呢？我就不能自己动手刷么？我已经二十三岁了呀！我不久就要参加工作了呀！一想到自己就要参加工作了，她第一次清醒地意识到，自己不应再做这个家中事事依赖哥哥们和父母的人了。应该是个与哥哥们平等的人，应该是个能为老父老母排忧解难的人，应该是个能为家庭做许多事情的人了。

母亲在睡眠中呻吟了一声，她立刻朝母亲翻过身去。窗外朦胧的光映在母亲脸上，母亲的脸皱纹那么多。母亲害了几年眼病，睫毛脱落光了，眼边终日呈现着充血的炎症。母亲花白的头发，已经稀疏得无法拢到脑后束住了。母亲的一只手伸在被子外边，那是一只什么样的手啊！患严重风湿的指关节粗肿得使五指不能并伸，也不能同时弯曲。毫无光脂的老化的皮包着畸形的骨，几乎完全没有肌肉。这是一只枯槁的手，像医院里作为病例标本的"死手"。另一只手，和这只手一样。

秀娟伸过去自己的手，轻轻抚摸着母亲的手，顺着母亲的手，抚摸着母亲的手腕、胳膊。

母亲的胳膊瘦得像一根骨棒。

她心里一阵难过，她真想哭。

她再也不能够安安静静地躺下去，她悄悄爬起来。她生怕惊醒母亲，动作非常小心。

她一边穿衣服，一边暗暗骂自己，我是一个什么女儿啊！母亲已经老成这样了，母亲为这个家操劳了一辈子，我却直至今天才想到，我应每天早早起来，比母亲起得更早，生火、做饭……从此我要代替母亲在家中的一切操劳，让母亲享几天清闲。

哧……洗薄了的瘦小的衬衣，腋下被扯开线了……

她轻轻下了地，蹑手蹑脚走到厨房里，摸索着寻找到了放在锅台上的蜡烛和火柴。

烛光将她的影子投映在厨房的墙壁上。倾斜的墙壁使她的影子变得非常古怪。从窗缝门缝钻进来的冷风吹得烛光忽明忽暗，墙上的影子抖动地变着形。

她不敢拉亮电灯，居民委员会号召居民自觉为四化节约用电，父亲在这类事上认真得使人不敢违抗。他当天就买来了二十支蜡烛，向全家人颁布了一条"法令"：厨房不许再用电灯。

厨房小得可怜，如果两个人同时活动就转不开身子。在锅台和水缸之间搭着三块木板，那就是父亲的"床"。被子有一大半掉在地上，父亲面朝墙壁，弓着身子，双手拽住被角，好像是在睡梦中"拉纤"。

她从地上撩起被子，给父亲盖好，将被角轻轻掖在父亲身子底下。

扒光了炉灰，她开始生火，却找不见头一天晚上烘烤在灶台上的引火柴，找来找去，终于发现竟被父亲垫在枕头底下了。她抽了一下，没抽出来，瞧着父亲无可奈何地叹了口气。

她忽然灵机一动，想到了什么，慢慢地开了门插，推门走到外面。外面的寒冷使她打了一个哆嗦。她缩着脖子走到哥哥的自行车前，从车座底下掏出一团擦车的油线。

葛家的烟筒，终于冒烟了。在全院九户人家中，它每天清晨总是第一个冒烟。一年三百六十五天，天天如此。

这个"大"杂院，一点都不大，甚至可以说根本就无"院"可谈。所谓"大"，只能从占地面积的小和居住人家的多这种反比中去理解。原先还是有个共同的院的。既是共同的，当然可以共同利用。于是这家在院里盖个煤棚，那家在院里接出间小屋，于是院就不存在了。

院被九户人家共同"建设"成了"迷宫"。仅一人宽的过道，七拐八岔，连接各家门户。初到此院中某家做客的人，上厕所解溲，回主人家时就会错迈入另一户的门槛。这"院"里严格说已不止九户了，而是十三户了。其中四户人家的儿子都已娶了媳妇，住在由煤棚改修成的"小屋"，或接盖出来的"小屋"里。四个由姑娘变成了媳妇的女人，就在那里面"坐月子"，居然也生出了四个"下一代"。四个"下一代"居然也活活泼泼地长大了。小家伙们对于这个"院"爱到极点，哪里还能给他们提供比这里更适于"捉迷藏"的地方呢？

父亲和两个哥哥上班后，秀娟开始收拾屋子。

"妈，从今往后，一切家务活都不用你做，我全包了！"她将母亲按坐在炕沿上，不许母亲动一动。

"说大话，你过几天就工作了，家务活还不是得我这老婆子做！"母亲瞅着女儿麻利地洗碗、抹桌子、擦灰、扫地，心里喜滋滋的。女儿昨天得到分配了工作的消息，一夜之间，好像变了个人，知道体贴妈了，也知道操持家务了。她觉得女儿在自己眼中，一下子变成了个大人。

秀娟将屋子收拾整洁了，这才洗脸、梳头。

母亲仍坐在炕沿上，瞅着女儿站在桌前对镜梳头的背影，为自己生出这样一个美丽的女儿心中暗暗感到极大的快慰。女儿的身材多么苗条啊！女儿的头发多么柔软，多么乌黑啊！

秀娟也在一边梳头，一边端详镜子里的自己。镜子里有一张俊秀的脸，青春在这张脸上写出了"动人"两个字。她的眉毛又细又长，但并不弯得过分。眉梢任性地延伸到鬓发里，而眉峰却永远微微地蹙着，好像她心头缠绕着一缕哀愁。但她那双好看的眼睛却又似乎总流露着欢悦，使她俊秀的脸上增添了格外吸引人的魅力。这张脸妩媚而端庄，那种端庄的气质，足以有力地弹回任何一个男子轻佻的目光。刚入中学，她就从男同学对她的殷勤和女同学对她的嫉妒之中，意识到了自己的美。她也从那时开始懂得了应该珍视自己的美。

她梳头的手停止不动了，她瞧着镜子里的自己，又一次沉思地想：我是一个底层人家的女儿，我是一个毫无天资的姑娘，命运除了给予我美丽的面容,再没有给予我任何可以同别人匹比的东西。我绝不用我唯一有的去交换我所没有的那一切,我绝不允许自己,更不允许别人亵渎了它。我只把它作为爱情的赠贻,如果我爱上了一个值得我爱的人。我将对他说:"喏,接受吧!我的心,和我干干净净的美丽!……"

"娟,快梳完头,去打酱油吧!"母亲催促她。

她转身对母亲笑了一下,因自己的痴态而感到有点不好意思。

……

葛秀娟拎着酱油瓶子走进小杂货铺,她的同学张丽华站在柜台后,向她招呼:"秀娟,听说你分配工作了?"

"嗯。昨天刚接到通知。"秀娟走到柜台前,把酱油瓶子放在柜台上。

"你们家有一个做酱油的,还买酱油?"

"酱油厂从这个月起,停止每个月再给职工发三瓶酱油了。"

"真缺德,连这么点福利都不给。"

"听我二哥讲,每月补发三元钱的奖金。"

"那还差不多。"

这个小杂货铺,只有三张柜台,一张柜台卖酱、醋、盐、咸菜,另一张柜台卖烟、酒、糖、点心,第三张柜台卖肉。卖肉的是个膀大腰圆的小伙子。除了这个小伙子和丽华,还有一个老头负责第三张柜台,是小杂货铺的主任。

光华街上,虽然盖起了幢幢大楼,但还没有及时盖起像点样子的商店。要买超出这个小杂货铺售货范围以外的东西,那得坐两站汽车。

住在高楼里的人们,仅仅为了一天三顿饭,也不得不常常屈尊迈进这个小杂货铺来。站在这里的柜台前,他们就同住在高楼后面那些小街陋巷的人们平等了。张丽华和那个卖肉的小伙子，因为他们是住在高楼里的，免不了对他们"另眼相看"。不过，绝非笑脸相迎，而是冷若冰霜。那个老主任倒是个颇值得社会心理学家们研究的人物。他也是被高楼挡住了的那些人中的一个。他似乎很中庸，住在高楼里的也罢，住在小街陋巷里的也罢，一视同仁，收钱给货。他是个孤老头，孤独的心灵使他的脸"荒漠"了。人们很难从他脸上看出什么表情变化，那张脸永远那么刻板，那双眼睛永远那么冷淡。因而小街陋巷的人们，也从不挑剔他的服务态度如何。倘若高楼后面的人们来买东西，钱不够了，他就说："买回去吧，下次结嘛！"这点"特权"，住在高楼里的人们可就享受不到了，差一分钱他也是不给货的。

　　两个月前，市场上醋的供应忽然短缺起来。买醋的人从小杂货铺里面排到外面，贴着它的泥墙绕了三圈。买东西的一排起长队来，还少得了"夹楔"的？"夹楔"的都是高楼后面的人。其实也用不着他们硬往队里挤，排在队里的人们主动招呼他们站到自己身前身后。排队买东西的，其实在迫切想买到东西的同时，还要获得一种非买到不可的心理上的满足。他们买不到时表现出的那种仿佛损失掉了什么的遗憾和愤怒，分析起来倒更主要地由于感到心理上的损失所致。住在高楼里的人们原来也超脱不了"凡夫俗子"们的心理欲念。他们也想仿之效之地"夹楔"。但他们夹不到前边去，前边都是"凡夫俗子"。在小杂货铺当售货员的是"凡夫俗子"们的儿女，并非高楼人家的儿女。"凡夫俗子"们当然"近水楼台先得月"，比高楼人家早得到"今日有醋"的消息喽！高楼人家在这一点也就只能多多包涵了。他们为自己的生活考虑得千周到万周到，想不到那一天被事实证明，他们竟也有考虑得欠周到之处。否则，他们也许会预先安排他们的几个子女去卖醋吧？不必运用统计学就可以知道，他们是比平民百姓更爱吃醋的。因为，醋有助于他们的胃消化高蛋白高脂肪。住在高楼里的某些人们，挤不进"凡夫俗子"们中间，就只好往他们"自己人"中间夹。所谓他们的"自己人"，也仅能从都住在高楼里这层含意上去理解。可大水冲了龙王庙，他们"自己人不认自己人"了。事实上他们也的确相互不认得，因为，他们是不久前才从本市的四面八方搬进那些新盖起的高楼里的。楼房的单元把他们人与人之间分割开了。何况，他们都是有些地位有些权势的人，或与这些人有种种亲密关系的人。这样的一些人即使住在同一幢楼里，若非相互有所求，一般情况下是没什么过从的，甚至很可能"老死不相往来"。

话再说回，"自己人不认得自己人"那纯粹是装不认得，张果老岂有不认得吕洞宾之理！他们一眼便能看出对方是住在高楼里的。他们一个个很体面的服装，保养得红是红白是白的面色，那种社会主义国家的"绅士"风度，男的那种莫测高深的派头，女的那种鹤立鸡群的神态，老的那种矜持的尊严，少的那种颐指气使，与高楼后面的人们是有明显区别的。这种区别绝不亚于高贵的波斯猫和一般家猫的区别。

既然是认得出的，那么就说一句"彼此彼此"，行个方便吧？他们不。他们肚子里都有气。那要"夹楔"的心想：吃口醋还得排队。前边的人太粗俗，我才不招惹他们，我就夹在你这儿了，看得起你！那排在队里边的心想：有本事夹到前边去嘛！晓得前边的人不给你面子？要面子最后排着去。于是就反目，就争吵，于是就有劝架的，评理的。于是……一桶醋卖光了。排在前边的，自然是人人都买到了二斤三斤的。排在后边的，买到的寥寥无几。没买到的，争吵得更不肯罢休。而那些"凡夫俗子"们，就拎着醋瓶围住他们看热闹。

他们毕竟是些有头脑的人，他们终于猛醒，再吵下去，岂不是空落得被"凡夫俗子"们耻笑么？他们忽然感到这世界老大不公，他们连一口醋都吃不上，这世界可还像话吗？他们感到这世界不公的时候并不多哩！今天他们是切实地感到了，他们的愤慨还用说吗？

"走！找这小铺子的主任去！"

于是，他们拥进小杂货铺，围着那老主任。他们不肯相信一桶醋全卖光了，怀疑他留下半桶不卖，想卖给"走后门"的。最善于"走后门"的，当然认为生活中人人都为"走后门"留一手。

他也不说话，打开桶盖让他们看，醋桶是空的。

但他们的愤慨并不是那么容易平息的，他们质问道："刚才为什么不出去维持秩序？"

他眯起昏花的老眼，左右打量着他们，慢声慢气地说："他们不就是今天比你们多买到了一二斤醋嘛！"

"难道他们吃醋，我们就不吃醋？"

"我知道你们也爱吃醋，知道，知道。世上爱吃醋的人多，不爱吃醋的人少……"

"知道你为什么刚才不出去维持秩序？"

"我不是说过了么，他们不就是今天比你们多买到了一二斤醋嘛！你们不就是今天比他们少买到一二斤醋嘛！你们比他们少吃一二斤醋也死不了人！……"

他说的每一句话都可谓是息事宁人的至理名言，却使他们听了非常不好受，好像是在骂他们。

"你知道我是谁吗？"

一个小伙子跨前一步，站在他对面，比他高出一头，俯视着他，语调凛凛地问他。

他扬起下巴瞧了对方一眼，摇摇头，表示洗耳恭听。

"商业局长是我姐夫的姨父的老战友,我要把今天的情况亲自向商业局长汇报,要求他严厉处分你!"

他听了这话,呆愣一会儿,转身走开,拿起扫帚扫地……

老主任并没有受到什么严厉处分。可见一个大言不惭的小子,还是支配不了"姐夫的姨父的老战友"的。

……

老主任今天不在小杂货铺里,他联系货去了。

小杂货铺这会儿清静得很,只有秀娟一个顾客。丽华扯住她的衣袖不放她走,跟她说话儿。丽华是她中学时的好伙伴,一见她总说不完的话儿。

"你分配在哪儿工作?"

"商业局幼儿园。"

"分得不错呀,比我的命强多了!"丽华叹了口气,随手从柜台上抓起肮脏的五味俱全的抹布,使劲摔在酱油桶盖上。

"讲什么命不命的,我们这号人,能分配个工作就不错了!"那卖肉的小伙子,一边剔骨头,一边插话。

"我们这号人怎么啦?我们又没偷又没抢,不就是没个有权有势的好爹好妈吗?"丽华又从酱油桶盖上抓起那团抹布,摔在柜台上。

小伙子将剔骨刀朝肉上一扎,掏出烟,点燃后吸一大口,缓缓吐尽,说:"你算讲对了,我们没有的,可是最最主要的。"

"叫你气我!"丽华抓起抹布投向他。

他不慌不忙地伸出一只手,在半空接住抹布,掂了几掂,玩世不恭地笑了:"我们就像这脏抹布似的,哪儿脏,往哪儿扔!"

这句话,说得丽华又叹了口气。她自从被分到这个小杂货铺里,便认定自己的一生给彻底毁了。她满面愁容地望着秀娟,悲哀地说:

"秀娟，我落到这种地步，今后可怎么办啊！"

秀娟本想转身走了，她觉得聊这类话怪没意思的，她并不像丽华那么怨命。她更怨自己，怨自己没出息。如果自己是个有出息的姑娘，考上大学，大学毕业再考研究生，不是将来也可以成为一个女工程师或女记者吗？但她知道，这心里想的话是不能对丽华说的。说了，会更加刺伤女友的自尊心。她也不能走，她怕这立刻就走，会引起女友的猜疑，以为她分配的工作比对方强，连听对方诉诉衷肠都不愿意了。她握住女友放在柜台上的那只手，翻过女友的手心，细瞅女友的手纹，说："我学会了看手相，让我看看你的手相吧！你瞧，你的手纹多清晰呀！别难过，别难过，好命运就要向你点头微笑了！"她企图用这种连自己都不相信的鬼话，安慰女友那颗对人生悲观绝望的心。

丽华苦笑着抽回手，低声说："有时我真觉得活着没意思！"

卖肉的小伙子立刻接着说："我劝你还是跟我结婚吧！跟我结了婚，你就会觉得活着还是蛮有意思的！"

丽华瞪起眼睛，骂道："你放屁！"

小伙子并不生气，很认真地说："别看你现在嘴硬，反正你早晚还得做我的老婆。咱俩一个卖酱油，一个卖肉，柜台对着柜台，胜过门当户对，难道不是天生一对、地产一双的美妙姻缘么？你就不想想，除了我心甘情愿讨你这么个卖酱醋咸菜的老婆，还有别的囫囵个小伙子会爱你么？"听他那口气，胸有成竹。丽华气得要哭，抓起一只大号的空酱油瓶子就要砸过去，被秀娟拦住，夺下了酱油瓶子。

丽华双手捂脸当真呜呜哭了。

秀娟轻轻放下空酱油瓶子，转身狠狠地瞪了小伙子一眼，责备道："你说了些什么呀！"

小伙子自知失言，扔掉烟蒂，双手握起一把宽背板刀，咚咚咚地剁起肉来。

"好丽华,别哭了,他跟你开玩笑嘛!"秀娟又转过身像位大姐姐似的哄劝丽华。

这时,有个顾客走进了小铺。他一走进来,似乎就感觉到了这里的气氛有点不对劲,在门口迟疑了片刻,像是要退出去的样子。但他经过了片刻的迟疑后,终于还是走到丽华的柜台前。他见丽华在抽泣,有点拿不定主意自己该不该这会儿开口买东西。

秀娟侧目打量他。他三十四五岁,长方脸,高鼻梁,鼻梁上架着一副黑色宽边眼镜,镜片后投射出思考者那种凝神的目光。从一个姑娘看来,他长得还算体面。只是那种学问不浅的样子,使秀娟感觉有点故作高深。他身穿一件套着银灰色中式袄罩的薄棉袄,围一条褐色纯毛围脖,黑呢裤子,黑棉皮鞋。

秀娟将目光从他身上移开,对丽华说:"还哭呢,有人要买东西!"

丽华赶紧用手背抹去眼泪,朝柜台转过身,也不看那人,问:"买什么?"

"榨菜。"

"没有!"

"那么……糖蒜呢?"

"没有!"

"那么……酱黄瓜呢?"

"没有!"

"那……究竟有什么呢?"

"咸萝卜疙瘩!"

那人沉吟着。

"你买不买?"丽华不耐烦了。

"我……想想……"那人自言自语。

丽华横了他一眼,走出柜台来捅炉子,将炉火捅旺了点,就坐在炉前的半块砖上,背对柜台烤火。

这小铺子里虽然生了个不大的铁炉子,但煤不好,总是灭不灭、着不着的,并不能给这冰窟似的小铺子增添多少温暖。

秀娟可怜起丽华来,瞧她那双手,每天被咸的腌着酸的蚀着,没一会儿干干净净的时候,冻得通红。

秀娟又侧目瞟了那人一眼,心中暗觉好笑。这个人,可也真怪!买点咸菜,还值得站在柜台前装模作样地想想么!

那人咳嗽一声,表明他想好了。

丽华装没听见,一动未动。

那人又用手指在柜台上敲了几下。

丽华还不动。

那人缓慢转过身,朝着丽华的后背,开口了:"同志,我……"

"你想好了,我这还没烤够呢!"丽华的身子像是定在那儿了,语气又冷又硬。

卖肉的小伙子一直不抬头,手中的大板刀一刻不停地、专注地、事不关己地咚咚咚剁肉,仿佛要把肉案子也剁碎似的。

那人的目光转向了秀娟,意思是寻求道义——你看,什么服务态度!

秀娟走到丽华跟前,扯着她的胳膊将她拽了起来。

丽华悻悻地走向柜台。

那人像行注目礼似的,头随着丽华的身子侧转,目光注视在她身上,当她走入柜台后,他的目光盯在她脸上不移开。

丽华却对他不屑一顾,臂肘撑在柜台上,双手掌心托着下颏,翻着眼睛瞧那盏蒙满灰尘的灯泡。

那人的涵养终于经受不住考验了,气愤地大声说:"我不买了!可是我要当面告诉你这个营业员同志,我对你的服务态度很有意见!"

他把脸转向秀娟说:"我是住在小铺对面那幢楼上的,今天第一次到这儿来买东西,就……"没容他把话说完,丽华啪地狠狠拍了一下柜台,像爆发似的嚷了起来:"我早就瞧出你是住在高楼里的!你住在高楼里有什么了不起?以为我就应该热情周到、全心全意地为你服务啦?你做梦!你对我有意见?白有!你不买了?你想买我也不卖给你了!连个咸萝卜疙瘩也不卖……"

"丽华……"秀娟呵斥了她一声。

"这……太岂有此理了!"那人气得脸色青白,嘴唇颤抖。他分明才一交锋就意识到了根本不是丽华的对手,于是,只好把秀娟当成讲理的目标:"这不是存心欺负顾客吗!她的领导在哪儿?我要找她的领导……"

丽华的无名怒火不可扑灭,她猛地一下从墙上扯下"顾客意见簿",隔着柜台使劲摔到那人脸上:"用不着找领导,有意见你往上写!看你像个有学问的,你把它页页都写满了,我留着当小人书读!"

那人扶了一下被"意见簿"打歪的眼镜,后退一步,呆愣愣地看着丽华,半天才说:"你太野蛮了!"

秀娟从地上捡起"意见簿",对他央求地说:"同志,你既然什么都不想买了,就走吧!她今天的情绪有点不正常,你多原谅!"

"是情绪不正常还是精神不正常,我看她简直是个疯子!"

他的话刚说出口,丽华已冲出了柜台,扑到他跟前,扬起巴掌就朝他脸上扇耳光!

那人擒住她的腕子,用力把她朝后一推,她被推倒了,头砰地撞在柜台上。

秀娟立刻过去扶起她。

这时,小伙子放下了剁肉的板刀,一步跨出了柜台,两步迈到了那人对面,虎视眈眈地盯着那人,用一种充满仇恨的语调说:"你把她看成疯子,我看你们这些人才疯了。你们才真正是些有恃无恐的疯子,你给我滚出去!"

"我说她是疯子,完全是因为她那种野蛮的服务态度……如果,如果她承认错误,我可以向她道歉……"那人红着脸分辩。

小伙子对他的分辩毫无兴趣,咬牙切齿地说:"她一点都不野蛮,她平常温柔得很!我这个人倒是有点野蛮,我要不是看你像个知识分子的模样,我就叫你跪在她面前,承认你自己是个没有医疗价值的疯子!"

他突然大吼起来:"你他妈的给我滚!滚!滚!"口中吐出一个"滚"字,朝那人胸前击一拳,一直把那人逼得倒退着撞开门,退到街上去了。

"你们太过分了。你们就是野蛮!就是疯子!你们……两个混蛋!"秀娟被目睹的这一切所激怒,真想破口大骂一顿。

"住口!"小伙子倏地朝她转过身,挥起了拳头,像是要揍她。

丽华将她从身边推开,恨恨地说:"连你也骂我野蛮,骂我是疯子?你今天晚上在光华街走一走,朝街两旁的高楼户一望,哪一幢楼房不黑着几十扇窗户!那些房间都空着,没人住!那都是有的人给他们的儿子女儿,孙子孙女,七大姑八大姨,小舅子连襟占的!可是我们呢?"

"我对你的服务态度有意见,我是住在小铺对面那幢楼上的……"小伙子学着刚才那个人的语调说,说罢,发泄似的哈哈大笑。笑罢,走入柜台,操起板刀就剁肉。

秀娟呆呆地看了他一阵,又转过脸看女友。

丽华斜倚柜台站着,表情那么麻木,泪在脸上流。

她默默地拎起自己的酱油瓶子,低垂下头,也不跟丽华说句话,一步一步地走出了小杂货铺。小杂货铺对面那幢楼前非常热闹,第一个楼口两旁,贴着两个大大的剪出龙凤图案的双喜字。二层楼,并排三个窗子里面也贴着双喜字。一式一样的粉红色对拉窗帘美观地分挂起,像三个小舞台开演前的幕。自行车摩托车停了几十辆。一对年轻人骑着摩托从马路口拐到楼前停下,男的穿一件蓝色鸭绒服,女的穿一件红色鸭绒服,鸭绒服的背后,都印着几个外国字母。秀娟猜不出那几个外国字母代表什么意思。他们都没有穿棉裤,非常瘦的牛仔裤裤筒塞在高筒皮靴里,显得那么潇洒。他们匆匆忙忙地走进楼里去了。

秀娟没心思朝那里多望,虽然走到小铺外面来了,她的心还被丽华刚才说的那番话震撼得怦怦跳。在她听来,丽华说的每一句话都是可怕的。不,令她感到可怕的倒并不是丽华说的那番话,这一类激烈的话她从别的年轻人口中也听到过,说这类话的都是生活在小街陋巷的年轻人。他们说这类话时,情绪并不很冲动,大多数倒表现出"冷眼看世界"的样子。而丽华说那番话时心理狂乱的神态,才令她感到是最可怕的。她有种预感,认为女友说不定哪一天会做出件什么蠢事。因为,可怕的思想一定导致可怕的行为。她觉得女友好像上中学时在化学课做实验用的镁条,一旦接触到一根燃烧的火柴,就会闪出一道刺目的银光,顷刻化为一缕青烟,报销了自己,也可能灼伤别人。

然而她又明白,即使她说上一万句话,对于扑灭女友头脑中那种可怕的思想火焰,也是没有任何意义的。她不是教育家,何况她懂得一个起码的道理,要说服别人,需要先说服自己,她连一句可能说服女友的话也寻不到。用父亲对自己说过的那些话去说服女友？父亲那些话连她自己也不要听。

她隔马路望着小铺对面那幢楼房，除了贴喜字以外的所有窗口，想要判断出哪些是丽华所说的被占据而又没人住的房间的窗口。有些事物在光天化日之下是无法区辨的，她判断不出。

可是为什么？为什么某些人要占据那么多他们现在并不需要住的房间？这些人头脑里究竟是怎么想的啊！父亲盖了一辈子楼房，如今老了，还得住回到自己家低矮破旧的小泥房里，睡在锅台和水缸之间的三块木板上。如果这社会还没有丧失公道的话，敢不敢把自己的老父亲和某些人的儿子女儿们，放在同一架天平上称称？！

她不由得开始思索，究竟是丽华疯了，是那个卖肉的小伙子疯了，还是这社会上的某些人疯了？……

她的心抖颤了一下。难道我竟被丽华和那个卖肉的小伙子的话说服了么？我自己的头脑里怎么也会产生他们那种可怕的思想？……

这种可怕的思想为什么会像流行性脑炎一样，具有传染性啊！

她不敢再继续思索下去。

"是情绪不正常还是精神不正常？……"小铺子里，丽华也在学那个人的语调，尖厉的含有报复后的快感的笑声冲击着她的耳膜。

她的心又颤抖了一下。

她像害怕身后有什么人捕捉似的，扭回头朝小铺子的门看了一眼，几乎是逃过了马路。

"秀娟姐！秀娟姐！……"她刚跑上人行道，一个六七岁的男孩朝她奔来，男孩身后追着一个小伙子。

她认出男孩是丽华的弟弟小明，站住了。

小明奔到她眼前，乞求保护似的一下子搂抱住了她的腰，险些撞掉她拎在手中的酱油瓶子。

"小明,怎么回事?"

"那个人要打我!"

那小伙子已追到了跟前,一把揪下了小明的破棉帽子,在小明头上狠狠地抽了一下。

小明吓得哇地哭了。

秀娟气愤了,大声质问:"怎么欺负小孩子?"同时将小明护在身后。

"看样子,你是他姐姐啦?"对方邪念毕露的目光,像X光扫描器一样,仿佛能够穿透她的衣服,在她遍身扫视。

她还没有被这种公然带有侮辱性的目光打量过,她忍受不了这种无耻的目光,她的脸由于一个纯正的姑娘的尊严遭到损害而羞红了。

"你管我是不是他的姐姐!"她从对方手中夺下了小明的帽子,给小明戴上,拉起小明的手欲走。

"慢着!"对方拦住了她和小明的去路,"想走?没那么便宜!"

她镇定地训斥对方:"你想干什么?"

对方朝小明伸出只手:"交出来!"

她低下头问小明:"你拿他什么了?"

小明胆怯地从兜里掏出了几个鞭炮:"我在地上捡的……"

她命令道:"扔地上!咱们不要他这肮脏的东西!"

小明顺从地将鞭炮扔在地上。

她又拉起小明的手欲走,对方又拦住了她,蛮横无理地说:"给我一个个捡起来!"

小明心悸未定地朝对方看了一眼,弯下身去想捡。

"别捡!"她喝止了小明一声。

"不捡？不捡你们就别想走！"

她和他咄咄地对视着。

"是住在楼后的吧？好一朵茉莉花呀，可惜埋没在大杂院！"

她真想朝对方那张表情淫亵的脸上啐一口，但忍住了，紧紧咬着下唇。

"咱们交个朋友怎么样？"对方向她接近了一步。

她防范地后退一步，凛凛地说："你哪一根指头碰我一下，我就叫我二哥把你哪根指头折断！"

"喝！你二哥那么厉害吗？金枝玉叶我都玩过了多少，就不敢碰你一指头？"对方说着，一只手朝她脸颊上摸来。

她闪开一步躲过了，一股怒火倏然从心底升起，啪地甩手给了对方一记耳光！

对方捂着挨打的那半边脸，愣了片刻，嘴角渐渐浮现一丝冷笑，猛地向她扑来，张开双臂搂抱住了她。

她一时挣脱不开身，急切之中叫了一声："小明！"

小明抓住对方的手就咬，对方痛得松开了手。她举起拎在手中的酱油瓶子朝对方的头打去，对方跳开了，酱油瓶子没打在对方头上，打在水泥路灯杆上，一声脆响，碎了。酱油四面迸射，溅满对方崭新的皮夹克，也溅了她自己一身。就在这时，有人喝道："振武，你又胡作非为！"

她和对方同时朝说话的人看去，她立刻认出说话的人是在小杂货铺里遭到羞辱的那个人。

"你少管我的事！"对方变得极其凶恶了，用皮夹克衣袖抹去在脸上淌的酱油，又朝她扑过来。那个人抢前一步，挡在她和对方之间。

"姐夫，你走开！要不我对你不客气！"对方咬牙切齿地说。

许多骑车的步行的路人都纷纷站住了。楼前看结婚热闹的人也都跑向这里,围观的人们,都将愤愤不平的目光投射到"皮夹克"身上。

一个中年工人问小明:"他想干什么?"

小明壮着胆子回答:"他欺负我们,还不放我们走。"

中年工人看了秀娟一眼,低声说:"你们走吧……我是个专爱打抱不平的人!"后面这句话,分明是说给"皮夹克"听的,语言中含着明显的挑战。

"秀娟,谁欺负你们?谁?是谁?"卖肉的小伙子不知何时离开杂货铺,也跑过马路来了。他挤进人群,目光寻找着打架的对手。

"皮夹克"畏缩地往别人身后闪。

"振武,你怎么跑到这儿来了?还等着你做司仪呢!"又有两个小伙子挤进人群,替"皮夹克"解围,"他喝醉了,大伙别跟他一般见识。"说罢,一左一右,拽着"皮夹克"的两臂将他拖走了。

……

围观的人散了,中年工人也骑上自行车离开了。卖肉的小伙子对着"皮夹克"的背影咒骂了几句,怀着没有打一架的遗憾,跨过马路回到杂货铺里去了。

原地只剩下了三个人。

小明用孩子们才可能有的纯真的感激目光看了那个陌生男子一眼,喃喃地对秀娟:"秀娟姐,咱们回家吧,我冻脚。"

秀娟茫然地望着满地酱油瓶子的碎片,黑褐色的酱油污染了白雪,已经冻结,像熬焦的糖汁泼在雪地上。

她拉起小明的手,并没有看那个人一眼,傲然地走了。

她的心理有点复杂,她很想对那个人说一句什么话。在她危难之际,他挺身而出,保护了她。对这一点,是不应该没有任何表示的。

但她一想到"皮夹克"叫他"姐夫",心底就不由得对他也产生了一种鄙视。

也许他是一个好人,但他毕竟是"皮夹克"的姐夫。

一个睿智的人,在某些时刻也很可能会是一个蹩脚的逻辑家。她认为,他就是"他们","他们"又怎么能不包括他?!何况她并非一个睿智的姑娘。

凭直觉,她知道他还站在原地注视着她的背影。

那也没有必要回头看他一看……

没有必要……

她的脚步加快了。

她回到家里时,母亲正往外送两位陌生的客人。

母亲进屋后,她问:"那两个人是谁?"

"报社的记者。"

"记者?记者到咱们家来干什么?"

"谁知道,他们只说来看看这一带居民的住宅情况。咦?你打的酱油呢?"

"路上摔了一跤,酱油瓶子碎了。"

母亲发现了她花袄罩上的一片酱油渍迹,诧异地睁大了眼睛……

三

施工队的年轻小伙子们,今天上班后,没有马上开始干活儿。他们围坐在工棚里的大铁炉子周围,不知是受其中哪一个的启发,热烈地谈论起了"民主选举"四个字。仅仅用一分钟,他们就统一了认识——施工队长是个地地道道的笨蛋加坏蛋,因为坏才笨。施工队如果继续在他的"领导"下,将面临不被任何施工单位雇用的绝境,大家将不得不作鸟兽散,各谋生路。他们终于觉悟到应该罢免这个家伙。就在他们一个个激昂愤慨的时候,有一个声音缓慢而冷冰冰地说:"咱们今天就搞一次民主选举嘛!"这冷冰冰的声音一时压住了众人的七言八语。他们都听出来了,是施工队长的声音,一个个面面相觑。他们听出了他的声音,却没有一个人敢扭回头瞧他一眼。

他的声音带有那么大的……威严!

施工队长两臂交叉在胸前,两手夹在腋下,不慌不忙地围绕着他们走,一边走一边说:"我这个队长,当初是你们选举的。今儿你们要罢免我,我毫无怨言。中国有句俗话,推完磨杀驴吃。我不敢说我为这个施工队立下过汗马功劳,但是汗驴功劳,我自以为还是并不夸张的。公社、区里、劳动局、建筑公司,为这个施工队得到批准,哪一关不是我跑下来的?……"

他站住了,但两臂的姿势并不改变。目光像两柄伤人利剑,一一扫视着他对面几个人的脸,他们都先后低下了头。

他微微冷笑了一下,继续走动,又开始说:"在你们还没有罢免我之前,我要最后一次履行我的职权,昨天,都谁参加打人了?站起来!"

有几个人的身子不由得抖了一下,他们顺从地站了起来,头,却低着。他们没有足够的勇气正视他。他还是队长,他还没有被罢免,他还操纵着他们的命运。起码在此时此刻,他们心里都暗暗想到了问题的另一方面——倘若他们罢免不了他呢?是啊,这太有可能了!谁知道如果真的"民主选举"起来,他们之中会不会还有一半以上的人,出于种种顾虑,也许仅仅是对他的畏惧而违心推选他呢?背地里诅咒他憎恨他是一回事,要夺了这个人的权那是另一回事。即使他们把他选下来了,他所仰仗的那几位公社、区里、劳动局、建筑公司的头头,要是再把他强加给他们呢?……

他们暗暗感到了问题的严峻性,都为刚才对他的胆大包天的议论而深悔了。他们甚至认为,要把他选掉的念头简直是轻举妄动了。

施工队长并不是笨蛋,这几个站了起来的青年人的心理活动,逃不过他那双深通世故的眼睛。他们站了起来,这就说明他的话对他们还是具有不敢违抗的权威性的。第一个回合他已经击败了他们,第二第三个回合他还能不稳操胜券吗?他绝不轻饶他们,他要好好地调教他们一番,让他们接受一次教训。他想:你们说我是笨蛋?和我比起来,你们还嫩得多哩!他的目光中,流露出对这些青年人的毫不掩饰的嘲弄和鄙视。

他在他们面前一边来回走动,一边说:"你们知道,你们昨天打了什么人吗?他们都是几位局长介绍来的,其中两个是公安局长介绍来的。你们将公安局长介绍来的人打得住了院,你们好大胆!你们吃不了得兜着走!……"他把"公安局长"四个字说得异乎寻常地有分量,语气中含着明显的威胁。

"队长……我……我只打了几下……"站在他对面的青年中,有一个讷讷地为自己开脱。

"队长……我刚才可没……没说你的什么坏话啊!……"另一个,可怜巴巴地声明着,希望这种无力的声明,会使自己和其他人划清"性质不同"的界限。而这种声明,实际上也就无形中把别人"出卖"了。

被"出卖"的人可悲地沉默着。

队长心里既得意又高兴,他非常需要有这样一个角色替他瓦解人心。他用赞赏的目光瞧着这个青年,缓和了语调说:"我这个人讲义气，重感情，你骂了我，我也不会生你的气，记你的仇，耿耿于怀的。你是个小青年嘛！……"

他忽然觉察他们有些骚动，便停止说下去，朝工棚门口转过身。

葛家父子并肩站在工棚门口，显然他们已经站在那里多时了。

他略略一怔，犹豫了一下，向葛家父子走去。

葛全德在路上，对儿子讲述了昨天发生的那件事的经过，昨夜几乎一宿没合眼。他考虑到了那件事，恐怕不但会给自己而且也会给儿子带来的后果。他并不多想自己，最了不得，把他从施工队开除罢了。他早就不想在施工队干下去了，不想再受腌臜气。还能把他如何呢？担负医疗费？他认了。以"侵犯人权"的罪名被关入狱？真要这么法办他，他也认了。但是，他却不能不为儿子想到很多很多，自己被开除了，那么儿子呢？儿子还能继续在施工队干下去么？那一切的打击报复将落在儿子一个人的头上，儿子承受得了么？施工队长打击报复人的狠劲儿，他心里是有数的。还有那几个挨打的呢？他们是什么事都干得出来的，不计后果。在儿子身上扎几刀的事，对他们来说不过是小把戏。儿子也和他一块儿离开施工队？那不又成"待业青年"了么？即使父子俩都离开施工队，施工队长也肯定会对他们父子进行种种诬蔑和诽谤的。会有人相信施工队长的话，这些人会想：为什么单单他们父子俩一块儿离开了施工队呢？可见是他们自己在施工队混到了干不下去的地步……这样的推想不是挺符合一些人的逻辑思维么？那么对儿子的重新分配也会受到影响……他差不多是用承认错误的语调对儿子讲的，他感到非常内疚，感到牵连了儿子，感到非常对不起儿子。他一路被一种父亲向儿子请罪的羞愧而委屈的心情所折磨。

葛玉明并没有对父亲说一句埋怨的话，反而安慰父亲说："爸，你昨天做的是大快人心的事，你别顾虑那么多，后果不至于像你想的那么可怕。"实际上,他并非对此事一听了之,他一路的心情并不比父亲轻松。他想:父亲已向施工队长及其仰仗的某种势力公开挑战了,他敬佩自己老父亲的挑战精神。但接下来可能需要进行的较量,应由他这个当儿子的去勇敢战斗了。父亲他毕竟是个只能够爆发,却不能够也不善于迎战人世间的战斗的老人啊!到了让施工队的所有人,包括父亲在内,看清他葛玉明是个什么性格的人的时候了……

施工队长走到葛家父子面前,似笑非笑地说:"以为你们今天都不会来上班了呢!"

葛玉明平淡地说:"你为什么会这样以为?"

施工队长吸着一支烟后,故意提高了声音说:"难道你们今天就不到医院去看看那两个被打伤的人吗?"

葛玉明回答:"不。他们自作自受,罪有应得!"说罢,走到大铁炉子前,将两个饭盒放在炉盖上,挤了个地方,摘下棉手套烤手。

施工队的一部分青年人,听了葛玉明回答施工队长的话,都把目光集中在他身上。他们刚才那种忐忑不安,顿时被驱除了一些。他在他们之中是年龄最大的,也是最有威信的,他才真正是个重感情讲义气的人。他们觉得他和他们不同,这种不同不仅在年龄的差别,还体现在经历的差别上。他们大多数都没有下过乡。下过乡的几个,在农村待的时间也很短,一二年后就赶上大返城市的浪潮了。而他,却在北大荒度过了整整十一年。当过垦荒队长、连长,带领兵团战士组成的担架队参加过珍宝岛自卫反击战,冒过枪林弹雨,受过伤,荣立过二等功。他在他们心目中是个堂堂男子汉,他们平常有什么心事,都愿意告诉他。而他平常也很乐于为他们排忧解愁。对他,连施工队长平常也不敢无礼。

他们因为他的出现,因为他对施工队长毫不客气、毫不妥协的话,刚才被压制下去的"轻举妄动"的念头，又开始在心里暗暗萌生了。

只要有人带头，他们还是敢于和施工队长对抗的。他们想干一场而又不敢带头，希望他能带这个头。

葛玉明看了那几个站着的青年一眼，装糊涂地问："你们都站着干什么？哦？谁罚你们站了？"

那几个站着的青年，被他问得很有些尴尬。他们偷偷瞥视施工队长，见他并没有对葛玉明的话作出什么反应，就先后坐下了。

葛全德进入工棚后，始终没讲一句话。他坐在墙角的一个放工作服的破箱子上，默默地很认真地修一把掉了头的铁锹。他觉得自己在今天什么话都不应该再说了。他不知道施工队的青年们，因为昨天的事，此刻是在心里暗自追悔莫及呢，还是在暗自诅咒他这个老头子。

施工队长将吸了半截的烟扔在地上，踏上一只脚，狠狠碾碎后，说："大家都听着，根据大家的意思，咱们施工队今天搞它一次民主选举！大家如果还信任我这个队长，继续选我的话，我绝不推辞，今后更要为大家服务，鞍前马后，两肋插刀，任劳任怨！……"他停顿片刻，沉吟着，在头脑里搜索着更能迷惑人的词句，也在察言观色。

他干咳了一声，接着说："要是大家信不过我了，选别人的话，我让贤。至于后来的两位是否赞同民主选举嘛，我看少数服从多数吧！"听他的口气，好像怕葛家父子破坏民主选举似的。

葛全德还是一声不响，在用锤子往锹头的钉眼里砸钉子，砸得锹头当当响。

施工队长从兜里掏出一个又小又脏的笔记本，"喂"了一声，一个青年朝他扭头看了一眼，他将笔记本扔向那个青年，"接着，裁选票分给大家！"说完，又吸上一支烟。那个接住笔记本的青年，用有点茫然的目光瞅着葛玉明。葛玉明慢慢站了起来，沉静地问大家："你们果真要搞一次民主选举,重新选一个你们信任的队长么?"后半句话他说得意味深长。他那善于深思熟虑的目光非常严肃地注视着大家。

大家都对他微微点头,却没有一个人回答他的话。

"那好,我来!"他要过笔记本,撕下十几页,从皮带上取下刀子,不慌不忙,一丝不苟地裁起来,很快裁成纸条,分发给大家。当他将纸条分发到父亲手中时,父亲抬起头看了他许久。他从父亲的目光中,看出了父亲非常想要对他说,而在此时此刻又不能够对他说的话:儿子,无原则的屈从或不择手段的机灵,都是我的性格所不容的!在这种情况之下我无法帮助你,但我要你像一个正直的人那样打败他!也许父亲的注视中,还包含有其他的话,但他已领会了最主要的。他这么想。

他对父亲微微地点了一下头,这个细小的动作是不易被别人观察到的。他相信父亲完全理解了这无言的传达话语的方式。

他转身看着施工队长说:"既然你要在这里发扬一点民主,那何不就给予大家更多一点的民主权利呢?"

施工队长吐出一缕青烟,说:"我不明白你的意思。"

"如果你不是虚伪的,而是诚心诚意的,你敢赞同有人与你竞选吗?"

"竞选?好哇,我当然赞同啊!"

"那么,你就对大家庄重地说一句赞同的话吧!"

施工队长迟疑了片刻,对大家说:"我赞同你们之中的任何一个人与我竞选!"

大家听了他的话,都没有什么明显的表示或反应。

施工队长弹了弹烟灰,轻蔑地盯了葛玉明一眼,用近乎遗憾实则嘲讽的口吻说:"你看,大家都这么谦虚,有谁会来和我竞选呢?谁?"

葛玉明仿佛有点惭愧地微笑了一下："我。"

他的声音并不高，从他的声音里也听不出半点自信，甚至可以说连点热情都没有。好像他所作出的决定不过是和对方下一盘棋，并且有言在先：我可能下不过你，为了不使你扫兴才奉陪。

虽然如此，施工队长还是愣了一下，他这时才意识到，自己实际上是被对方所支配走了第一步棋子，这不能不说是一个小小的失利。但随即他响亮地笑了两声，在葛玉明肩膀上重重地拍了一下，说："老弟，可真有你的！你要想当队长的话，咱俩还用竞么？我让位给你当算了嘛！"

葛玉明不动声色地回答："让就太轻易了，我不喜欢太轻易地得到什么！"又将脸转向大家问，"谁去找一块黑板和几支粉笔来？"

坐在墙角的葛全德这时已修好了铁锹，他又抬起头看了儿子一眼，随后，将目光盯在手中那当选票的纸条中，粗糙的手指将纸条对折起来，好像要用它来卷一支烟吸似的。

两个青年走出工棚去，不一会儿，抬进了一块大黑板。

又有两个青年，一个主动当监票员，另一个主动当计票员。葛玉明和施工队长的名字，一左一右写在黑板上。

开始三票，都是选施工队长的。当葛玉明获得了一票时，施工队长的名字下面已经出现了一个"正"字。

这个施工队的某些青年人，曾因这样或者那样的行为，被拘留、被劳教过。他们与那些不可救药的社会渣滓有本质的不同。他们都是些贫家子弟，他们的劣迹乃是和要求有一个职业的愿望连在一起的。他们害怕失掉已经得到的职业，尽管这职业并不符合他们的理想。但毕竟使他们可以不再依靠父母而生存，也使他们想要实现独立的正当愿望获得部分的满足。他们唯恐丧失这种低微的满足，他们唯恐再成为一个待业青年，唯恐因此而堕落到不可救药的泥潭中去。他们曾是失足者，但他们也都在本能地抗拒着犯罪对他们的刺激而险恶的诱惑。他们某些时刻表现的有违心愿——其实有悖他们的本性，不过是对自己的自私的防卫。何况，施工队长刚才对他们的威胁所造成的不安，还缠绕在他们的心头。因此，他们在往选票上写字的时候，是感觉到施工队长那只无形的手在操纵着他们的。

施工队长见自己的选票一开始就超过葛玉明，大有遥遥领先之势，脸上浮现出了得意的欢喜。但他努力掩饰起自己的得意。他认为，他控制这个施工队的威力，那是像灰尘一样，飘散在工棚的空间的。每个人都不可能不受影响，尤其在他们往选票上写字的时候。除非他们停止呼吸。

他掏出烟盒朝葛玉明递过去，他甚至有点可怜他的竞选对手了。

这是傲慢者的报复性的可怜，他虽掩饰了自己的得意，却丝毫也不掩饰对葛玉明的可怜。他脸上夸张到了戏剧性地表现出对葛玉明极其同情的样子，语调缓慢地说："老弟，沉着点，现在咱俩之间还看不出个谁胜谁负，才念了十几张选票嘛，你的好光景在后边呢！"

葛玉明不接他的烟盒，他的手伸进自己衣兜里，却没有掏出烟来。今天没带。

葛全德将半盒烟朝儿子扔了过去，葛玉明接在手里，取出一支，又将烟盒抛还给了父亲。他看到父亲脸上的表情那么阴沉！

葛玉明没有当即抽那支烟，他把它在手指间捻动了一会儿，放在鼻子底下闻了闻，夹在耳朵上。他异常冷静，他对自己在施工队青年中的威信并不怀疑。但他同时也对自己可能在票数上被对手压倒，做了充分的思想准备。他理解，他们当中某些人心理上的负担。因为理解，也就不暗恨他们。他想，即使在这次事前并没有预料到的选举中，自己扮演的是悲惨的失败者角色,那也不足遗恨。他们会从他的勇气中得到有益的启示。施工队长也会从他的勇气中感到正义的抗衡力量的存在。而这从某种意义上讲,是比他轻而易举地获胜更主要的。

他想到这些,非常坦然,走到大铁炉子前捅火去了。他把火捅旺,加了几块煤,独自坐在炉前吸着了那支烟。而这时,在他的名字下面也出现了两个"正"字,仅与施工队长一票之差了。此后,他俩的票数紧紧咬住,但葛玉明始终比施工队长少一票。施工队长的神态不那么从容了。他心神不定地在黑板前走来走去,脸上紧张的表情暴露了他内心潜在的不安。

无论两个竞选者,还是那两个监票和计票的青年,都没有注意到,八九个人的选票还在他们自己手里攥着,包括葛全德的那张选票。

忽然,隔壁办公室里的电话铃响了。

没有一个人去接。

电话铃不停地响。

不知是谁嘟哝了一句:"这打电话的人准是个白痴!没人接就挂了呗,真够讨厌的!"

施工队长皱起了眉头,电话铃搅得他心烦。他大步走至工棚门口,推开门想到隔壁去接电话。一脚门里,一脚门外,拿不定主意地站住了。他对监票和计票的青年怀有戒心。

电话铃就在这时停止了。

施工队长刚从门口走回到黑板前,它又响了起来。

施工队长心烦意乱地骂了一句:"他妈的!"

葛全德站起身来向外面走去,他怕不是一般找人,而是某施工单位联系工作。

五分钟以后,葛全德走进了工棚,他走到黑板前,用手势止住了监票的青年,低声说:"公安局长打来的电话!"

他一下子将所有人的目光都吸引到他身上了,连葛玉明也惊愕地望着父亲。

施工队长用手朝葛全德一指,迫不及待地问:"快讲,公安局长说什么?"他满面突现的兴奋。

"他说……他向我们施工队道歉!他声明……他从来没有介绍一个人到我们施工队来,更没有写什么介绍人的条子……是他的儿子冒充他的名义,他一定严厉对他的儿子进行教育……他还说,他非常感谢我们施工队的同志及时写信向他如实反映了这一情况……"葛全德是那么激动,他心中从昨夜到现在的千忧百虑都被驱散得一干二净!

施工队长如泥胎一般僵住了。半天,他才恼羞成怒地吼起来:"是谁给公安局长写信拆我的台?是谁?是谁?!"

葛玉明平平淡淡地说:"你那么激动干吗?信是我写的。"

"你?!……"施工队长凶神恶煞般地瞪着他,那副样子恨不得把他一口吃了。

葛全德不理睬施工队长的吼叫,继续说:"公安局长明天将亲自到我们施工队来向大家道歉,他还表示,那两个家伙从我们施工队诈骗去的几个月的工资,将由他补还给我们,因为他教子不严,也有责任……"

工棚里一时鸦雀无声,异常肃静。

葛玉明看着大家说:"继续选举吧?"

"我这里还有一张选票没交。"

"我的选票也没交。"

"还有我的。"

八九个人一下子同时走到黑板前,争先恐后地将选票往监票的青年手中塞。葛全德也张开了自己的手,他的那张选票攥在手心里,纸条攥成一团,已被手心的汗弄湿了。

他用颤抖的手指展平了那张纸条,纸条上歪歪扭扭地写着他儿子的名字——葛玉明。

施工队长悄悄地、不被任何人注意地离开了工棚。他意识到,他在这个施工队里再也当不成队长了。他并不为此而多少有点难过,倒是有那么一点微不足道的遗憾——他在这里苦心经营的"事业"刚刚开始,今天就彻底宣布结束了。他痛恨公安局长甚于痛恨葛玉明,他认为没有那"致命一击"的电话,竞选失败的绝不会是自己。"此处不养爷,还有养爷处。"他走出工棚之前想,他还会在别的什么地方扬起"事业"的风帆。

他走到工棚外面,不由得转身对工棚扬了扬手:"拜拜!……"

工棚里传出的兴奋的谈论声,引起了他傲然的嘲笑——可怜的一群人,靠汗水和力气吃饭也值得这般兴奋吗?!

这天晚上,葛家父子下工后,又走在光华街上时,葛玉明问父亲:"爸,你看我当队长能行吗?"

葛全德站住,盯了儿子一会儿,说:"我看你能行!"

儿子由衷地笑了,笑得很自信。

他欲对儿子说几句教诲的话,但想了想,又觉得没什么必要。

他已承认,大儿子是能胜过自己的。

他感到很欣慰。

……

父子俩回到家里,晚饭已做好了。秀娟和母亲守在饭桌旁等待着他们呢!

葛全德问老伴:"家里还有酒么?"

秀娟听父亲要喝酒,知道父亲今天心里高兴,赶紧从小橱里拿出半瓶"二锅头",给父亲斟满一盅,轻轻放在桌上。

葛全德摘了帽子,扔到炕上,预备慢斟畅饮地坐了下去。

他刚端起酒盅,忽然问:"玉龙呢?还没下班?"

"他……"老伴犹豫着,想说不说的样子。

"二哥到北戴河去了。"秀娟嘴快,话已出口,还生气地哼了一声。

"唔?厂里派他出差么?"

"什么出差呀!许晶晶和一个小伙子到北戴河玩去了,他知道后,就买张火车票去追……"秀娟不理睬母亲的眼色,话语中流露出对"没出息"的二哥的鄙视和愤懑。

"啪!"葛全德将酒盅在桌上重重地一顿,酒盅碎了,酒液在桌上横流。

他怒骂一句:"混账东西!……"

四

葛玉龙是葛家个性最鲜明的一个人。他比哥哥小三岁,比妹妹大六岁。上山下乡的年月,哥哥高中毕业,他初中毕业,哥儿俩得有一个到边疆或到农村去。

哥哥说:"我是哥哥,我报名!"

弟弟说:"家里少不了你,你是家里的顶门杠,你留城!"

兄弟俩争执不让,三分之一是对上山下乡运动的热忱,三分之一是手足情在起作用,三分之一是出于家庭责任的考虑。最后,体弱多病的母亲说:"上山下乡是党的号召,党的话不能不听。玉明年龄大三岁,稳重、懂事,离家多远我都放心,让玉明去吧!玉明你要早报名,别让人三番五次动员……"

哥哥第一批报名到北大荒去了。

在火车站,在周围轰轰烈烈的欢送场面中,在列车启动前的几秒钟,哥哥从车窗探出身,对玉龙说:"弟,咱家今后就全靠你了。你可要好好照顾妈和小妹呀!……"

玉龙见眼泪在哥哥眼眶里打转,哥哥努力不让它淌出来。

列车开动了,哥哥被列车载走了。列车开出很远,哥哥的身子还探在车窗外,不停地向他招手。他久久地伫立在站台上,目不转睛地注视着远去的列车,直至列车拐弯后看不见了。十七岁的葛玉龙,朦胧地感受到了落在自己肩头上的家庭担子的分量。

从火车站往家走的一路上,他都在回想自幼哥哥对他这个弟弟的爱。有一年除夕前夜,父亲从大西北探家回来,背着一个很大的用麻袋改做的旅行包。他和哥哥从被窝里爬起,光着脚蹦到地上,围住了麻袋包,不晓得父亲都带回些什么。当时,他想里面一定有父亲为他们买的成套的新衣服和种种好吃的东西。

父亲搓了一会儿冻僵的手,打开了麻袋包——十几只鞋展现在他和哥哥眼前。那是些破旧的、父亲从大西北建筑工地上捡的劳保鞋。

父亲慈爱地看了看他,又看了看哥哥,说:"这鞋都是水牛皮的,挺结实的,再穿几年不成问题,你俩一人挑一双吧!"

哥儿俩瞅着麻袋包里那堆鞋,当时都有点发怔,没动手去挑。

父亲见他们不挑,便亲自替他们挑。

父亲先挑了一双递给哥哥,说:"老大,你穿这双。"接着挑了半天,不太满意地挑出另一双递给他,说:"老二,这双是你的。"

拿在父亲手中的,是一双比他的脚几乎大一倍的,补着多处皮子的翻毛皮鞋,它们已被父亲刷洗过。正因为刷洗过,一眼就能看出皮色是不同的，一只深，一只浅，两只鞋都是左脚的。

他哇的一声大哭起来："我不要穿这双鞋过年，我要穿新鞋！……"

父亲被他的大哭和不懂事的话惹火了，举起巴掌想揍他。但父亲的巴掌并没有落到他身上，在他头顶僵了一会儿，缓缓地无力地垂下了。

父亲叹了口气。刚到家啊！三年没和儿子们团聚了，他舍不得打这个小儿子。

母亲将他拉到一旁，哄他："玉龙，别哭。你爸一个人挣钱，要养活咱们全家人呀！再说山东老家还有你爷爷奶奶呢，他们比咱们的日子还穷。你爸每个月还要给你爷爷奶奶寄钱呀！明年妈妈卖冰棍，卖冰棍挣的钱给你买新鞋……"

哥哥也走到了他面前，将父亲给自己挑的那双鞋用手托着递给他，低声说："弟，听妈的话别哭。哥穿你这双，哥这双鞋给你穿。哥这双鞋比你那双鞋好……"

那时他和哥哥在一所小学校念书，哥哥六年级，他三年级。

有一天，两个年级同时上体育课，老师要六年级学生给三年级学生做队列齐步走示范。哥哥和四个男学生排成一列横队，踏着体育教师的哨音，从他们三年级全班学生面前走过。两个年级两个班的男女学生，不知从雪地上发现了什么新奇，交头接耳，指指点点地骚动起来。

雪地上，印下了哥哥两行"左拐子"的鞋印。全体学生终于爆发了哈哈大笑，连体育教师发现后，也忍俊不禁了。

哥哥不知所措地站在队列中，被笑得窘极了，满脸通红，恨不得雪地上裂个缝一头扎进去。

葛玉龙在同学们的笑声中，一转身从自己班的队列中跑了，一直跑进空荡无人的教室，伏在课桌上哭了一场……

一次，他生病了，他对母亲说想吃蛋糕。蛋糕，那是被他认为世界上最高级的最好吃的东西。当时天已经黑了，许多商店已经关门了，外面还在哗哗地下着大雨。

哥哥逼着母亲掏出五角钱，披了一块破油漆布，冲出家门去给他买蛋糕。

哥哥许久才回来，不知跑到离家多远的地方才给弟弟买到了蛋糕。哥哥在雨中摔了一跤，膝盖磕破了，流了不少血。蛋糕也落在泥泞中，脏了。哥哥站在炕沿前，从头到脚淌着雨水，嘴唇冷得颤抖，裤子上沾满了稀泥浆，用衣襟兜着脏了的蛋糕，噙着泪说："弟，哥把给你买的蛋糕掉在泥水里了……"

哥哥进入初中那一年，他入队了。六一儿童节就要举行入队仪式，可是他却没有一套像样的队服。

他多想穿上一件崭新的白小褂，体体面面地参加入队仪式，被别人庄严地在胸前系上鲜艳的红领巾啊！

可是他毫无勇气开口要求母亲为自己买一件白小褂。他已经开始比较懂事，接受一个现实——家穷。

他郁郁不乐。

哥哥观察出了他的心事，背着母亲对他保证："弟，哥一定要让你在参加入队仪式那一天，穿上崭新的白小褂！"

从那天起，哥哥放学回家后，一搁下书包，拿起块干粮就走。母亲问他哪儿去？他说学校这些天组织义务劳动。他每天很晚很晚才回家。

星期天的下午，哥哥从外边回到了家里，一进门，就将一个纸包交给他。他打开一看——一件崭新的白小褂！

他高兴得蹦了起来,从没那么亲昵过地搂抱住哥哥的脖子。

哥哥咧了一下嘴,轻轻推开了他。

他有点怀疑了:哥哥哪来的钱买白小褂呢?得四元多钱呀!

他恍然明白了什么,走到哥哥跟前,解开了哥哥的一颗衣扣——哥哥的肩膀上,有一道深红的被绳索勒的痕迹。再拿起哥哥的双手一看,手心有几个大水泡。

他愕然了:"哥,你……去当小帮工?"

哥哥笑了一下:"这几天我都是去火车站拉货车……"

他一下子扑入哥哥怀中,抱住哥哥的身子,将头久久地靠在哥哥胸前,默默淌下了眼泪……

这就是他的哥哥,比他仅大三岁的哥哥。在穷困的生活中对他处处充满了爱和体贴的好哥哥……

可是哥哥为了响应上山下乡运动的号召,为了他这个当弟弟的能够留在城市,留在家中,留在母亲和妹妹身边,到北大荒去了。到很遥远很艰苦,也很荒凉的北大荒去了……

哥哥只带了母亲给他拆洗过的被褥,一条旧毯子包在外面。还有两套旧衣服,其中一套是父亲舍不得穿,千里迢迢寄回家中的崭新的工作服,劳动布的。还有,一本书——高尔基的《母亲》。还有一个饭盒——里面装着一斤"芝麻果"点心——商店里最便宜的一种,车上吃。

头天晚上,全家人动手包了一顿饺子。母亲剁了整整二斤肉馅,这在过日子非常节俭的母亲是破例的一次。母亲将馅拌得很香,然后,对他和妹妹秀娟说:"皮要擀得薄点,馅要包得大点,边要捏紧,小心别煮破了,煮破了不吉利……"

饺子端到桌上,全家人的饭量都好像变小了,吃得也斯文起来,一小口一小口地，一个饺子吃半天。

母亲始终没动筷子，说不饿，吃不下。她看着哥哥，叮嘱："玉明，你到了北大荒，不但要经常给家里写信，也千万别忘了要经常给你爸爸写信啊！免得你爸爸在大西北，一颗心分成两半，又要惦着家，又要牵挂着你……"

"妈，我记住了。"

他看到一滴泪水，从哥哥脸上落到了哥哥面前的盘子里。

他刚送到口中的半个饺子，无论如何咽不下去了，他站起身走到厨房去了。

他听到妹妹在里屋嘤嘤地哭了。

他听到母亲语气很刚强地斥责妹妹："哭什么？上山下乡的不止你哥哥一个人。你哥哥是听党的话去建设边疆，又不是去逃荒！……"

他听到哥哥也在对妹妹说："小妹，上次爸爸探家返回西北，你和我送到火车站，火车开了的时候，爸爸舍不得离开我们，眼眶湿了，可你都没哭，还掏出手绢给爸爸擦眼泪呢。怎么今天哥哥要离开家，你倒哭起来？你真像个小女孩似的！……"

妹妹她太爱大哥了。大哥学习好，小学中学差不多年年都被评为三好学生，大哥是她精神上的骄傲和自豪。她曾一心指望大哥能考上一所名牌大学，成为他们这个穷困的家庭中、他们这一区域穷困的人家中的第一个大学生。为他们这个家庭，更为她自己增光添彩……

可是大哥就要到北大荒去了，明天一早就离家……

他当时听着妹妹的哭声，心里暗想，小妹是否也同时因自己最美好的愿望的破灭而哭泣呢？

妹妹没有到火车站去送哥哥，她知道自己感情脆弱，她怕自己会在开车前搂抱住大哥痛哭起来，不放他上火车……

玉龙从火车站回到家里，见小妹两眼红肿，显然他送哥哥走后，她又哭了一场。

母亲手中拿着二十元钱，十元一张，呆呆地坐在炕沿上，盯着钱发愣。

那二十元钱，是学校作为上山下乡知识青年生活用品补助费发给哥哥的。哥哥没有用它买什么东西，只带走家中的旧脸盆、旧毛巾、旧肥皂盒……

哥哥临走前悄悄把二十元钱放在家中了。

那一时刻，十七岁的葛玉龙忽然觉得自己长大了，是一个成年人了。他暗暗对已经走了的哥哥发誓：哥，我一定要照顾好母亲和小妹。你在家时，你是家里的顶门杠。如今你走了，我就要做咱们家的顶门杠！如果我玉龙维持不好咱们这个家，我就不配做你的弟弟！

学校的领导们，几乎天天都召集各班主任老师开会，研究留城学生的工作分配方案。可几个月过去了，方案迟迟未公布。于是，学校里出现了大字报小字报，指责和披露分配工作领导小组内的种种"黑幕"。断定分配工作领导小组内"有鬼"，呼吁人们"捉鬼"。他每天都往学校跑一次，盼望早一天看到分配方案公布出来。他不能够像其他留城同学那样心情笃定，很有耐心地等待。他早就等待得焦急了。他渴求早一天参加工作、挣钱，使母亲不再为向邻居们借钱而为难。他每天在学校看到的不过是那些大字报小字报。同时，也不止一次看到小汽车怎样从马路上缓慢地拐进学校大门，一直开到校楼前，戴领章帽徽的，或不戴领章帽徽的不明身份的"领导人物"，不慌不忙地踏上楼前台阶，走进楼内。不久，又被校革委会和校分配工作领导小组的成员们送出楼，在台阶上彬彬有礼地握手，坐进小汽车内，还亲切地互相招手告别。他原本对大字报小字报上写的那些真假难分的事半信半疑。看到小汽车开到学校里的次数太多了，也一时按捺不住冲动，写了一张大字报，批评"分配工作进展迟缓"，提出疑问："为什么小汽车频频开到学校中来？"第二天他再到学校去，一眼便看到，就在自己那张大字报旁，贴出了校革委会与校分配工作领导小组以联合名义写的"几点庄重声明"，严正指出那些大字报小字报是"别有用心的人混淆视听，极尽诽谤攻击之能事，企图靠造谣生事的伎俩把水搅浑，以达到阻碍分配工作顺利进行下去之目的"。他后悔极了。是啊，分配方案还没公布，怎么便知"其中有鬼"呢？自己的大字报，不也同样起到了"阻碍分配工作顺利进行"的不良后果吗？他想把自己那张大字报撕下来，可是被分配工作领导小组的一位成员发现，不许他撕，说是要保留，"当反面教材，教育不明真相的群众"。他心事重重，恨透了自己的愚蠢。

分配方案一直未公布，校革委会却向在校的和待分配的学生们发出了"重建校园"的号召。校园的砖围墙在"文攻武卫"中被拆毁，修筑成了一座座"红色堡垒"。校革委会要求学生参加义务劳动，将"红色堡垒"再变成校园围墙。并且提出了在劳动中"多砌一块砖，就等于多献一颗红心"的口号。

等待分配的学生们，对没完没了的"献红心"腻透了。他们并不想参加这种义务劳动。他们偶尔参加一天半天，也纯粹是为了"有所表现"。表现一下，当然和劳动是根本两码事的了。

只有葛玉龙一个人不顾家事，从始至终天天都到学校去参加劳动。他实心实意地干，非常卖力气地干，带着点赎罪性质地干，为了以实际行动赎回他贴的那张大字报的"罪过"。

一个月后，校园重建起来了，义务劳动结束了。葛玉龙累瘦了，累垮了，累病了。四十多岁的女班主任亲自到家中来看了他一次，很感慨地表扬了他。全班只有他一个待分配学生真正参加了义务劳动,她说下几届学生将会感激他为母校的劳动。老师的表扬令他心里非常甜蜜。

老师主动询问他对分配工作有没有什么要求?他略略想了一下,回答说他希望被分配到建筑部门,能像他的父亲一样,当一名建筑工人。老师笑了,说他的要求一点都不能算过分。当面表示,一定成全他的分配愿望。他心里顿时好像吃了一颗定心丸。

他将老师对他的许诺告诉了一个要好的同学,那个同学大大讥笑了他一番:"你怎么能相信老师的这种话呢?老师现在都是臭老九,哪一个臭老九不怕学生们那些有权的当官的家长?鬼才会相信她会在分配时,替你说一句半句好话。你们家没权,总该还有点钱吧?你如果听我的,买些什么东西送到老师家去,说不定也许真的会感动老师的心……"

他听信了这个同学的话,没向母亲开口要钱,向邻居借了十元钱,尽数花光,买了一些点心、罐头、水果,冒雨在一天晚上去了老师家。在老师家门外,他犹豫了。老师家的窗子还没放下窗帘,从窗口可以看见老师端坐在桌前,一手捂着胃部,一手持笔,认真批改学生的作业。在台灯光的反射下,老师的短发更加显得灰白了。老师站了起来,服下几片药,伸张了一会儿十指,坐下去继续批改作业。雨越下越大,他站在哗哗的大雨中,呆呆地从窗口望着老师的身影,不知自己如果走进老师的家门,第一句话应该说什么。他想象着老师看见他手中拎的东西,究竟会是一种什么表情?开始自然会很诧异的。但立刻就会猜到他的来意,肯定会随即变得严肃起来,肯定会感到受了他这个学生的侮辱,肯定会因此而难过的。

老师将脸转向了窗外。老师那双目光正直的眼睛安详地望着窗子,眉头微蹙,似乎在沉思什么,也似乎发现了站在外面大雨中的自己的学生。他不由得想到了一件事：冬天，复课时期，因为缺煤，学校的暖气停了，教室像冷冻仓库，临时支起了炉子、烟囱。风向一变，烟囱倒烟，满教室黄烟弥漫，呛得同学们流泪咳嗽。座位靠窗的同学怕冷，不肯开窗放烟，几乎堂堂课发生争吵打骂。但在班主任老师的课堂上，却从未发生过这类现象。她走进教室的第一件事，就是打开第一排课桌前的窗子，打开教室门，形成对流风。

他坐在第一排，有天，粉笔几次从老师手中掉落地上。他发现，老师的手冻得红肿，都拿不住粉笔了。老师写在黑板上的字，却仍是一笔一画。

这件事，给他留下极深刻的印象。

这么好的老师，难道能够忍心亵渎她的人格吗？

他心中怀着深深的忏悔和自责，转身走了回去……

冰凉的大雨点，好像下在他心上……

回到家中，母亲见他手拎一网兜食品，那种吃惊的样子，是同见他拿着一颗炸弹的程度差不多的。

"妈，我看你这几天吃不下饭，就给你买……"他吞吞吐吐地说，因为自己出生以来第一次对母亲撒谎，而且是撒了一次表示孝心的弥天大谎，感到自己非常非常可耻。

"你……哪来的钱？"他的"孝心"绝没有引起母亲半点高兴。相反，母亲脸上几乎是呈现出了盛怒的表情。

"向邻居借的……"他的声音轻得连自己也勉强听得到。他感到无地自容。

"借了……多少？"

"十元……"

"全……花光了？"

"还剩……"他从兜里掏出几枚钢镚儿,怯怯地递给母亲。

母亲没接。母亲像不认识自己的儿子了,呆呆地瞪着他,脸上的表情由盛怒而转为一种无言的,根本别指望获得宽容和饶恕的斥责。她沉默许久之后,仿佛面对一个成为盗贼的儿子,绝望地从口中挤出了两个字:"天啊!"

……

工作分配方案终于公布了。

几张用隶书体书写着姓名和工作单位的大白纸粘连起来,盖住了那些"混淆视听"的大字报小字报,这几张纸决定了许多人的命运。也许是终生的命运,一般情况下,注定是终生的命运。

这几张纸,如同高下尊卑、泾渭分明的社会结构的清楚醒目的显像屏。人们绝不会从上面发现当时的某某局长的女儿姓名之后,写着"××街道手工厂"这类罪该万死的错误。也绝不会发现某某普通百姓的儿子姓名之后,写着"××机关""××研究所""××设计院""××党委办公室"这类荒唐透顶的不可饶恕的过失。那些在大白纸上找到了自己命运归宿的人们,不久,便无所谓满意,也无所谓失望地离去了。最可悲的并非在于现实的不公正,而在于人们对这种不公正的现实的默认。

只有两个人仍呆呆地站在那几张白纸前——葛玉龙和一个姑娘。

葛玉龙分配在酱油厂。

他的名字之下,最后一个人的名字——许晶晶——朝阳区红卫街道棉胶鞋帮生产小组。

看来葛玉龙的命运还不是最悲惨的,酱油厂毕竟比什么棉胶鞋帮生产小组高一等。

正因为此,他的名字被写在她的名字前面。

他愤怒极了，他感到自己被捉弄被欺骗了。老师当面对他说过，他想当一名建筑工人的愿望和要求并不过分啊！而且，他也听说建筑部门曾到学校里来要过名额。

他失魂落魄地麻木地转过身，发现了那个姑娘，她一定就是比自己的命运还可悲的许晶晶了。他没有立即走开，站在原地不无同情地看着她。

她的身材很纤弱，一套蓝色洗白了的女式学生服穿在她身上，竟显得飘飘逸逸的。扎着两条齐肩小辫，赤脚穿着一双旧的平底扣绊布鞋。然而，她那张脸是动人的，那是一张标准的鹅蛋脸，脸上的皮肤非常白嫩。但是，太缺少青春的光彩和健康的红晕。唯有两片薄薄的微微抿着的嘴唇，被白嫩的脸衬托出淡淡的红色。她的眉毛和眼睛，仿佛工笔画家在这张可爱的脸上精心描画出来的，连每一根睫毛都弯翘得那么美妙。她的眼睛并不算大，但是眼角细长，在两条秀眉的括罩下，幽思冥想地凝视着写在白纸末端的她的名字。那张脸上所呈现出的不是愤懑，不是委屈，不是绝望，甚至不能说是一种自哀自怜的表情，而是一种极其茫然的神态。有如一个小女孩失手打碎了一尊名贵的花瓶时那种神态。

她没有注意到葛玉龙在看着她。

她站在那里，宛如一尊雕塑。

她的目光仿佛是在盯着写在白纸上的自己的名字，其实不过是茫然地集中于一个视点而已。他想，如果那不是她的名字，而是一个趴在白纸上的小甲虫，一滴墨，或是别的什么没有任何意义的东西，她大概也会长久地盯着它，一动不动地站在那里的。

她这种样子使他很为她难过，心中对她的同情强烈起来，以致暂时抛弃了对自己命运的同情，想走过去，对她说几句充满怜悯的安慰的话。

如果她哇的一声哭起来,他也许会觉得自己对她的同情是多此一举的。

"这是……你的名字么?"他指着白纸上的"许晶晶"三个字低声问。

她毫无反应,连睫毛也不眨一下。

他的善意受到如此的冷落,尽管对方可能是无心,他感到他的自尊被严重伤害了。

他一转身走开了。

他走出校门外,不由自主地回头看了她一次,见她仍像雕塑般站在那里。

他迈着极其缓慢的步子朝家走,刚走入他家住的那条小胡同口,站定了。

他猛然转过了身……

他来到了他的班主任老师家。

老师对他的出现并未表示惊讶。

老师请他坐到简易沙发上。他不坐,两眼望着老师,非常激动非常难过地说:"老师,您为什么要骗我?我对您是很尊敬的啊!……"

他转过身,抬起手臂挡住眼睛,哭了。

老师走到他面前,轻轻放下他的手臂,用自己的手绢擦去他脸上的泪痕,说:"我早料到你会来找我的,也想到你会对我说出这样的话……我并没有骗你,我为你尽力争取,甚至为你得罪了某些人……"

"可是,您亲口对我说过,我的要求并不过分……而且,建筑部门也到学校要过名额,究竟为什么非把我分配到酱油厂呢?……"

面对他的质问,老师沉默不语。

"老师，您不回答我，我就再也不可能像以前那样尊敬您了。"

"你一定要我回答你提出的问题吗？"

"是的。"

老师犹豫良久，从他面前退到沙发跟前，款款地坐下，两眼瞧着他，低声问："如果我告诉了你真实的情况，你能答应我，不做出什么愚蠢的事么？"

"我答应。"

"好吧，那我告诉你，因为你那张大字报，令某些人恼怒了，他们要在工作分配问题上惩罚你……"

他听了老师的话，顿时觉得整个世界都在他眼前改变了颜色。他长到十七岁，第一次真正领会了"报复"两个字的含义，他为此付出的代价太大了。

他再也找不出一句话对老师说。

老师又开口道："记住我的话，生活对人的宠爱，那也许正是它对人的毁灭。糖罐子所保护的，只能是糖块而已。最甜的糖块，也是最容易化掉的。而生活加给一个人的磨难，不应该只被消极地理解为不幸，那也许正是生活对一个人的有益的塑造，使他成为一个真正的人……这话，我从未对任何一个学生讲过……"

他当时并不能完全理解老师这番话。

他恭恭敬敬地向老师鞠了一躬，走出了老师的家门。

老师跟在他身后走到了门外。

"葛玉龙，你谅解我了么？"老师温柔地低声问他。

他对老师点了一下头，大步走了……

从此，他成了不到三百人的酱油厂出渣车间的工人。

出渣，是酱油厂最脏最累的活。他每天和另外两名中年师傅，用大板锹从出渣炉里往外甩出近二十吨酱渣。由于四个出渣炉的高温烘烤,冬季车间里也在三十五度以上。两位师傅干起活儿来,脱得赤身露体,仅穿裤衩。他开始觉得他们很不文明,但几天后,他也变成一个不文明的人了……

他说话少了,沉默多了。

他从不在母亲和妹妹面前抱怨自己干的活儿多么多么累,也只字不谈酱油厂里的事。

他在给哥哥的信中写道:"哥哥,请相信,我长大了,真的。我每个月的工资是三十四元二角,除了留下在工厂吃午饭的几元钱,我全部交给妈妈。我能为家里挣钱了,我感到很自豪……哥哥,好哥哥,请千万相信我写的每一句都是真话……"

他想,远离家人的哥哥,在北大荒所经受的生活考验,肯定是胜过他所经受的这种苦活儿的。他不愿使哥哥为他增添半点忧虑……

葛玉龙觉得自己有那么多思想,那么多感受,那么多爱憎,那么多烦愁和怅惘,必须以什么方式倾诉出来才好,心灵才会轻松一点。有一天下班后,他又来到了老师家,向老师吐泄了自己的苦闷。老师经过长久的思考后,郑重地对他说:"你把这一切都写出来吧!"

"写?这究竟有什么实际的意义呢?"他忧郁地望着老师。

老师回答:"也许有一天,你所写的对于别人,对于许许多多和你有同样经历的青年人的意义,要超过它对你自己的意义。不过,你现在还不要开始写,你现在要开始看,看许多许多书,看一本好书,等于和许多高尚的人交谈。你会从书中结识许多无愧于你敬爱和学习的朋友……"

老师说罢,走到厨房里,打开挖在厨房地中间的菜窖盖,踩着梯子下去了。

老师带着满身土上来后，双手交给他一本潮湿的书——《钢铁是怎样炼成的》，用流露着热情和希望的目光注视着他，说："你先看这一本，看完了就到我这里来换。但要记住，不能对别人讲，你从我这里得到书看……"

这本书，它散发着地下的泥土的气息，带着地温……

酱油厂有一个被改造者，五十多岁矮而胖的原商业局局长，他每天干活儿，是没完没了地涮洗酱油瓶子，洗干净了，一车车推到输油车间去。人们已经不再批斗他，批斗烦了。也不找什么岔子为难他，因为他一个人干三四个人的活儿。工人们看得出来，他的确是在老老实实地接受改造。

一天中午，葛玉龙独自走在到食堂去的两旁乱堆乱放着小山一样的破酱油瓶子的路上。由为尊者变成了至卑者的原商业局局长，从四壁破败的涮洗酱油瓶子的小木屋里走出来，拦住他，问："你今天丢了什么东西么？"

他一时想不到自己可能丢了什么，对面前这个丧失了权力和地位的人摇摇头。他忽然产生了一个很古怪的想法，想问问这个人对自己目前的处境有何感受？这个人曾预料到自己会从一位局长变成一个涮洗酱油瓶子的人吗？这个人对自己从前不能说高贵，也起码可以说高等的身躯，如今混迹在生产酱油的工人中间，感到委屈吗？诅咒命运吗？为失去权力和地位而痛苦么？耿耿于怀地记恨那些批斗过自己的人吗？渴望实现报复吗？……

对方并没有容他古怪的想法继续下去，四周瞧瞧，见无旁人，从衣襟内取出一本包着皮儿的书，问："是你的吧？今天你慌慌张张地跑向车间时，我在地上捡到的，猜想可能是你掉的……"

他狐疑地接过那本书，打开一看，正是老师借给他的那本《钢铁是怎样炼成的》。他为保尔获得了冬妮娅的热烈爱情而替主人公感到无比幸福，被这本书吸引得难以释手，带到厂里想在午休时悄悄看。

"是我的书。谢谢你，你替我包上了书皮？"他因自己刚才头脑中对这个人产生的那些古怪想法而十分羞愧。

"这类书如今是不能带到工厂里来看的，也许会给你带来不必要的麻烦，甚至还可能会牵连别人。"对方说完，转身离开他，钻进小木板房去了。

当天下班，他走到厂门口，见围着十几个工人。上前一看，是接受改造的商业局长横躺在地上，人事不省。

他赶紧蹲下去，将这个被改造者的上身扶起，靠在自己胸前，生气地问："他怎么了？你们大家为什么眼睁睁地看着他躺在这里？"

一个工人怜悯地自言自语："唉！五十多岁的人了，又有高血压，心脏病，没人强迫他改造，就自己疼惜点自己嘛！他已经不是一次昏倒了……"

另一个工人嘟哝："附近没医院，厂里没车，这可怎么办？……"

他更加生气地说："厂里不是有三轮平板车吗？你们谁快去推一辆平板车来呀！"

"谁蹬平板车送他到医院去呀？一个被改造的走资派，界线问题呢！"

他吼起来了："少废话！我送他去医院。"

有人推来了三轮平板车，有人帮他将商业局长抬上了平板车。他二话不说，骑上车，飞快地朝市立医院蹬去。

深夜，这辆三轮平板车停在沿江路一百五十二号楼前。

葛玉龙将商业局长扶下平板车，扶着他走进楼内，走上三楼。

商业局长用微微发抖的手掏出钥匙，打开了家门。

葛玉龙将他扶进家里，扶着他坐在唯一的一把椅子上。葛玉龙替他倒了一杯开水，递给他，又从衣兜里取出药放在一只破木箱盖上。它可能就算这个房间里摆放东西和吃饭的"桌子"了。餐具、盆碗、粮袋，占去了它的大部分面积。房间只有七八平方米，靠墙支着一张单人铁床，靠窗的地板上，铺着一小块凉席。

主人苦笑了一下，说："你看我现在落到了何等田地。你就在床上坐吧！"

葛玉龙坐在床边上，问："你就一个人生活？……"

主人还没来得及回答，楼梯上响起一阵急促的脚步声，接着，房门被猛地推开了，一个姑娘神色慌张地进来，一眼看到落魄的局长，叫了一声"爸爸"，扑过去张开双臂搂住了他的脖子。

"爸爸，我左等右等，等不到你回来，就到酱油厂找你去了。接着，我又找到医院里……爸爸，你再不回来，我可要急疯了！爸爸，我心里真是害怕极了！我怕你万一有一天把我撇下，剩下我孤零零一个人生活在这冰冷的世界上……那我一定也不活了，跟你一道去……"那姑娘一口气说了这么多话，还没说完，就泣不成声了。

父亲用一只手抚摸着女儿的头发，很动感情地说："好女儿，好女儿，别哭，爸爸这不是好端端地回到家中来了吗？爸爸怎么能舍得把你一个人孤零零地丢在这个世界上呢？"

葛玉龙望着相依为命、患难与共的父女俩，听他们彼此说出那番令人泪下的话语，心中很替他们难过。他想：我以为我和我的一家是最不幸、最值得同情的，原来却不然，还有更不幸更值得同情的人，还有生活状况更悲惨的人啊！他心中顿时产生了一种高尚的冲动和一种侠义精神，他从床沿上站起来，大声说："你们不要悲伤。今后，我一定尽我最大的努力帮助你们，我说话是算数的，你们尽管相信我好了。"他说这话时那种口气,好像忘了自己不过是一个刚进酱油厂厂门不久的青工,而是一个救世主似的。

那姑娘听到他的话后,慢慢放开了搂抱着父亲脖子的手臂,离开父亲的怀中,转过身略显吃惊地望着家中这个陌生的穿着一套肥大而肮脏的工作服的青年。她刚才竟丝毫也没有注意到他的存在,因为被她推开的房门挡住了他。

葛玉龙一眼认出了这姑娘——她是许晶晶。

她比他第一次见到她时更瘦了,也显得更纤弱了。就连她那两片薄薄的嘴唇,也失去了第一次留在他印象中的淡淡的血色。可是,她依然不失其动人的美丽。在这个生活状况穷酸的房间里,在他那么一个善良的青年面对一个美丽而腼腆的姑娘的目光里,她分明比他第一次见到她时更美丽更动人了。他完全没有想到在这个狭小的房间里,会又一次意外地见到她,更没有想到她会是被罢官撤职的商业局长的女儿。这意外的相见使他显得有些惊喜,为何而喜,连他自己也不明白。

他痴痴地望着她,一副十足的傻相。

许晶晶不由得扭过脸看着父亲,用诧异的目光询问:"爸爸,他是谁呀?他为什么在我们家里?"

父亲这时才说:"晶晶,快谢谢人家!是他蹬着三轮平板车把我送到医院,替我取了药,又蹬车把我送回了家。"

许晶晶的脸第二次转向葛玉龙,但并没有完全转向他,仅仅转到能够从眼角用视线的余光打量他的程度。她就那样自下而上地打量着他,长长的睫毛也随之缓缓向上翻起,嘴唇不易被人察觉地微动了下,以极轻的声音说出两个字:"谢谢。"

这种神态在她所表现的并非像他一般的腼腆,而是女孩儿家在陌生的青年面前本能的羞涩。是由于刚才不加控制地暴露了自己感情的脆弱？还是由于他们父女处境的窘困？葛玉龙不得而知。葛玉龙的心灵像一颗还包着绿衣的核桃，在男女之情方面尚纯洁得一尘不染，既没有学会在目光相对的瞬间，有意识地流露或传达什么微妙的情感信息；也没有掌握用伪装的矜持或庄重，掩饰爱慕之心的本领。他用一种被倾倒的然而却又圣洁无邪的目光望着她，那样子，恰如一个女孩儿望着一个非常可爱的布娃娃，只差没有脱口而出，说一句："呀，你多么美丽啊！"

　　许晶晶的脸渐渐红了。每一个美丽的女孩儿对自己的美丽都是异常敏感的。这一种自我意识几乎可以说是她们形成自我意识的第一课，而且根本无须别人反复启发。何况，许晶晶是在优越的环境中长大的，她曾因自己的美丽备受家人和外人的宠爱，只不过如今除了父亲她已失去所有人的宠爱，对投注到自己身上的赞美的目光也久违了。有一种特殊的目光，她现在倒是并不陌生，甚至可以说有些习以为常了——"走资派的女儿"，和对她的美丽居心不良混杂在一起的目光，这种目光是常令她内心恐惧的。所以，她此刻接触到站在她面前的这个腼腆青年的唯有柔情而无邪念的目光，竟感到那般亲切。她凭自己的细敏看出，他脸上所呈现出的那种柔情，乃是他那颗良好的心灵的反射。也从他脸上译出了一个女孩儿望着一个非常可爱的布娃娃时，可能脱口而出的那句话。于是，她缓缓地垂下了头，并将身子转向了她的父亲。

　　她脸上浮起的红晕，使葛玉龙感到满室生辉，他傻乎乎地笑了。

　　他痴呆地望着她，因为心中充满着对她的赞美而感到快乐。他朦胧地体验着，这一时刻笼罩于这小小斗室的诗意，他甚至被这一时刻所感动了。

　　"哦，我还不知道你叫什么名字呢，你坐下嘛！"那当父亲的对葛玉龙亲近地说。

"我叫葛玉龙,诸葛亮的葛,我们是同学呀!……"他的回话却是冲着他女儿说的。

不料她的脸色却顿时变得阴暗了,脸上的红晕也令他惋惜地消退了,低声地一个字一个字地说:"我没有同学。"

当父亲的立刻严肃地责备道:"晶晶,你怎么能这样对人家说话!"

葛玉龙的自尊心被她这句听来仿佛拒人千里之外的话刺伤了。当父亲的对女儿的责备也不能抵消他受到的刺伤。他怔了一下,说:"我走了!"一转身便走出了他们的房间。

"真没礼貌,快去送送人家!"他听到那当父亲的又对女儿责备了一句。他明明在楼梯上听出她跟着送下来,却没有站住等她一步。他噔噔噔一口气奔下了楼。他刚走出楼口,她也噔噔噔地急切地追上了他。

他和她同时在楼口台阶上站住了。

"我那句话……惹你生气了么?"她羞怯而又满含歉意地问。

"是的。"他坦率地点了一下头,接着,又冷冷地说,"我并不想用同学关系和你拉近乎……"他觉得这句话不足以表明他的全部意思和为人准则,沉默片刻,补充道,"我才不愿和任何人拉近乎呢!"言罢,走下了台阶。

他的坦率,使他留给她的最初好感又无形中增加了一层。

她也跟着他走下了台阶,跟着他向平板车走去。当他已骑到车上时,她内疚地说:"请你原谅,我那句话并不是对你的呀!我是……情不自禁地……我们班的同学,都把我看成'黑五类'的狗崽子……女同学疏远我,男同学欺负我……"她的语调,仿佛他如果不说出对她表示原谅的话,她马上就会哭了似的。

他本来连瞧都不瞧她一眼,蹬起车就离去的。听了她的话,他不忍这么做而使她也像他刚才一样受到伤害。他在楼影的黑暗中向她转过脸,用原谅的语调说:"我并没有真生你的气,我是假装的,逗你玩呢。"

路灯幽蓝的光下,他看出她动人的脸上,绽出了甜美的微笑。

"那么,你答应我,做我们的朋友,仍像今天这样好心地在酱油厂照顾我父亲好吗?"她的眸子中闪耀着热切的希望和请求。

他不由得用发誓般的语调说:"我答应……"说完,浑身都是力气地蹬起了车子……

第二天清晨,当许晶晶推开家门时,愕然呆住了。葛玉龙坐在她家门旁,双手抱着膝盖,头低垂在手臂上,像个失职的守夜人似的蜷缩着。他的样子证明,他睡得既不舒适又很寒冷。

他听到了响动,抬起头,揉揉眼睛,见她出现在跟前,一下子站了起来。

"怎么?你……昨天夜里没回家?"

他憨笑了一下:"半路我又回来了。"

"为什么?"

"我想,万一你父亲夜里又突然发病,你肯定会需要帮助的……"

她的嘴角微微颤了一下,什么话都没说出来,一种肃然的深深的感动凝聚在她盯着他的那双眼睛里。

这两只城市屋檐下的小麻雀,这两颗同样经常遭到作践的稚嫩而孤独的心灵,就这样既偶然又必然地结合在一块儿了。宛如微风将一粒花种吹落在路旁一株小草根下,彼此感到命运所做的这种安排是双方都很需要的。

葛玉龙的"八小时之外",除了对自己的家庭尽到"顶门杠"的义务和到老师家还书借书,也从此获得了属于"享受"范畴的生活内容。在沿江路一百九十二号的斗室里，帮助纤弱的姑娘和她那病体维艰的父亲干些重活，乃是他极大的快乐。是的，他是把这一快乐珍视为"享受"的。这快乐使他感受到生活中的一抹亮色。

横格信纸上，笔画过于用力的字写着：

她曾是一位局长的女儿，我想，那她一定是很幸福地生活过的。除夕的前夜，他的父亲一定不会把捡来的鞋子给她穿。她的哥哥也一定不会为了使她在入队那一天穿上白小褂，而去拉货车的，如果她有哥哥的话。她也不会去扒树皮。假若她现在仍然是一位局长的女儿，她更不会被分配到一个生产棉胶鞋帮的小手工厂……

可是她现在落到了比我还不如的生活境地。我一点也不嫉妒她过去的生活，我是那么同情她现在的处境。我愿意许多的孩子都曾有过一位当局长的父亲，可是一点也不愿意他们现在的处境和她一样悲惨……如果能够做到，我甘心替换她。我从小就是在阴暗的破屋里长大的，我对一切不公正都习惯了，毫不在乎……

葛玉龙看到老师的手在微微抖动，纸页发出轻微的摩擦声。

老师显得有些激动，抬起头，目光又注视着他：说："葛玉龙，你知道你写了些什么啊！……"她走到桌子前面，背对着他坐下去，摘了眼镜，掏出手绢擦眼睛。而后，她一动不动地坐了许久，好像忘记了他的存在。

"老师……我写的使您……失望了？"他惴惴地问。

"不，我真没有想到……我要亲自替你抄一遍，替你保存它……"

他离开老师家后,怀着兴奋的心情,一路蹦蹦跳跳地走向沿江路。晶晶今天休息。他要到她家里告诉她这件事。他想象着当她听到他写的是她,会显出一种怎样的可爱。

他走进她家,见她正在翻看一本大相册。

"你爸爸呢?"

"和昨天一样,接受劳动改造去了。"

"今天我们厂里休息呀。"

"你是工人,他和你是不同的。"

他觉察出她此刻又被浓重的忧郁所笼罩,自己欢快的心情也消失了。但他来找她,是为使她快乐的,所以,他打破短暂的沉闷,又问:"允许我和你一块儿看吗?"

她抬起头瞧了他一眼,离开椅子,走到床前,在床沿上坐下。

于是他与她并肩坐在床沿上。

她替他翻相册,不时指点着低声说:"这就是我家原先住的那幢苏式房子,我们自己一个院子,爸爸每年夏天都在院里种满了鲜花。"

"这是我们家的客厅。"

"这是我的房间,我从七岁起就在家中单独住一个房间了。"

"这是我妈妈。"

"你妈妈……她如今在哪里?"

"我九岁那一年,她病故了。"

……

她合上相册,侧脸瞧着他,说:"你父亲现在还没有被'结合'吧?"

他一时不知如何回答才好,他明白,她是把他也看成一个"走资派"的儿子了。

她见他不回答,自言自语:"我问的话多愚蠢啊!你父亲要是被'结合'了,你哪会遭到和我一样的命运呢?你哪会对我这么同情呢?……"

他忍不住反驳道:"你为什么以为只有一个'走资派'的儿子,才会像我这样同情你呢?"

她惊奇地睁大了眼睛凝视着他,那神态仿佛在说:你提了一个多么古怪的问题呀?难道这么简单明白的问题,还需要由我来回答你么?然而,他却感到自己又一次受了她无意识的伤害,正因为她是无意识的,他愈发感到被伤害得不轻,固执地说:"你回答我。"

她喃喃地说:"只有同命运的人,才能真正互相怜悯。比如,一个在大杂院里长大的孩子,他能理解我现在的遭遇,使我的心灵多么痛苦吗?他能把真正的同情和怜悯给予我吗?就算他给予我,我也不会感到什么真正的安慰……"

没等她说完,他已站起来了,冷冷地说:"我就是一个在大杂院里长大的孩子,我的父亲并不是什么'走资派',而是一个建筑工人!"

他猛地推开门冲了出去。

他冲出大楼,对自己发誓,今后再也不踏进这幢楼。

他到老师家里去要回了他的第一篇"作品",他说还要修改一遍。一离开老师家,就把它撕得粉碎……

一天,他又到老师家还书。老师这一次没有再主动借给他什么书,而对他说:"你现在应该想到,到了可以给我看点什么的时候了!"

他明白老师的话的意思,有些不安,又有些得意地从衣兜里取出十几页写满了密密麻麻的小字的横格信纸,像在考场上交答卷一样,双手呈递给老师。

"怎么,在我没提示你之前,你已经开始了?"

老师的话表示出既感意外,也在意料中的喜悦。

老师戴上眼镜，坐到桌子前面，背对着他，开始看他写满了字的那十几页横格信纸。良久，轻轻翻过了一页。他极想从老师的表情上看出，自己所写的给老师以怎样的印象。但他看不到老师的面容，心中忐忑不安。他暗暗后悔，自己没用带格的稿纸写，字也写得太潦草，一定使老师看起来很吃力。

终于，老师全部看完了。老师站起身，走到窗前，沉思地望着窗外。他这时可以看到老师的侧面了。下午的温暖的阳光透过玻璃照在老师脸上，老师脸庞的侧影的线条是那么柔和。嘴角和眼角的皱纹表浅而细长，那是她为教育倾注了二十余年心血的明证。老师习惯性地扶了一下眼镜，并没有立刻放下那只手，指尖轻轻按摩着眼角的皱纹。

"老师……"

老师朝他缓缓转过了身，双手背在身后，撑在窗台上。

"你所写到的那个女孩和她的父亲，是你想象之中的人物么？"

"不，不是。她的父亲在酱油厂被劳动改造，她是我们学校的学生……"

"你们认识的过程，也如你写的这样吗？"

"是的……"

"什么原因，促使你写这个女孩呢……我的意思是，比如，你为什么没有首先想到写你的父亲，你的母亲，你的哥哥呢？"

"是……我不知道……老师，我真希望人人都互相同情，她得到我的同情，她很快乐；我因为她快乐，自己也快乐。老师，除了这种快乐，我在生活中还能够享受到什么别的快乐吗？也许……也许是快乐，促使我写她的……"

老师用研究的目光默默地注视了他一会儿，翻过几页纸，重看其中的一段。

又入冬了,天气比去年冬天更寒冷。

一天晚上,十点以后,葛玉龙拿着几本书从老师家告辞出来,走入一条僻静的狭窄的街道时,听到前面有人在唱歌,是一个姑娘的声音,唱的是电影《地道战》中的插曲:

> 地道战,嘿!地道战,
> 埋伏下神兵千百万。
> ……
> 侵略者,他敢来,
> 打他个人仰马又翻。
> ……

歌声听了使人难受。在一条僻静的狭街,夜半三更的,一个姑娘高唱这样一支歌,真叫人不可思议!莫非是个精神病患者?

他继续向前走了二十几步,发现了唱歌的姑娘。她面对一棵大树唱着,唱完了又从头起:

> 地道战,嘿!地道战,
> 埋伏下……

多熟悉的身姿!

他停住了脚步,几乎不敢相信自己的眼睛,两个字脱口而出:

"晶晶?……"

姑娘不再唱下去了,但仍木然地面向大树站着。

"晶晶!真是你吗?"

姑娘缓缓地转过身来——果然是她！

"晶晶，你……"

她也认出了他，呆呆地望着他。月光下，她的双眼渐渐变得明亮，泪水在眼中转动。

她猛地扑到他怀里，抱住他放声大哭！

"晶晶，这是怎么回事？！"

她哭得根本无法说话。

原来，她今天加班，往家走时，在这条狭街中被几个人挡住了。

她认出了他们是她的几个同班同学，有权势者们的儿子。他们也认出了她，他们几个是一块儿分在"晶体管研究所"的。在学校里，他们就不止一次对她轻薄过。她则用冷峻的高傲做自卫的"武器"，她没有别的可以有效保护自己的"武器"。她的"不识抬举"使他们怀恨在心，但却一直未寻找到适当的机会对她施行报复。今天，他们在松滨饭店吃得酒足饭饱，一块儿回家，他们没有想到被拦住的会是她。他们不过是想随便拦住一个姑娘，乘酒寻欢作乐一番而已。但当他们认出了她时，他们的报复之心油然而生。他们原本不打算轻易放过她，可其中一个说："玩一个'走资派'的狗崽子，脏了我们的身子！比她漂亮的姑娘有的是，不要脸的胜过脸蛋漂亮的。何必玩这个假正经，太没意思。"

这话虽然无耻，但却起了作用。他们大发慈悲，决定饶过她。他们逼迫她面朝大树站着，唱她方才唱的歌，算对她的一次小小的惩罚。

"五十遍，我们在街口听着，你敢唱不到五十遍就走，我们饶不了你！"

"我们改天就抄你的家！"

他们这样警告她后，便扬长而去……

葛玉龙听许晶晶一边哭,一边向他讲述了经过,肺几乎被气炸了。

他深深悔恨自己中断了和她的交往。为什么?不就是因为她无意识地说出的几句话,刺伤了自己的自尊心吗?在这座城市里,如果连他也不保护她了,谁还会保护她这个可怜的姑娘免受欺凌呢?

他无比忏悔地对她说:"晶晶,我送你回家。从此以后,我再也不会因为一句话半句话生你的气了。我要处处保护你,以后你再加班,预先告诉我,我到你们厂门口接你……"

……

可是,一个月后,当他收回自己当初的誓言,再登许晶晶的家门时,那父女俩已不在了。他们的家住进了别人。他问新房主父女俩搬到哪里去了,得到的回答仅仅是冷冷的三个字:"不知道。"

她从他的生活中突然消失,消失得无影无踪,没处找寻。

……

人类的词语中有一个单字连词——"又",它的作用那么奇妙!它寄托着人们的种种希望和愿望,没有它的存在,人的许多希望和愿望都将落空。它赐福于我们。

葛玉龙头脑中有一个从来没有彻底泯灭过的希望——希望有一天许晶晶又会突然出现在他面前,像天女下凡一样。

生活果然被他的由衷的希望所感动。一天下班,他刚走出酱油厂大门,听到有人叫他,便站住了。他四面望望,一时没有发现叫他的人。

一个身穿连衣裙的亭亭玉立的姑娘,快步走到他跟前,又亲切地叫了他一声。

他望着这个风姿绰绰、魅力无限的姑娘,觉得似曾相识,却一时不敢贸然答应。

"认不出我了么?我是许晶晶!"姑娘妩媚地微笑着,向他伸出一只手。

"晶晶！……"他终于从她那张美丽得令人一瞥便心动的脸上，认出了保存在自己记忆中的当年的那个纤弱的女孩儿。不知为什么，他总觉得自己比她大许多岁。她在他心目中，始终是一个小女孩儿。

他们的手握在一起，许久没有松开。

他们都惊奇地发现，对方有了那么明显的非凡的变化。

他已经成为一个堂堂男子汉了。他的身材那么健美，像一个体操运动员。他穿一件蓝色背心，裸露着肌肉结实的臂膀。他的胸膛宽阔，高高挺起，如果穿上一身铠甲，会是一位多么威武难敌的古代勇士啊！

他的头发那么黑那么浓密，有些天生曲卷，一绺鬈发自然地覆盖着他那方正的额头。他的脸那么英俊，浓眉大眼，高高的鼻梁，线条刚毅而明朗。他身上的一切一切，都显示出会令任何一个姑娘倾心的男性美。她几乎是在欣赏一具雕塑，仔细地打量着他，目光再也不能从他身上离开。

他被她看得有些不好意思，发窘地微笑着，放开了她的手。

她也变了，长高了，丰满了。她的长发没梳任何发式，只是烫出了几道优美的发波，随意地披在两肩上，衬托着她那洁白如玉的脸庞。

她的嘴唇变得鲜红了，眼睛明亮了，脸上焕发着春风得意的迷人光彩。

她显得仪态万方、雍容高雅了。他真想告诉她，在他看来，她如今的美丽是无与伦比的。

下班的工人们，全都朝他们投过来各种各样的目光。像她这样一位姑娘，站在酱油厂的大门口，的确是太惹人注目了。

他们离开了那里，并肩缓缓地走着。她很亲昵地主动挽起他的手臂，轻轻偎依着他。

他从未这样和一个姑娘走在路上。何况,是和她这样一个惊人美丽的姑娘。来往的行人没有不多看他们几眼的,这使他的神态很不自然,但又感到一种极大的满足。她却是那么从容不迫地迈着轻盈的步子。他主动开口问她:"这几年,你都在什么地方?怎么生活的?"

"我们那一次偶然相见后,我就和爸爸一块儿到干校去了。一直到'四人帮'粉碎后,我们才回到城市来。"

"为什么不给我写信?"

"写过,但一封也没有寄出。"

"干校连信也不许你们寄?"

"不,对我们还没到那么严厉的地步。当时我想,不知我们的交往会以什么样的结局告终,我想把你忘掉……"

他大声说:"可是我一直都在想念着你啊!"

她不作声了,却向他偎依得更紧。

他又问:"既然你想把我忘掉,为什么今天又主动来找我呢?"

"因为我从晚报上发现了你的名字,青年业余作家——本市粉碎'四人帮'后,即将出版的第一部长篇小说的作者,晚报上就是这么介绍你的。于是你又在我心里复活了。其实我并没有忘掉你,想忘而忘不掉,我非常迫切地想了解你的近况,想了解你目前的生活,想知道你是不是结婚了……"她多少带有点调皮意味地说了这些话。

"结婚?!亏你想得出。哪一个女子能把你留在我心中的印象抹掉!……"他好像受了极大的诬蔑,声调那么高。

"别这么大喊大叫啊!……"她笑了,"你还嫌我们招惹的目光少吗?"

他也不好意思地笑了。

他们都沉默了。走了一会儿,他似乎无法忍受这种沉默,又问:

"那么,你现在又是怎样生活的呢?"

"我已经从省艺术学校毕业了,分配在歌舞团,做报幕演员。我爸爸也恢复职务了,整天忙得很。"

他沉吟良久,终于鼓起勇气问出了他实际上最想问的话:"那么……你……""结婚"两个字刚到嘴边,他还是由于太强的自尊心作祟,而咽回去了。

她却已经猜到了他想问的是什么,目光盯在他脸上,摇了摇头。

她看出了他胸膛里暗暗舒出一大口气。

她垂下头,抿着嘴唇略显羞涩地笑了。

"明天是我的生日,你到我家里来玩好吗?"

除了惊喜,他简直不知道应该对她的邀请,再作什么别的表示。

"那么说定了。这是我家的地址。"她将一张预先写好的纸条递给他,向他伸出了手,"明天见!"

……

第二天,他按照地址来到了她家里。

他曾在照片上看到过的那幢美观漂亮的独占一院的苏式住宅,如今又成为她的家了。客厅、卧室、餐厅粉刷一新。院子里的花香阵阵地飘送到屋里来。

"我又是这幢房子的主人了。我太爱这幢房子太爱这个小花园了……"她不无感慨地对他说,牵着他的手,引他走进了洁净的小餐厅。

方桌上铺着雪白的桌布,正中放着生日蛋糕。

在这一天,在他离开这幢油漆味和花香弥漫的苏式住宅之前,她忘情地投入了他的怀抱,捧住他的脸,狂热地吻了他许久……

在她的要求下,他把她带到了自己家里一次。那一天是中秋节。

她出现在大杂院里,像一只孔雀落到了貂场。门窗低矮的破房烂屋如同被隔开的貂笼。住民像在笼子里待习惯了的貂似的,不慌不忙地从各家出来进去。她那天打扮得并非花枝招展,相反,她可能想象到了要去的是什么地方,甚至有意识地打扮得朴素些。但大杂院里的人们还是一眼便看了出来,她和他们绝不是一样的人。对他们来说,她是属于另一个天地的人。他们望着她的那种目光,含有礼貌的冷淡意味。她对他们每一个人都报以微笑,竭力表明她是愿意亲近他们的。但他们还是感觉出,在她的甜美的微笑后面,违心地隐藏起的是降尊屈驾的高傲。她一被葛家的人迎进屋去,许多目光便从全院的各个角落投射向葛家的窗口,仿佛她是他们引入家中一个贼。女人们不时从葛家的窗前走过来走过去,脖子是不肯扭动的,眼波却从她们的眼角技艺高超地飞瞥到葛家屋里。孩子们永远是坦率的,他们的手扒住窗台,一颗颗脑袋如同葛家窗前地下长出了一片黑蘑。他们盯住她看,那模样像在公园里看猩猩。葛玉龙不好当着她的面呵斥他们。趁她不注意,推了一下窗子,使窗子半开半掩。

但当他一回头,孩子们又将窗口公然占领了……

葛玉龙全家,为了许晶晶的光临,前一天,做了种种周到的必要的"迎宾活动",屋子里的灰尘被彻底清除了一次。秀娟踩着被垛,用一张报纸糊住了顶棚可能会吓客人一大跳的"猫皮"。葛大娘还将吃饭桌用碱水刷洗了。然而,她的光临还是令他们处处觉得歉意和尴尬。丰盛的菜她并未吃几口,她并不是客气,也并非不好意思。她的饭量极小,而且喜欢吃的是清淡的素菜。葛大娘断定客人没吃好,为此暗暗不安。她是将全部做菜本领都施展出来了的。她走之后,全家人都舒了一口气,好像结束了一场战斗似的。葛全德以一家之主的威严口气,问他的二儿子:"你比你的名字登了报还高兴,就为了交上这么一位女朋友?"

儿子说:"爸,你别瞧她不顺眼,其实她人可好啦!"

当父亲的说:"我并没说她不是好人,但她根本不是能和咱们在一块顶棚底下过日子的人,咱们高攀不上!从今日起,不许你再和她这样的姑娘来往,更不许你再把她领到家里!你以为你小子写出一本书,名字上了报,就有身份讨一个金枝玉叶当老婆了?你那是痴心妄想。我不许!我不看着你讨上一个能和咱们在一块顶棚底下过日子的老婆,我死不闭目?!……"

葛大娘不爱听了,插言道:"你说的什么话,人家姑娘瞧得起咱们玉龙,肯从高门槛往低门槛迈,不嫌弃咱们家一贫如洗,你倒挑剔起人家一个如花似玉的姑娘来了。好糊涂!"

大儿子玉明也说:"爸,你也太把事情看绝对了。弟弟的事,还是应该弟弟自己拿主意,在这方面,我是反对家长无理干涉的,我相信弟弟的眼光。"

一家之主说不出更多的道理,气闷闷地走出了家门。

第二天,葛玉龙和许晶晶在她家里一见面,就认真而忧郁地说:"你也到我家去过了,你也知道我是生活在一个什么样的家庭中了。我们的关系,你还是认真考虑考虑吧!免得以后你悔之不及,我爱你,但绝不乞讨你的爱情!"

许晶晶,她正被一种爱和被爱的激情陶醉,她已彻底被他的英俊所倾倒。她不许他说下去,用一只手捂住了他的嘴,温顺地偎在他胸前,喃喃低语道:"我爱你!爱你!你不是属于你们家的,你从今后是属于我的!你生活在那样的家庭环境里这对你太不公正,我要把你俘虏到我的生活天地中来。什么话都别多说了,我现在只要你吻我……"

她天性富于想象,对爱情也充满了浪漫的想象。想象一动,无边无际。她认为她爱上了一个大杂院里的"王子",这是何等浪漫的爱情!她甚至还嫌美中不足,心想他若是一个被"四人帮"迫害过的才子,一个做了丈夫而在患难中被妻子抛弃了的人,最好再有一个孩子,聪明漂亮的男孩(她喜爱男孩),小于七岁大于三岁,那才浪漫得十全十美。

这种想象更加使她冲动,她闭着眼睛,仰起脸来,期待着他的亲吻。

葛玉龙低下头,凝视着这样一张美丽的脸庞,不得不向自己承认,要他不爱她,那是根本不可能的。

他捧住她的脸,声音颤抖地对她说:"晶晶,晶晶,我永远永远爱你!赤道变,心亦不变!……"

两颗心都被爱融化了。

紧紧的拥抱,狂热的亲吻,海誓山盟的情话……使他们神魂颠倒,都忘记了他们谁是谁……

一天上午,葛玉龙正在挥锹干活儿,他的好朋友推销员张珂,把他从出渣车间叫了出来,开门见山地问:"玉龙,你的那位美丽小姐,现在跟你关系怎么样啊?"

葛玉龙笑笑:"你不是全知道吗?"

张珂沉吟有顷,盯着他说:"看来你的自我感觉还挺不错。"

葛玉龙听出他话中有话,忙问:"你知道了些什么?快告诉我。"

"我大前天出差回来,在火车站看见她了,打扮得别提多时髦,跟一个傲气凌人的小白脸在一起……"

"……"

"我问她:'外出吗?'她回答:'到北戴河玩去!'她是认得我的,也知道我和你是朋友,好像对我回答错了似的,又很不自然地改口说:'不,我们接人。'那个小白脸催促她:'晶晶,我们走吧,火车进站了。'就拉起她的手,两人匆匆进了检票口。我觉得在哪儿见过那个小白脸,猛地想起,他是省军区副司令的儿子。我们家不是住在省军区大院那条街上吗?我差不多每天都看见他骑着一辆'铃木'招摇过市。我没有立刻就走,守在检票口外面,结果等了一个小时,也没见他们再出来……"

"你的意思是说,她对你——我的朋友撒谎啦?她的确是和那个小白脸到北戴河玩去了?……"葛玉龙脸色骤变。

"这不明摆着的事嘛!"

葛玉龙一把抓住好朋友的手腕:"如果你无中生有,欺骗我,咱俩的友谊就算完了。"

张珂摔开他的手,生气地说:"玉龙,你太不相信人。反正这事我如实告诉你了,信不信由你!"说罢,转身就走。

葛玉龙站在那里,呆若木鸡。

张珂走出几步,回头看了他一眼,又走回到他身边,同情地说:"玉龙,你别没主意啊!今天下午,有一趟到北戴河的火车……"

葛玉龙仿佛没听见他的话,一动不动。

张珂急了,吼起来:"那小白脸是个一贯玩弄女性的高级流氓!被他玩弄够了,又抛弃的姑娘不知有多少,难道你就没有勇气把你爱的姑娘,从他身边夺回来吗?你这个草包!"

"可是,车间主任为这事能批我假么?再说我怎么对家里人讲……"

"你走你的,我替你请假,我替你告诉家里!……"

葛玉龙冲进车间,一会儿,一边穿外衣,一边冲出来,向厂门外跑去。

"等等!"张珂追上他,从兜里掏出自己的钱包塞在他手中……

葛玉龙走出北戴河火车站,已是后半夜。

在这里下车的旅客寥寥无几,冬季,一般人是不会被吸引到大海边来的。他向检票员问去旅店怎么走,女检票员疑惑地打量着他那身印有"酱油厂"三个字的破旧棉工作服,冷冷地说:"这里没有什么旅店,只有宾馆,冬季也不对外开放。"

"那么,宾馆怎么走?"

"顺大道一直走。"

他迎着寒冷的海风,朝没有路灯的漆黑的大道走去,路经的一幢幢别墅式的小楼,隐在高大的树木后面,没有一幢小楼亮着一扇窗户。他好像走到了一个没有人间烟火的地方。海涛在不远处寂寞地冲刷着海滩。他生平第一次来到大海边,第一次听到大海的声音。但是,他一点新奇的感受也没有,只觉得自己那么孤独,如一个无家可归的流浪汉。

他终于找到了海滨宾馆的接待楼,它也没有一扇窗子明亮。他走上台阶,推了推楼门,门从里面锁着。在月光下,他发现门前立着一块牌子,上写:冬季谢绝住客……

他回到了火车站,在候车室一支接一支地吸烟,心焦如焚地坐到了第二天早晨。他又来到了宾馆接待楼,楼门开了锁。他推门走进去,见一个老头在柜台后看报。

他走到柜台前,问:"现在办理住宿手续吗?"

对方抬起头,大声说:"出去出去,你没看见门口的牌子?冬季谢绝住客。"

他的目光忽然死死地盯住了柜台里面的玻璃板,玻璃板下压着一张放大的照片。照片上两个人——许晶晶和一个穿风雪大衣的潇洒青年。她的上身斜靠在他胸前,他的一只手搭在她肩上,她迷人地笑着,他高傲地笑着。

葛玉龙的心颤抖起来。他抬起手臂,指着照片,尽量用一种平常的语调问:"照片上那两个人,住在这里吗?"

"你……认识他们？"

他点点头，立刻掏出烟，向对方递过一支。

"不客气。"对方说着，却接过了烟。葛玉龙替对方点着烟，那只手下意识地捂住了工作服上的"酱油厂"三个字。也许是因为那支烟的作用，也许是因为他点头的作用，对方显得略微客气了些，吐出一口烟后，说："他们在这里只住了两天，今天上午走的，你哪能和他们相比呀！人家的老子是我们经理的老战友，咱们副经理亲自到火车站接来送走，给安排的是套间……"

"他们……住在一起吗？"葛玉龙问出这句话，感到自己那么可耻。

"看你问的，人家小伙子带着姑娘来玩两天，还能给人家拆对嘛！"

"他们又到哪儿去了？"

"可能是，又到杭州去了吧！"对方不太肯定地回答。

那张照片，在葛玉龙眼前旋转起来，模糊起来，她和他的笑脸重叠了，变为一张合成的古怪的面孔，从玻璃板底下跳起，向他逼近。

葛玉龙的身子摇晃了一下。

对方愕然地发现他的脸色，刹那间，变得苍白如纸。他从口中吃力地吐出了两个字："谢谢……"

他转身离开柜台，脚下轻飘地走出两步，晕倒了……

葛玉龙回到家里，刚进家门，他的父亲就打了他一耳光，骂道："混账东西！给我滚出去！天涯海角追你那位小姐去吧！……"

五

商业局在"文化大革命"前，多年来一直没有正规托儿所。局机关的许多工作人员，包括局长许维昌的两任秘书，都曾将孩子带进机关大楼上班。各办公科室成了变相的托儿所。孩子们拨电话机,在文件上画小猫小狗的事屡屡发生。许维昌对此耳闻目见,十分恼怒。他召开机关大会,三令五申,严禁机关工作人员带孩子上班。带孩子上班之风是杜绝了,但不久发生了一件不幸的事情,一对在本机关工作的夫妻,因为无人带孩子,一时又解决不了孩子的入托问题,只得将孩子锁在家里。孩子玩弄煤气中毒死亡,孩子的父母精神受到严重刺激。

许维昌深感自己有罪,采取临时措施,腾出两间办公室,留用三名退休的女同志,就在机关大楼里办起了托儿所。他下了一个坚如磐石的决心——他的商业局将在全市办起第一流的托儿所。不但要使机关工作人员的孩子入托,而且要使商业系统许多职工们的孩子都能入托。

一位局长的决心,也并非那么容易实现。首先,他得去跟房管局长打交道。房管局长是他战友,却敲他这位商业局长的竹杠。"房老虎"说:"地盘?有,有!老战友要盖托儿所,为民造福,天大的好事,我还能不帮忙吗?不过,有个条件……"

苛刻的条件。对方批给商业局一块允许营建的地盘,商业局的托儿所盖起之后,要让给房管局三分之一面积。老战友笑呵呵地跟他讨价还价:"我知道你这位商业局长是老财东,你有钱,我有地盘,咱们房管局和商业局来个友好协作,互相支持吧!我这可不是个人掠夺,也是为我房管局的职工们着想啊!同是为民谋福嘛!"对方那双友好而狡黠的眼睛盯在他脸上,似乎用目光对他说:老战友,我早把你这个人的脾气研究透了,咱俩好好谈,你最后会接受我的想法的,我的想法不坏嘛!

他的确是被对方研究透了。他答应了条件,虽然大发了一顿雷霆,但答应了。有什么办法?什么办法也没有。他需要一块地盘,不是他自己需要,是商业系统那些当父亲的和当母亲的人们需要,这和他自己需要没什么两样,比他自己需要心情更急迫。他知道,知道得明明白白,如果他不答应房管局长的条件,他这位商业局长要在本市盖起一流条件托儿所的决心,将永远只不过是决心而已。不能实现的决心,局长的也罢,部长的也罢,都像不能孵出小鸡的鸡蛋,孵化的温度愈高,时间愈久,愈会变臭。他可不是一个甘愿使自己的决心变臭的人。

可房管局长——混账透顶的老战友,不但敲了商业局的竹杠,而且玩弄了他这位商业局长。对方用商业局的经费首先盖起了房管局的托儿所,剩下的三分之二地盘还没砌一砖一瓦,"文化大革命"开始了。

他的决心果真在那火热的年代里、火热的温度下变成了臭鸡蛋!不唯如此,他还因此多了一条罪状。群众的大字报要求他公开回答——得到了房管局长多少好处,将十几万经费拱手相送?他认为这个问题不该由他自己回答。他驱车赶到了房管局长家,房管局长的家被抄了。房管局长本人被造反派们囚禁起来了。他离开房管局长被抄得乱七八糟的家,那些预先想好的大骂的话,一句也没有机会骂出口。他为自己遗憾,更为房管局长担忧。

那是他最后一次乘坐小汽车,第二天他自己也遇到了和房管局长同样的命运。

……

许维昌官复原职后,当作大事来抓的第一项具体工作,便是盖托儿所。房管局长也官复原职了。许维昌没有找他算当年的老账。当年那三分之二地盘,在"文化大革命"中被别的单位占用了。他也没去打官司,更没去求房管局长再批给他一块地盘。

他在局党委会上说服局党委其他成员,合并了商业系统两个糕点厂，在其中一个厂的旧址，盖起了三层楼的商业局托儿所。他终于将他的决心变成了现实。什么事情办得太好了也会招致麻烦，全市其他各局各系统的头头们，纷纷慕名而来，将孙男孙女或外孙外孙女送到这里入托。他拒绝不得他们，一是碍于情面，二是怕得罪了他们。他得罪不起他们，得罪了煤炭局长，他商业局托儿所冬季的暖气就无保障；得罪了劳资局长，他所招收的那些保育员中，就有三分之一不能转正。他曾把交通局长得罪了，结果是，托儿所门前的公共汽车站，几天后，无缘无故取消了。他只得亲自写张条子，批准对方的外孙入商业局托儿所。莫说诸位局长大人们得罪不起，就是建工局属下一个小小施工队的队长也得罪不起。那个队长拎着点心盒子到他家里"走后门"，被他不客气地训斥了一顿。而他却受到了恶劣的报复——给托儿所挖的下水道，因为"没有下水道管子"，停工半月。那半个月，又偏偏赶上连绵雨季，挖在托儿所院内的下水道壕坑，纵横交错，积满雨水，可以游泳。他又亲笔批条，于是下水道管子就有了……

而那些孩子仍不能入托的商业系统的职工干部们，不了解这些内幕，不体谅他这位局长的难处。他们对他怨气冲天，当面背后，牢骚满腹。他常常感到自己的可悲。他想过，要得到他们的体谅并不难，只消将他每次亲笔批条子的万般无奈的情况，公布于众便是。但他不愿如此做。倘若一位当局长的，也对目前社会上的种种不正之风妥协让步、束手无策，平民百姓该作何想法呢？他宁肯自己被指责，也不愿令群众对我们的生活丧失信心。每次当他不得不又亲笔批条子时，真忍不住想骂一句："他妈的！"

商业局托儿所坐落在南市区通达街中段，红砖围墙内，场地宽阔平整，花圃分布，树木成行。秋千、滑梯、转盘、木马、跷跷板等，各种各样的固定玩具安置在花圃旁、树木间。

葛秀娟今天到托儿所来上班。昨天晚上，她从箱子里为数不多的几套衣服中，挑选出了一套自认为穿上定会显得很不俗气的，喷了水，叠了又叠，临睡前压在枕头底下，压出了熨过一样的衣线。她希望，今天自己能在各方面都给托儿所的全体人员留下良好的第一印象，包括衣着方面，包括孩子们对她的印象。

她走进托儿所院子，惊奇地四面张望，心中颇为遗憾地想，可惜眼下是冬季。如果是夏季，鲜花盛开，树木翠绿，活泼快乐的孩子们唱啊跳啊地游戏其间，那该是一幅多么美好的图画！她觉得自己能够分配在这样一流条件的托儿所工作，真够幸运啊！她不由自主地想到了她的好朋友张丽华，和丽华卖酱醋咸菜那个小杂货铺相比，这里简直是天堂！她甚至因为自己的命运竟比好朋友的命运足可自慰，居然产生一种像犯了什么对不起好朋友的错误似的心情。

走进办公室，她见办公桌后坐着一个三十左右的女人，在打毛线活儿。这女人穿一件猩红的紧身高领毛衣，外罩一件雪白工作服大褂。她那新烫的发式很古怪，如卫国战争时期苏军的船形列兵帽，摇摇欲坠地耸束着，向一边倾歪着。秀娟还是第一次见到这么古怪的发式，感到开了点眼界。

女人抬头瞟她一眼，立刻又低下头运针走线，似乎走进来的不是一个人，是一只猫。

秀娟轻轻走到桌边，礼貌地低声说："同志，我是来报到上班的。"

对方不抬头，仿佛没听见她的话，又织了几针，才不情愿地放下毛线活，懒倦地拉开抽屉，取出一张表格，放在桌面上，用指头一弹纸边，将那张表格弹到了桌子的一角。

秀娟掏出钢笔，趴在桌上，认认真真地填表格。填好后，将表格双手递给对方。

对方接过表格，扫了一眼，从她手中拿过，不，几乎是抢过她的钢笔，在"工作"那一栏打了个很大的×，又拉开抽屉，取出一张表格抛在桌上，冷冰冰地说："重填！"秀娟填的是"阿姨"两个字，对方打×的就是这两个字。她省悟到自己填错了。怎么能填"阿姨"两个字呢！应该按照正规的工作称呼填"保育员"三个字嘛！她非常歉意地朝对方笑了一下，讷讷地说："真对不起，浪费一张表格。"

对方没有丝毫反应，依旧是不看她一眼，拿起毛线活，继续运针走线。

秀娟在第二张表格上填得更加认真。

"保育员"三个字又被对方打了一个同样大的×，用力之狠，将表格都划破了。

对方抛给她第三张表格。

秀娟瞧着第三张表格，一时怔住。她有点不敢拿起它了。填"阿姨"不对，填"保育员"也不对，究竟该填什么？已经浪费了两张表格呀！

对方将她的钢笔啪地扔在桌上，依旧用那种冷冰冰的语气吐出两个字："重填！"钢笔从桌上滚落地上。秀娟弯腰捡起钢笔，笔帽摔裂了。她既心疼自己的笔，又对这女人的无礼很生气。她压下心中的恼怒，强作笑脸，赔着小心问："请您告诉我，究竟该怎么填？"

对方倏地抬起头，挑眉瞪目地说："填老师！"

"老师？可我接到的工作通知单上，明明写着保育员呀！"

"叫你填老师就填老师，哪来这么多废话！"对方那张擦了粉的、像白糕似的脸上，表现出极大的不耐烦。

秀娟保持着脸上的微笑，但双眼却闪射出她真实性格的芒刺，咄咄逼人地盯在对方脸上，用目光向对方发出了警告：姑娘的涵养是有限的,别惹翻了我!

看来警告非常必要。

第三张表格换得了工作证。

她将工作证接在手,暗暗吁口气——总算没在报到第一天吵起来。

一个年老的女同志走进办公室,上下打量着她,问:"你是葛秀娟?"

秀娟点了一下头。

她握住秀娟一只手,自我介绍:"我姓韩,是所长。姑娘,对分配到这里来工作,认为很不理想吧?"

所长是位和蔼可亲的人,使秀娟又一次感到幸运。所长提出的问题,她有点不知如何回答,理想不理想,她没认真思考过。她只是觉得这里比她预想的要美好得多。虽然,这美好被那发式古怪的女人破坏了一点。

她犹豫一阵,说:"我觉得我挺幸运的,我的同学比我早分配工作半年,分在一个小杂货铺。和她相比,我很满意,我待业三年了……"

坐在办公桌后面的那位,突然提高嗓门干咳一声,吓她一跳,她转脸瞄了那一位一眼,皱起眉头,从所长手中抽出了自己的手。

所长未动声色,显然对这一类干咳听惯了。所长注视着她的脸,又说:"姑娘,你能这么回答我,真使我高兴。我们这个托儿所,工作条件和待遇是全市最好的。可有些分配在这里工作的人,还很不安心,觉得社会地位低下。前一时期,她们在称呼问题上闹了一场。可依我看,争得一个'老师'的称呼,并不能消除她们自己鄙薄自己的心理。连自己都鄙薄自己,怎么能够获得社会对自己的尊重?……"

坐在办公桌后面那位,又不失时机地干咳一声。所长转过脸:"你如果嗓子里真有痰，索性咳到外面痰盂去好不好？"

一个人可以不爱许多，正如一个人可以憎恨许多一样。甚至可以不爱音乐，不爱诗，不爱海，不爱鲜花……但是，他不可以不爱儿童。

儿童，这是一切美好的生命形式中最美好的。面对一群天真活泼的儿童，无论被任何痛苦或任何欲念所折磨所诱惑的心灵，只要还不失为正常的心灵，便总会获得一种圣洁的宁静，起码会获得片刻的圣洁的宁静。不管是一个女人，抑或一个男人，也不管是做过父母的人，抑或没有做过父母的人，倘他果真不爱儿童，那么，我们便有充足的理由认为，他的心灵不是已经变态，肯定是正在开始变态。

当葛秀娟下午带领托儿所大班的一群孩子在院里堆雪人时，她的心情快活得也像是一个大孩子。同时，又像是一个年轻的母亲，一个童心未泯的大姐姐，极其负责地照看自己的一群儿女或小弟弟小妹妹。

半天内，她就爱上了孩子们，而孩子们也喜欢上了她。

她训练孩子们集合、排队。孩子们对这种训练感到既新奇又有意思。她下达了一声"报数"的口令，他们便嚷叫着四散跑开，每人抱住一棵树干，也有两个争抱一棵树干的，也有三个五个同抱一棵树干的。

一个年龄最小的女孩，跑得慢了，见别的孩子们都各抱树干，自己一时茫然，不知该跑向哪一棵树好，竟急得哇的一声哭了。她赶紧跑过去抱起那女孩，被孩子们搞得自己也哭笑不得。

赵翠英，托儿所的办事员，就是那个很善于像感冒了的刺猬一样干咳的女人，站在楼口台阶上，两臂交抱胸前，身体斜靠一根阳台柱子，眯缝眼睛注视秀娟，嘴角挂着讥嘲的冷笑。

院墙外响起一阵长长的口哨，接着，一团雪落在她脚边。她吃一惊，倏地扭过头，朝雪团飞来的方向望去。

围墙上骑着两个人，在朝她招手，她向秀娟看看，见秀娟并未注意她，对那两个人打了一阵手势，迅速转身进楼了。

那两个人从围墙上跳到院子里，也跑进楼里。

当秀娟领着排队的孩子们往楼内走时，那两个人从楼内出来了。

她和他们在楼口台阶上相遇，她一眼认出，这两人之一，是不久前欺负过她的那个可恶的"皮夹克"。

他也认出了她，拦住她的去路，不放她带领孩子们走进楼内。

她怒斥："滚开！"

"皮夹克"无耻地笑了："滚？往哪儿滚啊？我可只会和女人在炕上滚！"

那另一个留着不男不女的长发，邪狞的目光盯在她身上，嘴里哼哼唧唧："四更里梦醒骂丫鬟，无端惊散奴的梦团圆，方才朦胧梦见他，比旧日的形容全不差……"

她狠狠地将"皮夹克"推开，推得他倒退了几步，撞在阳台的水泥柱子上。她趁机带领孩子们匆匆走入楼内。一个孩子在她身后哇的一声哭了起来，她猛地转过身，见"皮夹克"竟将那个年龄最小的女孩抱在怀里。

她像一头牝狮似的从楼内冲了出来。"皮夹克"将女孩抱得很紧，女孩没被她夺下，挣扎着腿脚，哭得更凶了。

"哎哎，你怎么不讲理呀！舅舅抱外甥女，你干涉得着嘛！"那个哼猥辞淫调的，阻挡着她，不容她接近"皮夹克"。

"放下孩子！放下孩子！"她和对方厮打起来。

所有的孩子一齐哭了起来。

几位保育员跑到楼外，她们后面跟着所长。

"放下孩子！"所长对"皮夹克"威严地呵斥。

"皮夹克"见惊动的人多了，每个人都在怒视他，心虚地将孩子放到了地上。

孩子立刻朝秀娟奔来，秀娟蹲下身，孩子扑进她怀里，双手搂住了她的脖子。

秀娟抱着小女孩，同时抚慰着其他孩子。

"你们是什么人？"老所长向"皮夹克"跨近一步，盯着他问。

"皮夹克"一指被抱在秀娟怀中的小女孩，蛮横地说："我是她舅舅！舅舅亲近亲近外甥女都不许吗？"

老所长又严厉地问："你们从哪儿进来的？"

"皮夹克"一笑，嘻嘻哈哈地说："你问我们从哪儿进来的啊？从墙外跳进来的呗！我们倒是很想从大门进来，可把门的不让我们进哟！你们的出入制度何必这么严？这不过是看孩子的地方，又不是什么保密单位！"

有人在地上发现了两袋麦乳精，捡起来，递给老所长："你看，这是孩子们的。孩子们的食品不是丢过多次了吗？"

老所长将那两袋麦乳精接在手，心中立刻明白了什么，脸色气得青白起来。

那两个恶少显得多少有些慌张，互相使了个眼色，想溜。但大家将他们团团围住了。

"你们围住我们干吗？我们虽然跳墙进来的，可不是贼！你们能把我们怎么样？""皮夹克"色厉内荏地说。

老所长的目光始终盯在他们脸上。这和蔼可亲的女人，此刻仿佛具有一种精神上的威严。她突然从"皮夹克"的同伙肩上一把扯下了黄色的帆布书包，那恶少拽住书包带往回夺，老所长不放手，又有两袋麦乳精一盒巧克力从书包里掉落在地上。

"你们就算是以偷为乐、以偷为荣吧，可怎么忍心偷孩子们的食品？他们正是需要营养的成长时期啊！"老所长注视着他们直摇头，企图用语言感动那两个恶少的天良。

"你血口喷人！你有什么证据说我们是偷的？""皮夹克"恼羞成怒，一指秀娟，"是她送给我们的！"

"对，是她送给我们的！""皮夹克"的同伙帮腔。

"你们胡说！"秀娟料不到他们会这般无耻，气得浑身颤抖。可除了"胡说"两个字，一时再也找不到别的话替自己辩护。

"你怎么能这样翻脸无情啊！明明是你送给我，算是偿还你欠我的十元钱嘛！难道你就昧着良心让她们把我错当成一个贼？难道咱俩就果真好不成，反为仇吗？"

他伪装得煞有介事。

老所长转过脸，若有所思地注视着秀娟。

每一个人的目光都投射在她身上。

"你！你……"她气得肺要顷刻炸了。她干跺脚，眼泪在眼眶里直打转。

面对还根本不了解自己品行的人们，她替自己的任何辩护都将是多么无力啊！

赵翠英站在人们身后，一副事不关己、冷眼瞧热闹的神气，嗑着瓜子。

老所长忽然厉声吩咐："去把大门关上！给附近的派出所打电话！"

老所长的话音刚落，两个恶少顿时凶相毕露，同时高叫："谁敢？！"

他们一齐从腰间拔出了刀子。

女人们恐惧地四散开了。

他们想趁机夺路而逃，老所长抢前一步，张开双臂，挡住了他们。她眯起眼睛，凛凛地盯着他们，一字一句地说："想跑？没那么便宜！害怕了么？就算你们是两个地头蛇，我今天也要……"

她的话还没说完，"皮夹克"同伙手中的刀子已经捅进了她腹部。

老所长捂住腹部，慢慢弯下腰，终于倒在地上。倒下之前，朝抱着孩子的秀娟看了一眼，目光中充满了被欺骗的愤怒和不肯饶恕的谴责。

两个恶少拔腿就跑。

秀娟完全被几秒钟内发生在眼前的事惊呆了……

下班后，所有的孩子都被家长接走了，所有的同事也都走了。

只有葛秀娟还没走——她那班孩子中还有一个没人接，就是那个年龄最小的女孩。她抱着那女孩，等候在传达室里。

老所长被刺倒前朝她的一瞥，是那么严重地击伤了她的心。

守大门的老头，从她抱着孩子迈进传达室，就没正眼瞧过她，也没跟她说过一句话，始终坐在椅子上闷头吸烟。

参加工作的第一天啊！清白无辜地被众人看成了一个坏姑娘，有谁去替自己辩护？她心中委屈极了，难过极了！她真想放声大哭一场！

她对那两个流氓恶少恨得咬牙切齿！由于对他们的恨而恨及她所怀抱的这女孩，而恨及这小女孩的父母。因为"皮夹克"是这小女孩的舅舅，因为这小女孩的母亲是"皮夹克"的姐姐，因为这小女孩的父亲是"皮夹克"的姐夫。而她却还要怀抱着这孩子，等待那流氓恶少的姐姐或姐夫来接这孩子。

为了证实这孩子与"皮夹克"是否确有什么亲缘关系，她忍不住开口问孩子:"珍珍,那个穿皮夹克的,果真是你舅舅吗?"

"嗯。"珍珍点了一下头。

"亲舅舅?"

珍珍又点了一下头。

她几乎想把珍珍从膝上推下去,然而她毕竟不忍那么做。抱在她怀里,坐在她膝上的,不过是一个三岁多,未满四岁的小女孩啊!

而珍珍这会儿,又是多么乖顺地偎在她怀里啊!像把她当成妈妈一样。

她反而将珍珍抱得更紧了。

铁炉子上的水壶里的水开了。守门老头默默拎下水壶,往暖瓶里灌水。他灌罢水,瞧着珍珍问:"珍珍,饿不?爷爷这儿有鸡蛋,给你冲一个鸡蛋吃?"

珍珍摇摇头,很有礼貌地回答:"谢谢爷爷,我不饿。"

这时,门开了,一个大衣上披着雪花的人迈了进来。

"爸爸!"珍珍从秀娟膝上蹦下地,扑过去抱住了爸爸的腿。

"珍珍,爸爸又晚接你了。"那当父亲的语调中,满含着对女儿的歉意,弯腰抱起了女儿。

珍珍搂住了爸爸的脖子,将自己的小脸蛋紧贴在爸爸的脸上。

守门老头赶紧拿起笤帚,替那当爸爸的扫尽身上的雪。

他放下自己的女儿后,才发现了秀娟。

"是你?……"他出乎意料地愣住了,呆呆地望着她。

"希望你以后遵守接孩子的时间。"她冷冷地说,说罢,一秒也不停留,与他擦身而过,走出去了。

雪,不知何时下起来的。雪花很大,轻悠悠地无声无息地飘落在她身上,一会儿,就将她变成了个雪人。她飞快地蹬着自行车,并非急于回家，而是凭一种带盲目性的力量，不假思索地只顾朝前蹬，朝前蹬……车速增加了风势。寒冷的西北风，刮在脸上，像一把把针不停地迎面抛来，可她连一点点寒意都没有感觉到。

她的双眼渐渐被泪水模糊了。泪水顺着面颊慢慢往下淌，冰凉冰凉的。二十四岁，第一天参加工作，开始真正迈向社会的姑娘心中想：真的、假的、美的、丑的、善的、恶的、正义的、卑鄙的、令人委屈的、使人刚强的，一切一切的事情，都展现在我面前吧，都教我体验吧！生活，生活，我才不怕你！……

六

从对我们的社会有用的女人，"蜕化"到一个仅只对丈夫对家庭有用的女人，是一种可悲的结果。但这"蜕化"的过程对某些女人来说，往往是一个舒舒服服的过程，甚至是一个愈来愈舒服的过程。因而，也就往往是一个心甘情愿的过程，一个带有极大诱惑性的过程。

公安局长的妻子，年轻时曾是一位优秀的中学教师，姓名经常出现在报上，漂亮，热忱，朝气蓬勃。

婚前，他曾担心，她与他病故的前妻遗留下的任性的女儿，难以和睦相处。婚后证明，他的担心完全多余。她以姐妹般的亲爱关心他的女儿，以女友般的平等态度对待他的女儿。很短时期内，女儿便适应了她在这个家庭中的存在，开始承认了她在这个家庭中的主妇地位。他曾担心她会因年轻而不善操持家务，仅仅成为他的家庭中的一件好看的摆设，事实证明他的这种担心更加多余。她几乎是过分周到地照料着他和女儿的饮食起居，过分细心而严谨地承担起了主妇的角色。他曾非常非常担心的是，她不甘寂寞、喜欢娱乐的性格，会使他的家成为社交中心、娱乐场合。这一点上，他是更有点杞人忧天了。自从她成了这个三口之家的主妇后，连她那不甘寂寞的性格也有所改变。他十分惊奇地发现，她的兴奋点渐渐地然而又是非常明显地开始转移，由外部转向内部，由社会转向家庭，由宏观转向微观。她差不多是怀着一种近乎娱乐的兴奋，把每天的绝大部分时间和精力，花费在重新布置这个家庭方面。他曾好几次观察出，倘有她学校里的老师们到家中做客，与她谈论起教学中的种种话题，她会显出那么心不在焉、神不守舍的样子，以至常常使客人感到再坐下去很尴尬。而刚一送客出门，她便会像一位导演启发演员进入角色似的马上对他说："我方才一边陪客人谈话，一边在考虑，我们窗帘的颜色与墙壁的颜色，太不协调了是不是？明天我换一种花布再做个窗帘好不好？"或者："我们把沙发和茶几摆到写字台对面行吗？如果你同意，咱们现在就搬？"搬写字台之类，只要她看着顺眼，他也不是在工作着，倒很愿意遵命。对客人的不恭，却不符合他待人的原则。但他也从未因此而责备她，仅仅提醒过几次罢了。他认为，她身上所表现出的这一切，不过是每一个新婚少妇对家庭的、由衷的热爱所致。随着家庭生活的日长月久，必然会淡漠的。他大错而特错了。她的兴奋点一经转移，便仿佛永久性地固定了，不再向其他任何方面延伸和发展。他迷惑了，百思不得其解。眼睁睁地注意到她身上家庭妇女的味道越来越足，而一名优秀教师的职业气质越来越消退。公安局长对于那个年代的"阶级斗争的社会表现"，颇有研究。而对于了解女人方面的学问，相比之下可就太肤浅了。平庸的女人的本质就在于，她们始终不能摆脱掉自己是一个女人的观念。而在这类女人的观念中，显示出一个家庭主妇的才能，乃是女人高于一切的才能。她们身上可能在某一时期，会闪烁出社会性的职业性的光彩，但那种光彩不过是碎玻璃在日照下，短暂的反射现象而已。她们像水獭,尽管偶尔也游到宽阔的水域去炫耀自己的游泳本领,但一有机会,还是要回到河湾湖汊中去,凭一种本能的驱使筑巢造窝。

某天吃过晚饭后,他拿起本市的晚报浏览,发现市教育局又一次评选出本市优秀教师的报道中,没有她的名字。他以为自己看得粗心了,仔细重看一遍,果真没有她的姓名。他大大地受到了震动,将报纸拿给她看,问:"怎么,你不是优秀教师了?"

她只朝报纸扫了一眼就放下了,说:"我也不能年年是呀!"

"为什么?为什么你就不能争取年年被评为优秀教师?"

"我不是都结婚了吗?"她睁大眼睛瞪着他,显出一副惊诧不解的样子,用振振有词的语调反问。

"难道,难道是家庭牵扯了你的工作精力不成?"

"我什么时候说过这种话啦?"

"那……那到底是因为什么呢?"

"因为什么呀?难道你对我是不是一名优秀教师还很在乎吗?"

她有点嗔怪,有点不高兴了。

那一夜,他失眠了。对于她是不是一名优秀教师,他不能说很在乎,也不能说完全不在乎。总之,他感到遗憾,不仅仅因为她是自己的妻子,更主要的,因为她曾经是一位优秀教师。曾经是,而如今不是了。用她的话回答,理由似乎很简单也很充分——结婚了。

结婚了?

如果一切结婚了的女人,从此就不再可能成为一切战线、一切岗位上的优秀者,那么结婚这件事对女人来说,简直可哀可悲可叹。对男人来说简直就等于罪过!那么,有些女人们为什么还要迫不及待地结婚呢?如她——偎在自己怀里的,曾经是一位优秀教师的,而现在做了他妻子的这个年轻女人？她睡得那么香甜，那么安适。在睡眠状态中，漂亮的脸上也洋溢着幸福的微笑。如果预知结婚将使她发生这么重要的变化，他是断然不会同她结婚的。他不愿意自己有了一位妻子，而社会少了一名优秀教师。他没有成为他年轻漂亮的妻子的奴仆。相反，她倒心甘情愿地成了他生活中的附属品。看来漂亮的女人也各不相同。

他觉得他对社会负有某种罪过，对教育战线负有某种罪过，对她那一班五十四名中学生负有某种罪过。他可算是学生们的什么"校外之友"呀！使他们所尊敬所爱戴的老师，变成了一位热衷于家庭琐事的主妇！

几天之后，他带回家里一位阿姨，虽然家中并没有多少事务可做。他对她说："从此以后，你任何家务都不要做，我希望你仍像结婚前一样，将主要精力放到教学事业中。"

她，默默地注视着阿姨，一句话都没说，目光中，却流露出隐隐的敌视。

一个星期后，阿姨坚决提出要辞退，无论他如何挽留，阿姨执意离去。

阿姨迈出家门之前，对他说："我不能不离开你们家，你的妻子认为我剥夺了她的权利。我看她比我们当阿姨的还善于做家务。我们替别人做家务是为了挣钱，她做家务好像是……不做就难受，少做都难受！扫地擦窗这样的小事，她都跟我抢着做，你可真讨了一个好老婆！"

阿姨的话令他呆愣了半天……

"我要为你生孩子了！"当她对他说这句话时，神情是骄傲的，语调是快活的。

"唔……"他口中只吐出了这么一个字，心中亦喜亦忧。

"都……三个月了！"她注视着他，得意地微笑着。

……

从怀孕的第四个月起，她就不上班了。天天待在家里，坐在沙发上，用各种颜色的毛线为出世还早的孩子，织小衣小裤。织了拆，拆了织，织织拆拆，却也织成了不少件。

热情，她身上充满了一种永不消竭的对家庭尽职尽责的热情。他时常瞧着她，不由不这样想：也许她来到这个世界之前，就受到了某种神明的指点，就是为了某一个男人生孩子做家务的吧？也许在她曾是一名优秀教师时，就时刻准备着过上今天这种生活吧？也许她那时倾注在教学事业中的热情，不过是一种"无的放矢"的热情的暂时性释放？妇女们都渴望着走出家庭去追求某种事业的年代，怎么竟会有这种女性热情的龟缩现象？

孩子出生了。

她坚持要亲自带养孩子，既不同意他请一位保姆，也不同意将孩子送托儿所。

她告假离职三年。

三年后，她干脆退职了。

她成了一位名副其实的家庭主妇，心安理得地做一位局长夫人。

主妇的热情和母亲的热情集于一身，除了这两方面的热情，从她身上再也发现不到对其他任何事物的热情，哪怕是一点点萌动的热情。

……

此刻，我们的这位局长夫人，正坐在彩色电视机前看电视。她已经发福了，肥胖了。但她那张脸，还保持着昔日的美韵。她如今整天无所事事，盼望有人来同她聊天。她对任何一位客人都不再像过去那么不恭。她能精力充沛地陪着客人闲聊整整一上午或一下午。十年动乱中，她苦心经营的家曾遭到摧毁。十年后的今天，她又以十倍于当年的热情，"建设"起了一个现代化的家。她像宫廷中寂寞的皇后。她已不再能够像当年那么恬静地甘于寂寞了——据说到更年期的女人性格都会变得有些浮躁。幸亏她有好几个"干女儿"之类的"侍臣"，其中的每一个，都随时会应召前来，陪伴她消遣时光。

电子音乐般的门铃清脆悦耳地响了，她赶紧站起身去开门。不知是哪一位客人或哪一位"侍臣"到来？不管哪一位，来得正是时候——电视节目没意思，她闷得慌呢！

打开门，门外站着一位陌生的白发妇女。

"你……找谁？"不认识对方，她多少有点失望。

"认不出我了？"对方微微一笑，"我是方晴！"

"方晴……方老师！"她终于认出了，是当年和她同校的教师，年轻时代的女友。她亲热地抓住方老师的一只手，将方老师拉进屋里。

在沙发上落座之后，她们彼此默默无言地、微笑地注视着对方。

"你老多了啊！"她感慨万端地瞧着方老师说，"真没想到，你的头发全白了。就是走在街上对面相遇，我也不敢认你啊！"

方老师习惯地用手拢了一下白发，说："自从你结婚后，我们就再没见过面。有时真想你，想来看看你，却没有时间。"

"还在当班主任？"

"是的。"

"你就不能向领导请求请求，只教课，不带班？那不是省许多心吗！"

"我愿意带班。"

"你丈夫还在煤矿上？"

"在。"

"两地分居这么多年，你们也没有想到过什么门路，调到一起？"

"难啊！"

"需要我帮什么忙吗？"

"不。我要调到他那个矿区去，那里非常缺中学教师。"

"你愿意去？"

"四十多岁的人了，对城市生活不那么留恋了。"方老师淡淡一笑。

她同情地望着当年的女友，心想：像她这样，也是一个女人的一生，真可悲。

她用一种优越感很强的语气说："你如果有什么需要我帮忙的事，你就对我直言，我会真心诚意帮助你的。"

方老师摇了摇头。

沉默片刻，她问："你喝茶不？我给你泡杯茶？"

"不。"对方制止了她，犹豫一下，说，"我到你这里来，是因为有一件事情，只能向你提出请求的事情。"

还是对她有所求，她一开始就猜测到了。

"说吧。"她向对方俯过身。那种表情告诉对方，只要对方提出请求，她都乐于效劳。她不是个不讲友情的女人。

对方沉吟了一会儿，避开她的目光，低声说："是这样一件事，我现在教的班级里，有一个长得很动人的女学生，受到社会上的一些不良影响，失过足，被一个……一个……一个青年玩弄过。现在，她开始痛悔了，不愿继续在那种堕落的泥坑中沉陷下去。但那个……那个玩弄过她的青年，却一如既往地纠缠她，威胁她，甚至……扬言要毁了她……"

"有这等事？"她表示出一位公安局长夫人对此事应有的极大义愤来，一只白嫩而丰腴的手不轻不重地在茶几上拍了一下，"这类事我尤其要管！你放心，那个小流氓明天就会被关进监狱！"仿佛她就是公安局长本人。

方老师注视了她一会儿，平静地回答："不过，关起他来，只怕不那么容易办到。"

"你这话是什么意思？"

"因为，他是你的儿子。"

"我们振武？"她隔着茶几向方老师俯近的身子，慢慢离开了方老师。

"这不可能。怎么会是我们家振武呢？这根本不可能。一定是同名同姓，一定是冒充！"反射在她大脑皮层的第一个思维讯号，便是一种本能的否定。

"正是他。"方老师的语调依然那么平静，从兜里掏出一封信，展放在茶几上，"你认认笔迹吧！他写给那个女学生的恐吓信。"

她抓起信纸，辨认着上面的笔迹。其实，无须辨认，只瞧一眼，她心中便已得出结论，的的确确是儿子的笔迹。她熟悉儿子的笔迹，就像熟悉儿子的语调一样。只有儿子，才会写出满纸像荒草杂生一样的字。

方老师又说："有一天，我离开学校很晚，在路上被他拦住了。他用刀子逼着我的胸口说，'你再多管闲事，就对你不客气！'那个女学生早已对我说过，他是公安局长的儿子。可我和你现在一样，还不太相信。其实，本来也没什么特殊的理由可不信的，不过是我不愿那么相信罢了。那一天，路灯下，我看清了他的脸。"方老师朝她看了眼，随即转过脸去，用极其轻微的声音说："他长得很像你，一张对某些女孩子具有吸引力的脸。"

她慢慢将信纸放在茶几上,一时无言答对,仿佛入定了似的呆地坐在那里。

双方都陷入了令人窒息的沉默。

许久,方老师首先打破沉默,望着她说:"你过去也是一位教师,因此我相信,你完全能理解一位教师对自己学生的那种责任感,也完全能理解我今天到你家来之前的那种心情。我以一位教师,也以一位母亲的名义请求你,制止你儿子的这种行为,如果你能向我保证做到这一点,我今天便如愿以偿了。"

她喃喃地说:"我……保证……"

"那么,我告辞了。"客人站了起来,向外走去。方老师在客厅门口转身看着她,似乎因为自己给主人带来这么不快的事情,要向主人表示自己的歉意。

她却仍呆呆地坐在沙发上,一动未动。

"谢谢你向我做了保证。"方老师这样说了一句。当方老师走出她的家以后,她又从茶几上拿起那封信,细看起来。

那是一封词句可怕的信,莫说一位中学女学生,即便是她这位公安局长夫人,接到这样一封信,也会失魂落魄、毛骨悚然的。可是她的振武,难道真会给一个女孩子写这样一封信么?面对无可否认的事实,她竟又产生了怀疑。她反反复复地、一遍又一遍地默看那封信,希望从字里行间寻找出某种证据,能证明这封信并非她的儿子所写。证据倒没寻找到,但那些可怕的字句,居然不像看第一遍时那么触目惊心了。可怕的毕竟不过是写在白纸上的字句,而并非什么血淋淋的事实嘛!再说,如今的青年人,有几个不是情绪易于冲动的?一个青年人喜欢一个女孩子,本也无可指责。越轨一点,那往往也是两相情愿，并不触犯什么法律嘛！这种事她知道得多了，发生在她的振武身上又何必忐忑不安？至于恐吓，那也不过是青年人对一个漂亮的女孩子爱到极点的一种手段而已。何况，从这封信中不是也能看出，那女孩子原先与她的振武是很好过的。既然如此，怎么能翻脸无情，不理她的振武了呢？这种事全怪她的儿子未免不公道。

她不觉替儿子感到委屈，感到愤愤不平了。

漂亮的女孩子多得是，她的那些"干女儿"哪一个都不难看。只要她这位"干妈"不反对，她们都会愿意主动讨她的振武欢心的。儿子也忒痴情，何必为那么一个薄情寡义的女孩子认真起来呢？感情上万不能这般任性，损害的是自己的身心，可别因此而神经衰弱。她的思路一旦开始沿着这种逻辑方式发展，便觉得方老师今天晚上，并没有告知她一件有什么值得令她忧虑的事了。于是，她心境平和了。至于方老师的忧虑，她不以为然地摇摇头，一笑——那不过是一位教师受责任心干扰，也以此干扰别人的神经过敏，小题大做而已。

她一下一下地撕掉了，不能让丈夫见到这封信，更没有必要让丈夫知道这件事情。父子之间的关系，早已有些僵化了。她有责任调解他们父子之间的关系，维护家庭的和睦。

撕碎的信刚投进纸篓，清脆悦耳的门铃声又响了起来。

她以为丈夫回来了，赶紧去开门，却不是丈夫，是商业局托儿所的办事员赵翠英——她的"干女儿"之一。

"干妈，听说您前几天身体不适，我心里可惦记啦，就是抽不出空儿来探望您。今天下班回家的路上，碰到了卖橘子的，排了好多人呢。我知道您最爱吃橘子，心想无论如何也得给您排队买一点，排了一个多小时才买到。""干女儿"一进屋，便喋喋不休地说开了。说罢，将满满一手提包橘子，兜底儿倒在沙发上。这"一点"不少，有四五斤。

"干妈,您得给我暖暖手。为了给您排队买橘子,我的手都快冻僵了。"三十岁左右的"干女儿",在四十多岁的"干妈"面前撒起娇来,摘下手套,将双手伸到"干妈"面前。

"干妈"还真够疼这位打扮风流的"干女儿",立刻用自己的双手握住"干女儿"的双手,一边轻轻搓着揉着,一边嗔怪道:"瞧你,工资不高,为我乱花钱做什么!"

"干女儿"甜甜地一笑:"干妈心疼我,我孝敬干妈还不应该?"

那模样,仿佛是个天真无邪的小姑娘。如果要让葛秀娟看到这一幕,一定无法相信,此刻的她和坐在托儿所办公室里的她,是同一个女人。

"干女儿"撒够了娇,和"干妈"一块儿将橘子收进水果篮,然后坐在沙发上,又说:"干妈,为了来探望您,我还没回家吃饭呢!"

"干妈"立刻将点心盒从食品柜里拿出来,打开盖,放在茶几上,又递给"干女儿"一块巧克力,还给"干女儿"冲了一杯麦乳精。

局长夫人在她所有的"干女儿"面前,总是显得那么和蔼可亲。这四十多岁的女人,从"干女儿"们对自己的种种孝敬和尊敬之中,体验着精神上的极大的快乐和心理上的极大的满足。至于那种种孝敬和尊敬是否都很虔诚,她却并不在乎,也从未加以判断过。毕竟,在这座城市中找不出第二个女人,像她一样,被那么多女性亲亲昵昵地包围着,奉承着,在她面前争媚夺宠。仅仅这一点,就很值得一个女人骄傲的了。

"干女儿"吃了那块巧克力,又文文雅雅地吃了几块饼干,喝下那杯麦乳精之后,掏出手绢抹抹嘴唇,说:"干妈,振武今天又闯祸了!"

"干妈"不禁"哦"了一声,颇有些紧张地问:"他,闯了什么祸?"

"他的一个朋友，用刀子把我们托儿所的所长扎了！"

"啊……""干妈"脸色顿时煞白。

"干妈，您别受惊，不是他扎的，是他那个朋友扎的。我到医院去探听过了，扎得也不重，不过就是流血多了点。""干女儿"赶紧给"干妈"吃了一颗"定心丸"。

"干妈"长长地出了口气。这才在沙发上缓缓坐下，自言自语地说："这孩子，这孩子，整天叫我替他操心！他到你们托儿所去干什么？"

"他……是去找我。""干女儿"用手指尖绞着手绢，垂下头，低声回答。

"找你？找你干什么？"

"找我……商量事儿……"

"什么事儿非得跑到托儿所去找你商量？""干妈"的脸色和语气都有些不悦。

"干女儿"抬起头看了她一眼，又垂下头，忸怩了半天，才低声吐出一句话："干妈，我……有了……"

"有了？有什么了？""干妈"一时反应不过来。

"我……怀孕了……"

"你……和振武？……""干妈"目瞪口呆。

"干女儿"抬起头，毫不羞耻地瞧着"干妈"，用表情回答：您说对了！

她张着的嘴半天闭不上，也吐不出一个字来。

"干妈，您别生我们的气，我们都是八十年代的青年，性解放主义者，这对我对他都没什么了不起的……"

"干女儿"的话未说完，"干妈"倏地从沙发上站了起来。虽然，她对儿子的种种荒唐行径予以宽容，但一听到"性解放"三个字，还是感到恶心。

"你们，你们太过分了。你比他大六七岁呀！他不懂事，你也不懂事吗？你们平时相好，玩玩我不反对。但是，你们怎么可以……怎么可以……怎么可以来真的？你还有脸来告诉我！"

"是他跪在我面前苦苦哀求我，我有什么办法……""干女儿"口气不软地顶了"干妈"一句，忽然双手捂住脸，委屈地呜呜哭了。

这件事情，无论如何不能张扬出去，一旦张扬出去，她的名誉就会扫地。因为，他的儿子不是跟别人，而是跟她的"干女儿"，干下这等不光彩的事呀！她的"干女儿"之中，有几位还是上层人家的姑娘呢！她们的父母们知道了这件事，绝不会允许她们再跨进她家的门。她也会在她们的父母面前，无地自容。想到这些，她重新坐在沙发上，扳着"干女儿"的肩头，缓和了语气，哄道："得了得了，别哭了，事到这种地步，哭有什么用！明天我给你写个条子，到医院里找位好医生做流产就是了。保证不会让你们单位的人知道！"

听了"干妈"的这种表示，"干女儿"破涕为笑，就势倚在"干妈"身上，娇滴滴地说："干妈，那您还得给我调换一下工作单位，我再也不想在托儿所工作了。"

"那……你想调到什么单位？"

"旅游局。"

"这……""干妈"面露难色，沉吟起来。

"干妈，您要不帮我调到旅游局去，我就不去做人工流产。别人要问我肚子里的孩子是谁的，我就说是您孙子！""干女儿"笑盈盈地仰脸瞧着她说，似乎在开玩笑，但那语气中分明隐含着要挟。她听了"干女儿"这话，忽然觉得，这位平素在她面前最会讨好，最得她宠的"干女儿",今天变得有些可怕,有些令她感到危险。不久前,她将这位"干女儿"强塞进商业局托儿所工作,跟商业局长费了多少口舌!现在,这位"干女儿"又提出往旅游局调了。要办到,已经超出了她这位公安局长夫人的能力,非丈夫亲自出面办不可。而她是十分了解自己丈夫的性格的,连儿子的工作分配问题,目前尚且都没有落实,丈夫也不肯干预!何况,他根本不承认她的"干女儿"们与他有什么相关!

她下意识地将倚在身上的"干女儿"轻轻推开了。

直至此时,她心中才对儿子产生了一种憎恨!如果儿子就在面前,她定会狠狠抽他几个耳光!

清脆悦耳的门铃声第三次响了。是丈夫回来了?还是儿子回来了?无论是哪一个回来了,她都觉得回来得不是时候。这会儿她心中好烦!但愿家里只有她一个人存在。

门铃声响个不停,虽然,那么清脆那么悦耳,在她听来却如同警报!

"干女儿"瞧着她,用眼神儿请示她,可否去开门。

她皱起眉头,挥了下手。

于是"干女儿"站起身去开门。

商业局托儿所的办事员将门打开,暗吃一惊——门外站着商业局长,表情愠怒,脸色阴沉得可畏。

"局长……"托儿所的办事员赶紧闪开身子,恭恭敬敬地说,"您快请进!"

"唔,你在这儿。"商业局长盯了她一眼,大步跨进房间。

他径直走入客厅,看见坐在沙发上的女主人,也没有什么表示,脱下大衣,挂在衣架上。

"老许,你今晚怎么有空到我这儿来?快请坐。"女主人诚惶诚恐地站了起来。这一位客人的到来,好像一块乌云笼罩了她的客厅。

"我是无事不登三宝殿!"许维昌冷冷地说了这么一句。落座后,便掏出烟盒,吸着了一支烟。

"小赵,快给你们局长沏杯茶!""干妈"吩咐过"干女儿",也缓缓地陪着客人坐在沙发上,颇显不安地注视着客人的脸。她明明预测到了客人为何而来,却佯装全无所知地问:"老许,到底有什么事儿?老高兴许今天回来得很晚呢,能先跟我说说吗?"

许维昌转过脸看了女主人一眼:"跟你说没用!"语调依然是冷冷的。

"干女儿"沏好茶,端过来放在茶几上,胆怯地瞄了许维昌一眼,对"干妈"低声说:"干妈,我得走了。"说完,拿起自己的空提包,匆匆地走了。那慌里慌张的神色,仿佛怕多待一秒钟,这房间里就会有颗定时炸弹突然爆炸似的。

"干女儿"提心吊胆的样子,愈加增添了"干妈"的惴惴不安。

她掩饰地从茶几上的托盘里拿起一个橘子,剥开后递给客人:"老许,吃个橘子。"

"不吃。"许维昌看也不看递到眼皮底下的剥好的橘子。

她有点尴尬地将橘子放在托盘里。

主人和客人都闷坐着,客人一支接一支地吸烟,主人一个接一个地剥着橘子。托盘里的橘子,全被她剥开了。

她终于又试探地问:"老许,要不你就别等他了,他回来我告诉他往你家里挂电话,或者让他明天亲自去找你。"

"赶我走?"

"不,不……"

"那，我就等！"

商业局长的话刚出口，门铃第四次响了。这个不安宁的晚上！她腾地站起，不知所措地看着许维昌。这么晚了，绝不会再有客人登门，不是丈夫回来，便一定是儿子回来。商业局长胸膛内的恼怒，一见面就会立刻向丈夫或儿子爆发的！

"老许，我求求你，今天晚上千万别……"她向许维昌发出了哀求。

"我又不是瘟神，你这么害怕我干什么？"商业局长瞧她一眼，用和气一点的语调说，将刚吸了几口的烟按灭在烟灰缸里。

砰！砰！砰！……

听得出是手掌在重重地拍门。

她犹豫了一下，慌忙去开门——是丈夫回来了。

当年身材伟岸、气宇轩昂的公安局长，如今已是两鬓灰白、饱经风霜的花甲老人了。只是那一身蓝警服，那双目光闪烁的眼睛，还使他保持着一位老公安的职业性的威严。

妻子关上门后，在过道里轻声对他说："老许在客厅里。"

他随口"唔"了一声，走入客厅，对老战友点点头，摘下警帽，挂在客人的呢大衣旁。

妻子关心地问："吃过饭没有？"

"没吃。"他语气中带有愤怒。

"想吃什么？我现在就给你做点！"

"别做，不饿！"他跨到沙发前，沉重地坐了下去，抓过客人的烟盒，抽出一支。许维昌按着打火机，替他点烟。

老公安局长深深吸了一大口，吐出一缕青烟和一股闷气，朝后仰靠在沙发上。

两位老战友，谁也不看谁，各自默默吸烟。

女主人有意回避到卧室去了，但却没有掩上门。她坐在床沿上，从大衣柜的镜子里，窥视着客厅里。

老公安局长忽然没头没脑地大声说了一句，"我要给中央纪律检查委员会写信！"

客人不动声色地说："我要是你，早就写了。"

"你嘲笑我？"

"与其说嘲笑你，莫如说小看你。"

"说明白点，别跟我拐弯抹角的。"

"不说你心里也该明白。我问你，刑事犯罪案如此之多，社会治安如此之混乱，你这位公安局长就一点都不感到惭愧？连交通大队的交通安全宣传车都被劫走了，说不定哪一天就有人敢动你这位公安局长的小汽车！为什么那几个劫交通宣传车的歹徒，被你抓起来仅仅关了三天就放了？！"

老公安局长跳了起来，嚷道："是我亲自下令抓的，可并不是我亲自下令放的！是刑警处长瞒着我卖的人情！两个劫车歹徒中，有一个是省军区副司令员的公子，这内情你知道吗？！"

老公安局长在客厅里大步地来回踱着，像一头被关在笼子里的雄狮。

商业局长望着自己这位老战友，摇摇头，叹口气道："是啊，这内情，当然我不知道，你知道。因此，放，也就放了。你也就顺水推舟，不予追究了！"

老公安局长感到受了侮辱，一大步跨到老战友面前，激怒道："你怎么知道我不予追究？我今天晚上亲自带着人，将公安局的警车开进了省军区司令员住的甲一号大院，可是公安局内部有人通风报信，叫那小子跑了。我并不像你认为的那么好对付！我要不把那小子抓住，那我就亲手把我的警帽挂到电线杆子上去……"他的胸膛由于激愤而大起大伏，又开始来回踱步。

商业局长沉默了许久，语调忧郁地说："你我都是老党员了，说句心里话，我真替我们的党忧虑啊！假如我们连自己的儿女都管教不好的话，还如何谈领导全国人民？我们是共产党，我们的儿女，本应当成为我们这些父辈的接班人，而不应该成为一批八旗子弟！可我们党内某些做老子的，不但自己忘记了当初参加革命究竟为什么，还亲自给子女们别上了种种贵族的徽章！革命的优良传统连他们的子女都不愿继承了，谁还来继承？还来信仰？党啊，我们的党啊！我有时真想大哭一场！……"

躲进卧室的女主人，听了商业局长的这番话，虽然也为客人倾吐的肺腑之言所感动，却并不能理解他。她不是共产党员，从来也没有为党忧虑过。党不一向都是伟大、光荣、正确的吗？现在不也依然是伟大、光荣、正确的吗？老百姓虽然对党有种种不满情绪，但不是还没有什么人胆敢扬言要推翻共产党么？这么伟大的党，谁能推翻得了？不是痴心妄想吗？不就是有几个干部子弟在社会上闯了点祸，惹了点乱子吗？为此，也值得那么忧心忡忡？倘若连自己的子女都无权袒护一点点，谁还加入这么六亲不认的党？这女人的头脑，和客厅里那两个男人的头脑，在两个很不相同的思维世界里进行着活动。

她从大衣柜的镜子里看到，丈夫终于坐在沙发上，隔着茶几，冲动地握住客人的一只手，说："老战友，哭是没有用的。眼泪，洗刷不掉某些人给我们党带来的耻辱！你我都是即将让位的人了。在我们让位之前，同党内某些不良作风不良倾向开展斗争，才真正体现我们对党的忠诚啊！"

商业局长站起来了。他一步步走到衣架前，动作缓慢地摘下大衣，穿上，也不扣大衣扣，随后摘下帽子拿在手中。

丈夫仍坐在沙发上，沉思着什么。卧室里的女主人，连忙走出来送客。她对商业局长这会儿倒多少有点感激了，他毕竟没向她丈夫告她儿子的状。她知道，他是为此而来的。

商业局长在门口对她说："你那个'干女儿'，半个月后，我将把她从商业局托儿所开除。我预先告诉你，因为她是通过你才走了我的'后门'。而且，她的工作表现很恶劣。看在你的面子上，给她半个月时间。她不是很有些'走后门'的诀窍吗？叫她再到别处施展去吧！我的'后门'，从此对任何人也不开了！"

她怔住了，不知说什么。

"你知道我为何而来，希望你把我要告诉老高的事，告诉他。你告诉他，比我告诉他好。"

他戴上帽子，也不看她一眼，推开门走出去了……

七

许晶晶的新婚之所，一切崭新。一切，包括她的拖鞋，和丈夫的烟灰缸。

但她自己，却"旧"了——在她丈夫眼中。

他，那个已成为她丈夫的画着体面的人类脸谱的"猩猩"，带领她游玩了南方各大城市归来的途中，就开始对她感情淡薄了。不，用到"感情"两个字，是对这一高尚的词的亵渎。也许用"兴味索然"更加贴切。他原本不过是将她当作轻易到手的"玩物"的。轻易到手的，绝不会被珍视，何况是"玩物"！

游览之风，如今盛行起来了，某些旅游事业日益兴旺。但是，旅游工作者们忽略了一项职业责任,或曰义务,那就是应将一句格言——"即便游览,也要为自己选择一位好伴侣",像"珍爱文物""勿摘花草"这类警示牌一样,竖在各旅游地,给人以善意的温和的警示。

我们的时代,目前是一个多么需要处处向人们提出告诫、提出警示的时代啊!

许晶晶和她的法律上的"占有者",是偶然相识的。生活中,"偶然"的事情太多了。人们啊,睁大你们的眼睛吧,千万不要把那些卑鄙而狡猾的陷阱,也误视为"偶然"!

那是一个星期天,她独自待在家中看书,有位来访者登门,一位文质彬彬,外表颇具艺术风度的青年。他矜持有礼地自我介绍,是省电视台的副导演。接着说明来意——受某某电影制片厂导演之托,在本市为某某影片选女配角。随后,掏出一封信呈她过目,信封信纸醒目地印着"××电影制片厂"。内容是一位电影导演出于对一位电视副导演的友谊和信赖,恳请协助,至诚拜托,等等。

她对这位来访者发生了兴趣,放下正在看的书,客客气气地问:"你究竟需要我帮你做些什么事呢?"

"我……"对方博人好感地一笑,"我打算向我的朋友推荐的正是您,所以,我今天才冒昧登门打扰,当面征求您的意见。"

"天啊!这你可选错了人。我从来也没有上过银幕,连舞台角色都没有演过,我是报幕员啊!……"她感到惭愧起来。

"我选的就是您这位报幕员。"对方用肯定的语气说,"我的职业使我接触过不少形象不错的姑娘,我一个个慎重考虑过她们,但她们都令我最后失望。气质,她们缺少的是气质。一个银幕形象,没有气质,就等于没有艺术灵魂!抱歉得很,实话实说吧,我以前从来没观看过您……"

"请不要称我'您',随便点谈吧!"她红着脸打断了他的话。

"谢谢。对初次见面的姑娘,我已经习惯了称'您',我认为对女性的特殊尊敬,应是'五讲四美'之一。"他解释之后,又那么博人好感地一笑,接着说,"前天晚上,我首次目睹您,对不起,目睹你报幕的仪态,你把我征服了!你从台口走到台前的每一步,都仪态不凡,气质压众。于是,我对自己说'就是她'!于是我今天就冒昧登门了……"

哪一位姑娘听了这番话不会飘飘然?

"可是我……我……我……"她还是一点自信都树立不起来。

"你一定能胜任自如,希望你不要过于谦虚,也希望你能够体会我的朋友——一位第一次接受拍片任务的中年导演的迫切心情。他的摄制组都已经成立了,就是女配角目前还没选定,他每天都在焦急地期待着我的回音……"

啊,哪位姑娘能拒绝这番诚挚的请求?

"只怕……只怕我也会像她们那样,不但令你,也令你那位当电影导演的朋友大失所望!"她嘴上这样回答,却是词不悉心,暗自欢喜。

这位来访者带给她一件多么让她快乐、让她兴奋的事啊!

从天而降的机运。如果一切顺利,说不定她将从此登上影坛,由一名报幕员,而成为一名人人皆知的电影演员。

但愿一切顺利!

虚荣心,这最适应于寄生在女性灵魂中的菌类,在她的灵魂中蠕动、活跃起来!

她真感激这位来访者,由感激而起敬,由起敬而刮目相待了。

"那么,你算是应诺这件事啰?"客人的目光注视在她脸上,期待着得到她肯定的答复。

她不由自主地亲切微笑，点了一下头。

……

客人走后，她重新拿起放下的那本书，却再不能聚精会神看下去。她本能地感到这件令她兴奋的事降临到自己头上，是太偶然，也太突然了。

她沉思了一会儿，慢慢走到电话机旁，翻开电话簿子，查到电视台的号码，经过一阵犹豫，抓起了听筒。

她的手指刚要拨号码，却缓缓地放下了听筒——只记得他姓什么，忘记了叫什么名字。

她不由得对自己发问，我为什么要给电视台打电话呢？怀疑人家？怕受骗？骗人的事各种报纸是登过的，但都发生在火车上，轮船上，他乡外地。谁胆敢登门行骗？何况是登商业局长的家门，骗她这位商业局长的独生女儿。更何况，她不是单纯无知的少女。她的眼睛不至于分辨不出一位正派人和一个骗子。怀疑对方不就等于怀疑自己么？再说，他又可能达到什么欺骗目的呢？就为了从她手中骗得几张照片么？为了骗得几张照片触犯法律，岂不是太荒唐了么？最无可置疑的是，他并没有施展任何欺骗手段呀？他那么文质彬彬，那么规规矩矩，谈吐有礼，举止矜持。还有那封信呢，"电影制片厂"几个字总不会是仿描的吧！那是印刷机印的。

她自责了。幸亏忘记了他的名字，否则，电话打过去，自己怎么讲呢？万一被他知道了，又会怎么想呢？这样的怀疑难道不是意味着一种人格上的侮辱吗？虚荣心，它是多么易于危害一个对它缺少免疫力的女性的灵魂啊！它会使人变得多么轻信啊！而轻信则正是许多可悲的事的开端。

期待，充满渴望的期待。在期待中度过每一天，以更强烈的期待熬度着又一天。期待着那位电视台的副导演重登家门,给她带来喜讯。

每一天中的每一次敲门声,都使她以战士听到集合号般的速度跑去开门。

十多天过去了,昼盼夜想中的人,竟一直未登门。

她开始整天叹息,无缘无故地跟父亲发脾气,坐卧不宁,烦躁不安。她仿佛处处跟自己过不去,她觉得她的生活整个儿乱了套!她想彻底将这件事忘掉,全当根本没发生,全当家中根本没来一位什么电视台的副导演,她也根本没有看过一封印有"电影制片厂"几个字的信,发生过的是梦中的事儿!

然而,要忘掉那位电视台的副导演却根本办不到,不可能!他像魔影,无时无刻不浮现在她眼前,手中拿着一封信,信封上印着"电影制片厂"几个字。

第十四天的下午,他终于出现在她家门外,手中拿着一封信,一封印有"电影制片厂"几个字的信,与无时无刻不浮现在她眼前的情形相同。

"结果怎样?"她开口便问,那种急迫的神态,是不必描写的。

"你自己看信吧!"他将那封信递给了她。

她手指发抖,抽出信纸,一目十行。信很短,也就十几行字,大意是:所推荐者,甚为满意,望速赴摄制组云云。

"你别站在门外呀!快请进屋啊!"她喜笑颜开,目放异彩,面生彤辉!

走入房间后,他彬彬有礼地在沙发上坐下,目不转睛地盯着她的脸,用缓慢的语调说:"导演还给我打来了一次长途电话,非常希望我能陪你到北戴河,到南方各地先游览游览,领略名山大川,激发起内心的豪情,感受大海令人产生的种种联想。你将扮演的角色,是一位非常浪漫的、性格开放的、追求现代思潮的姑娘。因此，仅有气质就不够了，还要有切身的体验。你没有见过大海吧？你到过南方吗？你游览过什么地方？"

"我……我没有见过大海，也没有到过南方。我哪里也没去游览过……"她异常自卑。名山大川的奇峰秀岭，大海迷人的潮汐，她别提多么向往了，只在梦中神游过！

"如果你同意，我们明天就动身。"

"可是，这件事我还没有向单位提过……"

"最近一两天内，电影制片厂的公函就会寄到你们歌舞团。"

"那……火车票……"

"包在我身上！"

"真有必要这么急迫吗？"

"当然非常急迫啰！"

她和他第二天坐在火车上时，他已是她最可信赖、最为感激的朋友，是她心目中的命运之神。她企望他引她走向一个前程似锦的崭新的生活。

她如同一只被"猪笼草"鲜艳而有毒的花朵，吸引住的掉以轻心的蝴蝶。

在她向往的大海边的宾馆里，在她做美好的梦的时候，他占有了她。

第二天她醒来后，头脑仍昏昏沉沉。她一翻身，发现他竟那么舒服地睡在她身旁，骇然尖叫起来，一下子跳到了地上。

"你、你！……"她躲到窗帘后面，用窗帘遮掩着自己的身体，恐惧地盯着他，瑟瑟发抖。

他坐了起来，靠在床栏上，脸上浮现出得意的微笑，用欣赏的目光瞧着她，从容不迫地说："别害怕，不会发生地震，你我之间只发生了一件小小的妙事，遗憾的是，你自己昨夜全然不知。我不该在你的酒杯中溶化三片安眠药。其实，只消两片就够了……"

她扯着窗帘的手慢慢松开了。她觉得地板在旋转，她觉得自己像一件高空落体，在飞速降落，降落……她的头脑更加晕眩，身子一晃，几乎倒下。她不得不又用双手扯住了窗帘。同时，她的头脑中掠过一个半麻木半明晰的意识：我断送了自己。

那一时刻，她心中没有悲伤，没有羞耻，没有愤恨，没有任何附加思想的情感反应，只产生了一种朦胧的、绝望的追悔，事后的追悔。她盯着他，目光是呆滞的，一个字一个字地说："你，离开我的房间。让我，穿衣服。"

他耸了一下肩，跳到了地上，从枕头下摸出一把钥匙，轻轻吹着口哨，走到套间门前，扭开门，回到他自己的房间去了。

一个文质彬彬的他，在她面前洋洋得意地变成一个寡廉鲜耻的他！一夜之间。她，一步一步地走到床前，一件一件地穿上衣服。然后，呆呆地坐在床边上，目光愣怔地盯着套间的门。正是这扇门，关上时，将两个房间分隔。打开时，将两个房间连通。这扇罪恶之门！

我昨天为什么要陪他喝酒呢？我明知自己酒量甚微啊！竟陪他喝了一杯色酒，两杯啤酒，还喝了几大口白酒。为什么，我竟能同意住进与他仅有一门之隔的房间里呢？是的，临睡前，我确曾检查过房门是否锁着，但哪里会知道钥匙早已在他手中！又哪里会知道酒杯中溶化着安眠药。是了，是了，这一切都是预谋，都是圈套，是我自己钻入了圈套！

追悔已经晚了，恨那个无耻之徒，莫如恨我自己！

她想到这里，盯着那扇门，说："请你走过来。"语调冰冷得仿佛使整个房间也充满了寒气。

他打开了门,她已穿好衣服,长发也朝后背梳了过去,闪耀着发蜡的光泽。他斜倚着门框,一手拿着电动剃须器,在微微扬起的下巴上来回移动。目光却在注视着她,就像他是在注视着镜子里的他自己。

"你到底是什么人?"

电动剃须器的嗡嗡声停止了。他吹了它一口,回答:"我父亲是省军区的第五号人物。"

"我问的是你自己到底是什么人。"

"我是我父亲的儿子。"

"你知道我是什么人?"

"你是商业局长的女儿。"

"我父亲绝不会同玩弄了他女儿的人,善罢甘休!"

"如果我父亲愿意脱下军装,一年前就会当上省商业厅厅长。那他将成为几个商业局长的顶头上司。"

"所以你才胆敢……"

"在我的哥儿们中,我是胆量最小的一个了。因此,我从不使用暴力手段。"

"你就不怕我到法院去控告你么?"

"那我也不过最多被关几天,那种象征性的制裁我早领教过了。可是,你真要那么做就太愚蠢了,你就不怕你自己身败名裂么?"

他们彼此虎视眈眈。

他手中的剃须器又嗡嗡地响了起来。

"你打算不负任何责任地玩弄了我,就算拉倒了吗?"

"责任?没有一个姑娘对我说过这两个字。"

"畜生!"

他耸了一下肩膀，淡淡一笑。

她猛地站起身，朝他扑过去。

他机敏地后退一步，将门砰地关上了。

她呆立门前，许久，才转过身，茫然地注视着窗外。窗外在飘雪，海涛拍岸的哗啦声从远处传来。她一步步走到窗前，轻轻推开了窗子，寒风灌进房间，使她打了一个冷战。

缀满雪挂的树梢就在窗下……

他的声音隔着门传了过来："如果你答应，我愿意同你结婚。我不是畜生，我很喜欢你！你是我第一个真心实意喜欢的……"

她退回到了床边。

她忽然扑倒在床上，使劲咬住被子，眼泪像泉涌般流了出来！

玉龙，玉龙！我毁了我自己，我毁了我们的爱情！我将成为你最恨的人了，我将成为你永远也不会宽恕的人了，我对不起你！……

她的心在大声呼号着，而她口中发出的，是一种受阻的爆发不出来的呜咽。

寒风将打开的窗子呼地刮关上了，震碎了一块玻璃……

生活中，有时一天之内发生的事情，可能导致一个人对自己一生命运的非正常选择，粉碎这个人从前非常自信和一贯恪守的原则。倘若这个人是个女人，那么，此种粉碎很可能是毁灭性的。

许晶晶居然没有独自返回A城，她一路跟随着那个卑鄙地奸污了她的人乘火车南下。这一点连他也出乎意料。而他那种善于玩弄女性的狡猾很快就使他得出了结论：她是属于那一类女性，将自己和她们的贞操同一而嫁。他认为：他所实际得到的，比他原本想要争夺的更多。他觉得他不但有理由得意，而且有更加充分的理由自豪。他暗想：她从此完全操纵在他手中了，像一只风筝操纵在一个精通放风筝的要领的人手中一样。

许晶晶一回到家中,当天就向她的父亲宣布:她准备结婚了。

"是啊,你们是该结婚了。"当父亲的赞同地望着女儿说,"不过,玉龙家中生活困难,你可不能向他提任何条件。"

"我不是同葛玉龙结婚。"

"你说什么?你不同玉龙结婚?你要同谁结婚?"

"同一个你根本没见过面的人结婚。"

这一突变,使当父亲的受到了极大的震动,惊愕得完全呆住了。

许久,他才从震惊状态中摆脱出来,缓缓地从沙发上站起,围绕着女儿的身体走了一圈,最后站立在女儿对面,用陌生而怀疑的目光注视着女儿,希望这不过是女儿同他开的一场玩笑。

女儿脸上的表情是毫不动摇的。

当父亲的意识到了这场谈话的严峻性。

"晶晶,你疯了?!"

"我没疯。"

"到底是为什么?!告诉我,你们之间究竟发生了些什么事?!"

"爸爸,你别问了。"女儿侧转了身子。当父亲的扯着女儿的胳膊,将女儿的身子扯得旋转过来,他第一次对自己的女儿显示出一个当父亲的令人畏惧的严厉,咄咄地逼视着女儿的眼睛,恼怒地大声说:"我要问,因为我是你父亲。说,你说!到底是为什么?!"

女儿的脸色是那么苍白,她漠视着父亲,喃喃地说:"我……不再爱玉龙了……"

"不再……爱?不……再……"父亲重复着她的话,突然,狠狠地打了女儿一记耳光!

这一记耳光那么有力,女儿扑倒在沙发上,一只手捂着脸,半天都没动一动。

当父亲的打过女儿的那只手,剧烈地颤抖着。他从来没有训斥过女儿一句的呀!可是,今天他打了女儿。

"晶晶……"他的声音哽咽了。

女儿的头慢慢转向他,用凄凉的目光看了他一眼,捂着脸跑出了这个房间。女儿跑入自己的房间,关上了房门。遏制的哭声搓揉着他的心。

他走到女儿的房间门前,哀求地:"晶晶,晶晶!你出来,跟爸爸谈一谈啊?"

哭声终于停止了。一会儿,女儿隔着门对他说:"爸爸,你如果不想逼我死,就别问我……什么都别问……爸爸,我已经给你跪下了……"

父亲拒绝参加女儿的婚礼。

女儿被披红挂花的黑色丰田小汽车接走后,他双手捧着妻子的遗像,孤独地在家中,老泪悲垂,涕泗滂流。

他觉得女儿不但背叛了葛玉龙,也背叛了他,背叛了她自己。是什么人?是什么力量?促使她如此决绝地背叛?

女儿始终没有回答他。

他这个做父亲的想知道一切,想理解一切,却什么都不知道,却完全无法理解。他感到一种被自己亲生女儿欺骗了的愤怒。而他为此感到的悲哀,是十倍于愤怒的……

出现在婚礼场面的许晶晶,像一具会动的雕塑,脸上毫无表情,被男宾女客们摆布着,机械地扮演着新娘的角色。

新郎的父母也没有参加婚礼,新郎向客人们解释,父母的工作极忙,抽不出时间。他是在向客人们解释,而不是在向她,也许他认为,这是没有必要的。

男宾女客，都是年轻人。他们嬉闹，调情，放浪形骸。他们其实并不关心新郎的父母参加婚礼与否，新郎的解释等于徒自浪费唇舌。他们只是利用这么一个场所，一种场面，一种气氛，不失时机地寻欢作乐，如此而已，仅此而已。看得出，他们都是惯于此道的，不管谁同谁结婚，那都不重要。婚礼不过是一种广告，一种男人女人彼此占有的广告。因此，结婚这件事对他们来说只有宣传性，没有严肃性。她瞧着他们一个个开怀畅饮，听着他们种种玩世不恭的高谈阔论，心中十分明白，从此，她算是陷入可怕的肮脏的泥潭中了。

她暗暗祈祷，但愿她能在这泥潭中洁身自好。但愿她能够以自己的爱情为代价，拯救那个她根本不爱，但从此将是她丈夫的人的灵魂。失去了一个心爱的，拯救了一个邪恶的，但愿如此吧！也许这一点，只有这一点，能使她终生悔恨的心灵获得稍微的安慰。

"你，真的很在乎我父母参不参加婚礼吗？"客散尽后，他赔着小心问她，他得哄她高兴点。因为今天在他眼中，她具有一种特殊的魅力，一种冷峻的美……

她并不在乎，如果他的父母对儿子的终身大事不在乎，她在乎什么？

她只想放声痛哭，心，碎了。泪，却淌不出来。

那颗心，像海绵，将眼泪吸收了……

第二天，她以谈判的方式，向他提出了请求："我不能和你住在光华街上，我们必须搬家，搬得离这条街越远越好。我也许只会请求你这一件事，希望你答应我。"

"我知道你为什么提出这种请求。"他笑了，弹弹烟灰，说，"原来跟你好过的那个做酱油的，住在楼后那片破烂房屋中，叫葛玉龙，对不对？……"

"住口！"她喝了他一声。她不能容忍他用这种语言，这种腔调提到她的玉龙。不，已经不是她的了！永远。失去了，葛玉龙在她心中的位置，反而比以前更神圣。

"你就那么爱他？"

"我永远也不会忘掉他。"

"他就那么好？"

"只有我知道。你不配同他相比。"

"他能使你住上这样一套房间吗？"

"……"

"你这么一只金丝鸟，能住惯他们家的鸽子笼？"

"……"

"如果你同他结了婚，他会使你们的新房里也摆上这么一套家具么？哪怕一件！就是买得起，怕也摆不下吧？"

她突然端起茶几上的托盘，将一套漂亮的饮杯摔在地上，全部摔得粉碎。

"你再说下去，我就放火将房间烧了！"她咬牙切齿地瞪着他。

"这么大的脾气？好吧，我答应你，宝贝！"

他在她脸上亲了一下，同时心中在想：搬家？我才不呢！正希望哪天碰上那个做酱油的小子，拿那小子开开心！……

一天，他强迫她陪他一块儿去滑冰，刚挽着她的手臂走出大楼，迎面跟葛玉龙相遇。她哪里知道，葛玉龙多少次徘徊在这幢楼前啊！只为再见到她一次。葛玉龙首先站住了，呆呆地看着她。

他消瘦得多么厉害呀！难道是为了她么？肯定是为了她！

她也不由自主地站住了，慢慢抽出了被丈夫挽住的手臂。在他的注视下,她觉得她整个人失去了支撑点,瞬间就将倾倒了!

她软弱无力地靠在丈夫身上,而她心里却想跪倒在葛玉龙脚下。丈夫立刻明白了,扶着她退后一步,不屑地打量着酱油厂的工人,嘴角浮现一丝鄙视的嘲笑,说:"你就是葛玉龙吧?对不起,我只能退后一步与你说话,你身上的酱油味使我恶心!"

葛玉龙却仿佛根本没有听到对方在说什么,他的目光只盯着她,那目光中并没有怨恨,只有询问,流露着无限情思的询问:你生活得好吗?你快乐吗?你幸福吗?你心中还曾想到过我吗?……

那做丈夫的也从葛玉龙的目光中,看出了这些无声的询问,继续用恶毒的语言刺伤年轻的酱油工人的心:"让我替她回答你几句吧!她真是一位好妻子,对我又温柔又体贴,晚上搂着这样一个女人睡觉,发生地震你也不愿放开她……"他觉得如此伤害一个人的心,是能获得某种快感的事。

酱油工人目光中的情感之焰,顿时熄灭了。他整个的脸部,也顿时变得阴暗了,像被乌云所笼罩。

她摆脱丈夫的扶持,猛转身奔进了大楼里……

第二天,她回到了"自己的家"。

"自己的家"——这种意识那么强烈而顽固地统治着她的思想。她认为,她之所以离开了"自己的家",和一个她根本不爱的人共同生活在他的那套房间中,乃是命运对她的虚荣心的惩罚,多么无情的惩罚。

啊!虚荣心,这诱人堕入毁灭的泥潭的鬼火!这居住在人们灵魂中的妖魔!她真想对所有的人大声疾呼:警惕虚荣心吧!唾弃虚荣心吧!我就是一个例子。

然而,这种带有盲目的自裁性的惩罚,她的确是无法忍受下去了。

所以她暂时从那人间"炼狱"中逃回了"自己的家"。是的,是"逃"回了"自己的家"。可是,"逃"回自己的家,她也并不能彻底摆脱那种无情的惩罚。她自幼就与之相依为命的老父亲,以不予宽恕的态度对待她。他一句都不问及女儿婚后的生活情况。父女之间失去了从前的许多共同语言。父女都在家中时,各自独守自己的房间。

她的房间,仍保持着她离开时的布置,没有任何改变。仅是桌上多了一个烟灰缸,里面积满烟蒂。

父亲曾在她的房间内,回忆过一些什么呢?思考过一些什么呢?

父亲不说,她也不问。

她本是回来向父亲倾诉她内心的悲痛的,本是希望回到"自己的家"里,获得父亲的怜悯的。然而她观察出,父亲的内心并不比自己所承受的轻松啊!因而,她不得不违反本意地、笨拙地在老父亲面前,扮演一个幸福少妇的角色。

她对自己说,我是自作自受!我无权让我的老父亲为怜悯我而悲哀。

她体恤父亲,胜过体恤她自己。

第三天一早,父亲对她说:"你,该回到自己的家里去了!"

这是父亲三天内主动对她说的第一句话。

怎么,这里已不再是我"自己的家"了吗?

是啊,不再是了。

她含着满眶眼泪,告别了父亲,离开了不再是"自己的家"的家。

一走到外面,她的眼泪就一串串地淌下来了。

她又回到了她的新婚之所。

敲了半天门,门才打开。这人间"炼狱"中,除了丈夫,还有一个陌生的长发披肩、妖眉荡眼的姑娘。在她的家中,这姑娘穿着一件紧身的薄绒衣。房间中的凌乱程度告诉她,丈夫和那姑娘曾如何鬼混过。那姑娘并未表现出尴尬,也丝毫不感到惊慌,当着她的面,从容不迫地穿上外衣,从椅背上拉下长围巾,对他媚笑了一下,说:"我走了。"看也不看她一眼,便噔噔地走出了房间。

她和他默默地相互对视了许久。

"她是谁?"

"你没有必要知道她的姓名。"

"我有必要,也有权利知道,因为我是你的妻子。"

"你不过是我法律上的妻子而已,而她是我的情妇之一。谁叫你整整三天不在家?我是个不甘寂寞的人!"

"无耻!"

"无耻?你大概忘记了我是谁吧?"

"你和你的狐朋狗友,全是一群畜牲!总有一天,法律要制裁你们这批依仗老子权势的……"

啪!她的话还没说完,便挨了一记耳光。

"法律?法律又能将我们怎样?我们就是要出出法律的丑!"他气咻咻地披上大衣,走出了家门……

几天之后,她同他一起去赴一个哥儿们的家庭舞会。从她被打了一记耳光那一天开始,她心中产生了一个念头:绝不能让他太自在地寻欢作乐!她要像影子一样处处跟随他。她要像一把盐,撒在他和他那一伙寻欢作乐的汤羹中。哪怕仅仅达到使他们感到碍眼的目的。

快走到他的哥儿们家时,老公安局长身着便装,仿佛从天而降似的突然出现在她和他面前。

"晶晶,我要单独跟你说几句话。"老公安局长一把抓住她的手,带着她就走。

她被带到了一幢楼的拐角处，老公安局长站住，盯着她说："晶晶，你只能一个人回家了！他们，包括你的丈夫，是一个走私团伙。他们利用家庭舞会做掩护，进行走私活动……"

一阵警车的尖厉的鸣叫声响起，她看到，一辆警车开到了丈夫要去的那幢楼前，公安人员们纷纷从警车上跳下，冲进楼内……

"高伯伯！……"她一下子扑进老公安局长怀内，痛哭起来……

八

作为小珍珍的父亲，戴寻无法理解葛秀娟对待他那种仿佛有什么积仇宿怨似的态度。而她又对他的女儿那么好，以至他从女儿口中动辄听到"娟阿姨教我唱的这支歌""娟阿姨教我跳的这个舞""衣扣是娟阿姨给我钉上的""手套是娟阿姨给我缝好的""娟阿姨这么说""娟阿姨那么说"……

女儿在他和她之间，幼稚地本能地维系着一种虚幻的亲近。他却真心希望，通过女儿，改变他和她之间的敌视。更准确地说，是改变她对他的敌视。他并没有伤害过她，也与她根本没有任何利益冲突。难道她对他的敌视，仅仅由于目前一般市民对生活在干部阶层的人们的抵触情绪所致吗？果真如此，尤其使他感到可悲。这毕竟阻碍人与人之间的理解，毕竟是一种不正常的病态的现实。戴寻时常以一种怀旧的心情，回忆起过去的年代中，他——一位市长的儿子同人民之间的关系。他和大学的同学们曾到农村搞过"四清"，到矿山进行过社会调查，到工厂整理过厂史。没有任何一个劳动者，能够把他和他的同学们区别开来，另眼相看。他也从未在任何情况下，表现出一位市长的儿子与一般大学生不等的身价。同学中有好几个高干子女，有的为了不愿让人知晓父母的社会地位,不愿被社会目光格外注意,甚至更名改姓。他和他们都虔诚地认为,炫耀父母的社会地位,那是很不光彩的,极端可耻的。直到他毕业后,也并没有几个同学知道他是市长的儿子。

十年动乱中,父亲被罢了官,他受到政治牵连,也被从冶金研究院"扫地出门",发落到炼钢厂当工人。

第一次穿上炼钢工人的石棉工作服那一天,炉前班长,一位五十多岁的老炼钢工人,当着他的面对全班工人说:"大家多关照他点,就算赏我脸!"

那些炼钢工人,默默注视着他,谁也没有任何明显的表示。但以后,他们曾给过他这个被"打翻在地"的市长的儿子多少关照啊!当时,他内心充满了对炼钢工人们的感激,也充满了对自己父亲的感激。

父亲曾在这个炼钢厂"蹲点"多年,获得了炼钢工人们的信任和尊敬。一位市长与工人群众打成一片的老共产党员的优良传统与坦荡无私的品格,在动乱年代中得到了应得的维护。一次事故中,他的左腿被钢水烧伤,老炉前班长背起他就往医院跑。跑到半路,截住了一辆大卡车。卡车恰巧是冶金研究院的,小司机认出了他,说:"他是全市最大的走资派的儿子,我不拉!"

"放你妈的屁!"老炼钢工人破口大骂,"他现在是一个炼钢工人,是我们的人!你敢不拉,老子揍你!"

班里的其他几个工人也赶上来了,他们恼怒了。

炼钢工人们的恼怒是令任何人都会感到畏惧的。他们竖眉瞪目,捋胳膊挽袖子。

"你歧视他,就是歧视我们!"

"老子们以领导阶级的名义命令你!"

"少跟他废话,揍他一顿他就乖了!"

那一句"是我们的人",使伏在老炉前班长背上的他,两行热泪滚滚而下!

……

如今,父亲又当上了市长,他自己又回到了冶金研究院,他还经常有机会接触许许多多普通劳动者。然而,他身上却像贴了别人都能看到,唯有他自己看不到的标签,无论出现在哪里,耳边总会听到窃窃私议:"他就是市长的儿子。"他便会被一张张虚假的奉迎的笑脸所包围。

而那些普通劳动者们,投射到他身上的,大多是冷漠的,隔膜的,拒人千里的目光。

"是我们的人"这句出自一个老炼钢工人之口的话,他多么想再听一次啊!却再也没有听到过。除了"市长的儿子"这句他听了像被诅咒一般的话,还听到一句补充性的同样内涵的话:"公安局长的女婿!"

自从住到光华街上新盖起的楼房内,他愈加敏锐地强烈地感受到了,一种潜在的敌对情绪包围着他。这种情绪来自高楼后那一片窄街陋巷,破屋矮房,在整条光华街上蔓延。为什么同住在这条街上新盖的高楼内的人们,似乎并没有感受到什么,生活得那么无忧无虑,心安理得?难道只有他一个人感受到了?难道他所感受到的客观上并不存在?

难道他的神经出了毛病?幻想症?

妻子,就是在他们搬到这条街上的一个月后,死于非命的。

他从不迷信,更嘲笑预兆感应之说。但妻子的死,竟使他对居住在光华街产生了一种心理上的不安全感。

那一天晚上，如果他不同妻子发生那一场争论，也许……

争论是由晚报上的一则报道引起的。

妻子一边吃饭，一边看报。突然，她将饭碗使劲朝桌上一顿，站起身来，愤怒地大声说："卑鄙！简直是卑鄙行径！"

他吃惊地抬头瞧着妻子问："你干吗，突然发这么大火？吓了孩子一跳！"

"你看看报！"妻子将报递给了他，怒不可遏地在房间里来回走动，使劲将一双绊脚的拖鞋踢到了床底下。

"你要我在报上看什么？"

"看那则报道——本市又有一百一十三户居民搬进新建楼房！三号黑体标题，我写的。"

他将那则并不长的报道认认真真地看了一遍，每一个字，每一个标点都不错。

他又抬头迷惑地望着妻子。

妻子从他手中夺过报，大声说："而我的报道原稿写的是：'一百一十三户利用不正之风'，听明白了吗？'利用不正之风'！……"

"可是，可是你作为一名报社记者，怎么可以写这样的报道呢？目前住房问题这么敏感。"

"因此，我才要揭露房管局长，让老百姓明白真相！可是被主编大笔一挥，删掉了那几个重要的字，竟变成了替房管局长唱的一曲赞歌！还有比这种行径更卑鄙的吗？"

"可是……可是你自信调查准确无误？"

"我负记者的职业责任！"

他无言了，沉思良久，又说："你根本就不应该写这样的调查报告。你考虑过它可能造成的严重后果吗？"

"最严重的后果,无非是老百姓起来造反,打倒一个'房老虎'!我会因此替老百姓拍手称快的。"

他怔怔地望着妻子,觉得突然对她陌生起来。最近,她对社会对现实的种种看法,他认为是越来越偏激了。他理解,记者的特殊身份,使她有机会更多地窥察到种种不正之风。她愤慨,她嫉恶如仇,因而她常常凭感情用事,一吐为快。但他却寻找不到充分有力的话反驳她,说服她。

"你既然进行了调查,掌握了真实情况,为什么不首先向市纪律检查委员会反映?"

"纪律检查委员会?也就是你父亲喽?你父亲不是身兼纪律检查委员会的头吗?我不信任他!我们也是一百一十三户之一,凭什么房管局分给我们这套单元?还不是看在你父亲的份儿上么?……"

"住口!你太过分了。"他因为妻子当着孩子的面,这样提到他的父亲,生气极了,喝道,"搬进来住,你也是欢天喜地的。"

"那是因为我还不知内幕。"她也火了,火气由那则报道转移到了他身上。

"什么内幕?难道我参与了什么阴谋吗?我也是什么都不知道,人家把房间钥匙交给我时,说是照顾中年知识分子。"

"中年知识分子那么多,为什么偏偏首先照顾到你头上?因为你是市长的儿子,公安局长的女婿!一想到这一点,我夜晚睡在床上,都做噩梦,梦见这幢楼突然倒塌!……"

"市长的儿子""公安局长的女婿",这两句话严重刺伤了他的自尊心。

"滚!那么你就立刻滚出这个房间。"他摔碎了一只饭碗。

女儿吓得哇的一声哭了。

妻子从衣架上扯下大衣,一边穿,一边往外就走。

她迈出家门,就再也没有回来。永远……

她被一辆救护车撞倒,她那些偏激的思想和她的生命,一同飞升到了虚无世界里……

他觉得,他对妻子的死,负有不可饶恕的罪责。他与她和睦地生活了十几年,却是这样一种结局!而妻子在那个晚上所说的那些话,竟成为她留在这个世界上的最后的一番话!那些话,又只有他一个人听了,并且永远忘不掉。也只有他一个人理解,那些愤慨的、偏激的、尖刻而带有挑战性的话,并非她内心深处最炽热的最真实的最欲大声疾呼的话!如果她说出口,一定会震撼某些人的。她头脑中,那些偏激的思想的另一种语言表达形式,应该是:赶快从党内清除败坏我们党声誉的人吧!赶快刷洗这些人涂在我们党的旗帜上的污迹吧!建立起我们党在人民中曾具有过的威望和伟大号召力吧!为了我们的民族,为了我们的国家,为了我们的子孙后代!

他相信,这些话,在那个晚上,是在妻子的胸膛内翻滚的。不过,被极端的愤慨和万分的痛心所强化,变成了不负责任而只求一吐为快的偏激的语言。

因为他记得,在高中时期,在入团仪式上,当他在她胸前庄重地别上团徽时,她激动地流出了眼泪……

因为他记得,在他们相爱时,在他们的情书中,也不忘彼此勉励:让我们都争取做一名共产党员吧!

因为他记得,在十年动乱中,在他和她的父亲都遭受政治迫害的时期,她曾对他说过:"让我们把这一时期,看作党对我们的特殊考验时期吧!"

因为党的正常组织发展工作一恢复,她就又一次递交了入党申请书。

因为，有多少个夜晚，他们多思少眠，既为党的某项工作所取得的成就而喜悦，也为党在新时期面临的种种困难而忧虑……

虽然他和妻子都不是共产党员，但他们都是属于那种，对争取成为一名共产党员的愿望锲而不舍的人。像他们这样的人，在今天，不是被不少人嘲笑么？他们执著的追求，不是被不少人认为愚不可及么？

可悲的究竟是他和妻子呢？还是与我们的时代相悖的不正常的现实？

……

今天，在这个气象预报有八级大风的星期日，他和幼小的女儿待在家中，又思考起了这些问题。他以这种思考的方式，对妻子进行追悼。

起风了。这风起得突然而迅猛，平地刮起，就有四到五级。电线在窗外发出刺耳的呼哨声。高达窗口的大树的秃枝像一把扫帚在窗前挥舞。他透过窗子看到，远处高高低低的建筑物顶的积雪，顷刻，被扬到了空中，空中顿时迷乱浑浊。摆在阳台上的一只花盆被刮落，发出一声碎响。花早已死了，但花盆却是妻子亲自买的，他心中一阵惋惜。他赶紧起身走到落地窗前，想到阳台上去把其余的几只花盆搬进屋来，怕被风刮到楼下，砸伤路人。可是，刚打开落地窗，就被一阵更猛烈的风顶了回来。这时，大风转眼已达到七八级！

他第二次打开落地窗，走到阳台上，便被居高临下所见的情形惊呆了！窄街陋巷中的一处处大杂院，被骤起大作的狂风搅翻了！有家人的油毡屋顶，被狂风轻而易举地掀了起来。压在这些屋顶之上的断砖碎瓦，纷纷落地，像一块块陨石自天而降。茅草漫天飞舞，油毡如一把把巨大的黑扇在屋顶忽扇。一处大杂院的土坯围墙被狂风推倒了一半,堵封住了几户人家的大门。他又看到,一户人家三米多的砖砌的宅外烟囱,摇晃了一下,仿佛一个站岗的瘦高的士兵被子弹突然击中,慢慢地不甘地从基部倾倒,几乎全部倒在另一户人家低矮的屋顶上,屋顶塌了,升起一团尘土,狂风趁机掠走了半面屋顶!一个贫困之家的内况,似舞台布景一般暴露在他眼前。而那断了的房梁上吊着一个人,双臂紧紧搂住断梁,身体在空间摆荡。看得出,这个被破坏了的家的最后支撑物,便是那根断梁。大风再狂扑一次,这个家便肯定不存在了……

天啊!他心中替那可怜的人家暗暗叫苦。

他一转身冲进屋,对女儿叮嘱了一句:"珍珍,外边风大,不许离开房间!"仅穿着毛衣就冲出了家门。

等他奔跑到那个大杂院里,狂风已掠走了那人家的另半面屋顶。

那正是葛全德的家。这个星期日,葛家父子们都没休息,只有葛秀娟的母亲在家。几分钟前吊在断梁上的就是葛秀娟。

母女俩呆呆地站在被摧毁了的家的废墟旁,茫然不知所措。邻居们,无论大人孩子,都到院里来了。尽管他们各自的家也处在岌岌可危的状况下,但此时此刻,他们心中仅存一个念头:给遭难最惨的老邻居以最大的帮助。

面对完全倒塌了的房屋,邻居一个个束手无策。身强力壮的男人们像木桩子牢牢地竖在狂风之中,面面相觑。女人们奋力地从废墟底下往外拖拽着被褥。孩子们土拨鼠似的在废墟上爬来爬去,急切地翻找着完好的小物小件,全不怕狂风将他们刮到天上去。

一个小男孩从废墟中扒出了一只酒瓶子,用衣袖擦去瓶上的土,见还有半瓶酒,拎着它走到秀娟母女跟前,仰起小脸望着秀娟,怯怯地说:"娟姐姐,葛爷爷的酒!"

葛秀娟突然失声哭了："妈，咱们的家……完了……"

这大杂院中的女人和孩子们，都纷纷聚拢在母女俩身旁，呜呜哭了，替葛家，也替她们自己。

狂风的怒号和女人孩子们的哭声搅在一起。

这施威示虐的八级狂风，将戴寻头脑中的种种思考扫荡得一干二净。尽管那些思考是深刻的，是严肃的。他这会儿只有一个欲念——双膝跪倒在这些可怜的人们面前。他为自己也是妻子曾想要披露，而没有得以披露的"一百一十三"之一，而感到罪孽深重。

狂风将葛大娘的发髻撕散，稀疏的白发凌乱地遮着她的脸。乱发后，她那双混浊的眼睛大睁着，眼神发直。

一个女人忽然惊叫起来："着火啦！"

隔着两个院子的茅草屋顶，浓烟升腾！一阵风后，浓烟转眼变成了烈焰！

"丽华家，丽华家……也完了……"葛秀娟失魂落魄地说。她望着浓烟烈火，怔呆片刻，拔腿跑出了大杂院。几个男人也都跑出了大杂院，将他们对自己的家院身负的责任抛在了脑后。

"救火呀！救火呀！……"

女人们一齐声嘶力竭地叫喊着。

只剩戴寻一个男人，还如泥偶般地站在这院子里。他不知自己是应该去救火，还是应该照顾葛大娘。

"叔叔，叔叔，你怎么还不去救火呀！快去救火呀！葛奶奶有我照顾呢！……"一个孩子使劲推他。

这大杂院中的孩子对他叫的一声"叔叔"，使他心中一阵火热。

他一转身奔出了院子……

救火车一辆接一辆，从马路上疾驰到了这片居民区。可是，这片居民区，竟没有一条可以称为街道的街道。它们那么狭窄，救火车根本无法开入，无法接近火海。水笼带延长到最长限度，高压水柱也只能达到火海的边缘。幸而，风势开始渐弱了。更多的消防队员，英勇地闯入火海，抢救百姓的财物。

一位披呢大衣的人，出现在几名手握水笼并肩而立的消防队员身旁。他们正在用水柱堵截着火海继续扩大。他问："我是市长，谁是队长？"

他们中的一个回答："我！……"

他大声说："我命令，你们要奋不顾身地扑灭这场大火！保证人民的生命安全，抢救人民的财产，立功者受奖，退缩者惩罚！"

……

大火烧毁了一条半胡同……

火被扑灭后，戴寻像每一个参加救火者一样狼狈。他一步步朝家走时，看到了父亲那辆黑色的上海牌小汽车，看到了车旁的父亲。父亲正向几名市委干部指示什么。

他站住了，他真想走过去对父亲说几句什么话。

这场大火，使他有那么多话想要对一个人说，更想要对自己的父亲——市长说。

父亲这时也发现了他，父子俩相距十几步，彼此默默地注视着……

九

"还是你？……"

第二天，当戴寻到托儿所接珍珍，看见葛秀娟照例像往常一样，抱着自己的女儿坐在传达室里等待他，他呆呆地望着她，除了"还是你",三个字,再也不知说什么好。

"还是我。"她点点头。见他并未完全理解她的话,又补充道:"应该是我。我是珍珍这一班的阿姨。"

"我今天又来晚了。"

"是的,你今天又来晚了。"

"自从你……我每天都耽误你回家的时间。"

"今后,更无所谓了……反正我的家已经不存在了。"

他从她怀里抱过女儿,低声问:"那么,你们家的人今后住在哪儿呢?"

她苦笑了一下,冷淡地回答:"这与你有什么关系?"

他本想主动与她交谈,见她对自己是这种态度,不便再说什么,注视她片刻,抱着女儿走出了传达室。

葛秀娟也跟在他身后,走出了托儿所大门。

听到背后的脚步声,他转过身,见是她,犹豫了一下,忍不住又问:"你要到哪儿去?"

"到医院去看我母亲。"

"我……可以陪你走一段路吗?"

她沉默片刻,微微点了一下头。

他和她默默地走着,谁也不再首先开口说话。

"爸爸,我的鞋掉了!"

他刚弯下腰,她已捡起了珍珍的鞋。

她替珍珍穿上那只鞋,抬起头时,她的目光无意地和他的目光对视了。

"我知道,你恨我。"

"如果有机会,我还想报复你。"她并没有立刻避开他的目光,坦率地望着他，坦率地回答。

"即使你报复了我，我也不会反报复的。我觉得，我应该受到报复。每一个侵占人民利益的人，都应受到惩罚。"

她依然注视着他，似乎在判断他说的话是否值得她相信。

"我知道，你不会相信我，也不能理解我。"

"不，我是个很容易相信别人的姑娘。从昨天起，我已打消了想报复你的念头……谢谢你昨天出现在我们大杂院里……"

"我也谢谢你，谢谢对我说了这些话。"

于是，他们又默默地朝前走。

在十字路口，他们站住了。

珍珍说："爸爸，叫娟阿姨住到我们家去吧！娟阿姨一个人住在托儿所，夜里会害怕的。"

她在珍珍的脸蛋上轻轻抚摸了一下："阿姨不会害怕的。"

他将女儿放在地上，从衣兜里掏出一串钥匙，取下一把，递给她，说："这是我家门上的一把钥匙，我请求你收下它。你们全家人都可以住到我家去，我从明天起住单位。"

她朝他手中的钥匙看了一眼，摇摇头。

"那么，就请你替我将钥匙交给丽华家，或者，任何一户昨天被烧毁了房屋的人家……"

她仍不说话。

"我请求你！难道你连我这种请求也要替那些被烧毁了房屋的人们拒绝吗？"

她从他的语调听出，他很激动，也很生气。她无言地接过了钥匙。她久久地站在原地，望着他抱起珍珍，跨过马路，走远了……

是啊，为了我自己所受到的欺辱，为了二哥受到的爱情上的捉弄和欺骗，为了我们光华街上的许许多多的人，我曾想对任何一个住在高楼里的人实行报复。看来我的确是错了，他们之中，并不是人人都是坏蛋……

她觉得自己从此在生活中又明白了一点事理。

……

戴寻回到家里，一放下珍珍，就发现阳台上站着两个人，清冷的月光，他们的剪影投映在窗子上。

"谁？……"他吃了一惊。

"我……"是父亲的声音。

他走到阳台上，见同父亲站在一起的，是他的岳父——老公安局长。

"你们……怎么进来的？"

"当了几十年公安局长，连一个普通民宅的门还打不开吗？"岳父不动声色地回答。

"爷爷！姥爷！"珍珍也跑到阳台上来了。

市长立刻抱起孙女，问："想爷爷了么？"

"想。"珍珍撒娇地双手按住了爷爷的脖子。

当姥爷的也有点迫不及待地问："珍珍，想姥爷了么？"

"也想啦！"外孙女看着他回答。

"那，让姥爷抱抱吧？"

外孙女的双手放开了爷爷的脖子，朝姥爷伸过来。老公安局长抱过外孙女，在外孙女脸蛋上亲了一下。

"姥爷哭了。"珍珍轻声说。

"姥爷没哭。"

"姥爷的脸上还挂着眼泪呢！"

"眼泪是风吹出来的。"

戴寻从岳父怀中抱过女儿,放在地上,说:"珍珍进屋看小人书去,阳台上冷。"

"不嘛,我要和爷爷姥爷在一起!"珍珍不肯离开阳台。

"听话。"当父亲的提高了声音。

珍珍噘起小嘴,不情愿地走进房间去了。

父亲和儿子之间,岳父和女婿之间,当父亲的和当岳父的之间,长久地保持着沉默。夜晚凛冽的寒风,吹着这三个站在高楼阳台上的人的脸颊。但是,他们似乎都并不感到冷,似乎都不愿离开阳台走进房间去。当儿子和女婿的,终于忍耐不住这种不该沉默的沉默,开口低声问道:"爸爸,你们到我这里来,有什么事吗?"

多么疏远的话!连当儿子和当女婿的自己都感到了羞愧。他本是有很多话要对他们讲的。在他心目中,他们不唯是他的父亲和岳父,而且,是两个老共产党员,两个老干部。可他说出的却是这种话!他真不知跟他们从何谈起。

父亲和岳父站在他一左一右。他们同时侧转身,都用很复杂的目光注视着他。他们分明从他的话中品味出了一种潜在的疏远感。

"怎么,没有什么事就不能到你这里来?你是不是认为,这里对我来说,已经不是女婿的家?可珍珍毕竟还算是我的外孙女吧?"岳父的话中,流露出不加掩饰的火气。

"不,我不是……"

"不必解释!是啊,女儿不在了,女婿,那不过是别人的儿子。"岳父说完,转过身去。他的语调中包含着极大的悲凉。

"爸爸,我请求您,再也不要用这种话刺伤我的心了!"岳父的冷淡的话,令他心中难过极了。

"你的工作就比我还忙?连到你岳父家去一次的时间都抽不出来?"父亲也开始责备他。毕竟是父亲,责备之后,又替他辩白:"老高,你刚才听到了,他不是仍像称呼我一样,称呼你'爸爸'吗?我的儿子我理解,在他心目中,你永远和我一样,是他的'爸爸'!"

隔了一会儿,父亲又语调低沉地说:"我是要站在一个高处,看看这一片棚户区。在我的想象之中,它本来应该是早已不存在了。今天,这些无家可住的人们,也应该早已搬进光华街上新盖的楼房中了……"

"想象永远不能代替现实。爸爸,一个市长的想象也永远不能代替现实。您要看,就站在这里多看一会儿吧!看看您领导下的这一部分人民……"他以明显的抢白口吻说出了这番话。

"住口!"岳父低低地喝止他,"你没有权力以这种口气跟你父亲说话!"

"可是我认为我有这种权力!现在不是一个儿子在跟父亲说话,而是一个公民在跟一位市长说话,我替人民跟市长说话!……"他是那么激动起来。此时此刻,冲口而出的这些话如若不说,他觉得胸膛一定会被这些话堵塞得令他窒息。

"放肆!"岳父吼了一声,倏地转过身,咄咄逼人地盯着他,恼怒地说,"你替人民指责我们?难道你认为我们心中就丝毫没有人民这两个字的概念了么?难道你把我们也视为两个冒牌共产党员,两个官老爷么?难道你……"

父亲抬起一只手,制止了岳父继续对他训斥下去,平静地说:"别阻拦他,让他将心里的话都讲出来!既然他是在替人民说话,我洗耳恭听。"父亲将脸转向他,用严肃的目光盯着他,期待着。

在父亲和岳父的注视之下,他缄默了。他心中感到委屈,热泪一涌而出,淌在被寒风吹得冰冷的脸上。

"怎么？你不说了？你不说，我说。"父亲朝阳台转过身，望着下面。风灾和火灾劫后的那片窄街陋巷，那些破屋矮房，静夜中，月光下，颓垣断壁，残址废墟，尽收眼底，一览无余。十几顶军用帐篷错落其间，那是驻军某部主动捐赠的。

"儿子，我今天来到你这里，就是要站得高一点，看得全面一点，想得多一点，远一点，深一点。在我们国家目前经济困难的时期，我亲笔批了巨款，修建光华街上这十几幢高楼。一想到建国已经三十年了，我这手中有了权、当上了官的人，就觉得非常对不起老百姓。光华街，这街名是老百姓新中国成立后起的，起得多好！光华万丈，万丈光华，光明的中华，无论怎么理解，都体现着人民获得解放的兴奋心情。可如今三十多年过去了啊！除了这条街名，我们并没有给这一带人民的生活带来什么明显的改变。仅这一点，就已经足以使我们感到惭愧和耻辱了！巨款，是经过市委常委会议充分讨论，是省委常委会议批准的。建筑队在这条街上挖第一道地基那天深夜，也是这么晚了，我仍在我的办公室里，站在市区地图旁。我亲笔从地图上圈掉了这一带棚户区！我想，我们共产党人，又为人民做了一件好事。我们不需要人民为我们树碑立传，我们只希望人民依然相信共产党是热爱人民的党！希望百年之后，历史依然会公正地评价我们党，承认它是一个真正的人民的党！希望百年之后，我们这个党依然会获得人民的拥护，领导我们的人民，建设和发展我们的国家……那一天夜里，我就睡在办公室，激动难眠……可是昨天，当我亲眼看到，这条街并没有消失，这里的老百姓并没有住进高楼里去，我受到了巨大的震动，也可以说，是受到了刺激，为人民批的几百万巨款啊！却无形中变成了为极少数人扩建私宅的经费。他们的胆量已经到了何等程度，简直是为所欲为！……"

父亲的语调,由感慨而激动,终于愤怒到了顶点。父亲猛地转过身来,望着他的儿子,说:"儿子,我这些话,并非一个共产党员为自己辩护!我是要让你知道,你将来在这座城市的处境,也许是很困难的。我已经是六十多岁的人了,再当不了几天市长了。我要在离职之前,得罪一部分人!我要把所有利用搞不正之风的手段住进这些高楼的人,统统赶出去!不管住进来的是什么人物,不管是通过什么人物住进来的。我到你这里之前,刚刚看过一份写给我个人的调查材料,非法住进这些高楼的,不止一百一十三户,不止!如果我容忍这一点,我不下决心将他们赶出这些高楼,不要说对不起党,也对不起人民,连死去的珍珍的妈妈也对不起!那我就犯了渎职罪!儿子,当你因为你的父亲这样做,将来可能被处处为难,甚至诅咒时,希望你不要抱怨你的父亲……"

"爸爸!……"戴寻像个孩子似的,一头扑进父亲怀中,双臂紧紧拥抱住父亲,无声地哭了。

老公安局长这时低声说:"至少有一个人,会同你并肩站在一起。我将派出一个治安分队,协助市委工作组……"

夜,那么寂静。风,那么凛冽。

阳台上,两支香烟的红光,时隐时现……

十

光华街上遭劫的人们和受惊的人们,从睡得非常不安的昨夜醒来时,一辆黑色的上海牌小汽车从马路上拐入了这一带。小汽车在消防队员们造成的"冰场"上"抛锚"了。司机钻出车,走到一堆废墟旁,从一个十几岁的孩子手中借过一把铁锹,铲起废墟的土往车轮底下撒。

刚撒了一锨，一个男人走来，一言不发地从司机手中夺下了铁锨。

司机怔怔地瞧着那个男人。

孩子声明："爸，是我借给他的。"

啪！那男人回身就给了孩子一耳光："你借，老子不借！"

孩子捂住脸，怯怯地说："老师讲，现在还要学雷锋……"

"你们老师怎么不教导教导那些当官的也学习学习雷锋？！"那男人的火气更大了，狠狠地踢了孩子一脚，"滚回帐篷去！"

孩子噙着委屈的眼泪，离开废墟，朝一顶帐篷走去。

那当父亲的，拄着铁锨柄，乜斜着汽车，满脸有意表现出幸灾乐祸的表情。

市长从车上跳下来了。他注视着那个男人，一步步走过去，走到与对方只距一步远才站住，心平气和但很严肃地说："不要那样对待孩子，别忘了你是一位父亲。你的言行，对你的孩子是具有你所想不到的影响的。孩子没错，老师也没错，是某些当官的错了。"他说完，转身大步走回到汽车旁，迅速脱下大衣，扔在汽车前盖上，对司机说："我们来推吧！"

"这……市长，我去求那面的几个人来帮忙……"司机犹豫着。

"你不相信我的力量？"市长笑了一下，首先推起了汽车。司机不再说什么，立刻和市长一块儿推。汽车是开到了一处凹地，无论朝前推朝后推，都是坡度冰面，推动了两米，又滑回了两米。

司机脸上流汗了，市长脸上也流汗了。市长连皮帽子也从头上摘了下来，和大衣扔在一起。市长身上头上冒着热气。

司机又开口说："我……我还是去求……"

"不必！"市长口气非常固执。

于是他们又开始推。

求,这个字将一位老共产党员,而不完全是一位市长的自尊心深深地刺伤了。当年在革命时期,老百姓为了掩护他,掩护党,曾面对沾着鲜血的刺刀挺身上前去死!可是今天,他们不愿助他一臂之力。仅仅再加一臂之力,车就可以推上冰坡。一臂之力啊!如果有人对他讲此类事,他一定不会相信,一定认为是危言耸听,一定认为是对我们党和人民的关系的污蔑!但他现在亲自碰到了这样的事,这就是现实吗?是现实。尽管不是现实的全部,但毕竟是现实。发生在一个城市内,发生在一条街上,被他这一位市长所碰到的现实!难道我们有理由因为是"一"就可以回避这样的现实吗?就可以不去思考这现实的可悲性吗?

一股力量从心底延伸到两条胳膊上,思想的波澜同时在他头脑中翻腾。

他一边推,一边对司机说:"别泄气,憋足劲,我喊一二三,咱俩齐心合力!一、二、三……"

汽车终于被推到了冰坡上。市长喘息着,挺直腰,对司机说:"我们没有求谁,不是也推上来了吗?"说罢,一回头,看到那个由儿子将铁锨借给他的司机,而打了儿子一耳光,踢了儿子一脚的人,正转身离去。

那人帮助了他和他的司机,也许仅仅助了一臂之力,却是他们需要帮助的一臂之力。没有那人的帮助,他们究竟能不能将汽车推上冰坡呢?他对自己的力量不那么自信了。

司机从汽车前盖上拿起他的大衣,轻轻替他披在身上……

奇迹!仅隔一天,葛家塌房的废墟被清除了。颓址上,冻土刨开了,木桩钉下了,砖线拉直了,石头宅基砌起来一尺多高了!市长走到这里,见砖瓦沙土分类堆放,七八个棒小伙儿在劳动。没有督促,完全自觉、紧张而认真的兴建情景呈现在他眼前。

葛全德下决心要为自己家盖一幢像样的一劳永逸的房屋，要它百年不倒，数代不塌！要它能经得起八级大风或强烈地震！旧的不去，新的不来。也许是天意在启示他明白，他为国家为他人盖起过许多高楼大厦，现在，到了靠自己的双手和力量，为自己、为儿女们盖起一幢房屋的时候。只有靠自己，不靠自己，靠谁？他觉得自己像这城市中的一个"孤儿"，一个"老孤儿"，无依无靠。他觉得他们——同样在一天内失去了安身之所的人家，也都命运如他。他不但要为自己的家盖幢像样的房屋，而且要为那些命运和他相同的人们，一家家盖起像样的房屋，盖起一条半新的街来。今年盖不起，明年接着盖，明年盖不起，后年接着盖。五年盖不起，盖它十年！

老子死了，儿女们继续盖。没人管我们，我们自己还不管自己？我们自己不想管自己了，难道还不为儿孙下辈们着想？我们总要在这条街上生活下去！

然而，那些命运和他相同的人们，想法却并不和他一致。他们回答他："我们不是社会主义吗？不是老百姓当家做主吗？就让那些当官的看看我们这些当家做主的人的处境吧！他们住在高楼上，我们住在高楼底下的帐篷里，不为别的，只为羞臊羞臊他们的脸！帐篷我们住定了，但愿这废墟变成垃圾堆，夏天里臭气也能熏着他们！苍蝇蚊子也能飞入他们屋里去！"

他还能用什么样的话去说服他们呢？他是个一生习惯于被别人说服，而不善于说服别人的人。他没那口才，没那能耐。他第一次感觉到，他在这些他所熟悉的人们中，竟会成为一个孤单的人。他所想到的，与他们的利益息息相关的宏大计划，他们却不肯帮助他去实现。他从来没有体验过比这更大的悲哀，比他家房倒屋塌还令他悲哀！然而，他的大儿子葛玉明却对此付之淡淡一笑。玉明从施工队中抽调出十名青年，对他们说："你们的家和我的家一样，都毁了。所以，我才抽出你们，给我们自己盖起家来！"

给自己盖起家来——他们一切愿望之上的愿望！他们曾怎样幻想过，要在像样的房屋里结婚娶媳妇啊！他们认为，他们的老子是在跟现实赌气，跟自己过不去，那是很愚蠢的！他们虽然也以这种那种方式跟现实赌过气，但并不愚蠢。他们知道，现实与他们的关系比与他们老子的关系长久得多。因为他们刚刚二十多岁，还要在世上，在光华街上生活半个世纪！

他们劳动得那么忘我，没有一个注意到市长走了过来。

市长问一个小伙子："你们在为谁家干活？"

小伙子砌好一块砖，头也不抬地回答："为我们自己！"

市长又问："你们是哪个施工队的？"

小伙子抬头看了他一眼，看出他不是个身份等闲的人物，故意不恭地反问："你是干什么的？管得这么宽？"生活已扭曲了他们的心理和性格，凡对可能是当官的人物，绝不恭敬。

市长笑了一下："也许我管的并非闲事，你们冬季砌墙可难保质量啊！"

"我们比你懂行！我们给自己干活用不着别人操心！"小伙子不屑地瞪了他一眼，"一边去，碰脏了您的大衣！没闲工夫同你谈！"

市长又笑了笑，后退一步，说："我想找这家做主的人谈谈，你能告诉我是哪一位么？"

葛全德恰在这时端了一锨沙泥走过来，将沙泥倒下，打量着市长，说："是我。有话就请讲吧！"

"我劝你们不要盖了。"

"什么意思？"

"政府不会对你们的处境不闻不问的，你们的困难就要得到解决！"

"二〇〇〇年吗？"

"不，也许明天或后天，最迟不超过三五天。"

"谁能相信你的话呢？"

"我……是市长。"

葛全德眯起了眼睛，冷冷地笑了笑。

市长又说："你盖也白盖，浪费人力财物。盖起来了也要被推倒，不久，这里的矮屋破房都要消失，这一带地区将出现街心花园、商店、医院。"

小伙子们停止干活儿，对市长的话颇为重视。

葛全德突然发火，对小伙子们一挥手："别听他的，听我的，干活儿！"

小伙子们立刻服从地干起活儿来。

葛全德也冷漠地从市长身旁走开了。

市长孤零零地站在那里。

啊年轻的朋友们，

大家来相会，

你一块，我一块，

为自己把砖来砌，

娶媳妇要有房屋住，

还是靠我们自己吧……

小伙子们一边砌砖，一边哼歌。一首美好的歌，歌词被他们肆意篡改。

他们不相信我——代表政府的一位市长,只相信他们自己了……谁之过?

市长久久地沉思着……

市长一走进房管局局长的办公室,房管局长立刻从办公桌后站了起来。

"市长,这……是我的检查,我正在写,还没写完。我已经认识到了自己的严重错误,请求市委给我处分!写好的这一部分,先请您过目……"他恭恭敬敬地将没有写完的检查双手呈递给市长,一副认错自疚的表情。

"我不看。"市长不接他的检查,手指着房管局长的脸,说:"你怎么竟敢把五十八套单元,整整一幢大楼啊!当礼物一样送人情了。你这同贪污几十万元有什么两样?这种事如果发生在解放初期,你是要被枪毙的!你算什么共产党员?党的威信被你这种人败坏干净了!给你一百次处分也是挽回不了的。你是党的罪人!"

市长的怒火终于无法压制,说一句,手掌在办公桌上拍一下。墨水瓶被震得跳了起来,滚落地上,墨水在打蜡的地板上横流。

房管局长的女秘书从外面将门推开一道缝,探进头看,认出发火的是市长,立刻缩回了头发烫得蓬蓬松松的脑袋。

房管局长肃立聆听。同时,他的心安定了。责而不罚,罚而不责,官场惯例,看来不必担心局长当不成了。五十八套房间在这年头算什么?他可以详详细细地列出名单来,住进去的都不是普通百姓。市委和省委的某些领导往名单上一写,市长大人也得三思而行!何况,他并没忘了也给市长大人的儿子解决了一个单元。不看僧面看佛面,不过是你骂我听着。骂一顿你做了批评,我做了检查,大事化小,小事化了。

市长发过火,沉默了许久,问:"你家中有什么需要照顾的没有?"

房管局长诧异地抬起头,不得要领地看着市长。

"我将要以市委纪律检查委员会的名义,对你提出法律上的起诉。你是党的老干部了,在法律没有对你宣判之前,你如果有某些请求,可以提出来。"市长的声音极低。

没写完的检查,一页页从房管局长手中散落在办公桌上、地上……

在市委常委全体会议上,市长扫视着到会者,首先开口发言:"我小时候读了几年私塾,私塾先生讲过许多故事,我都忘了,只有一个故事,至今仍记着,借此机会讲给大家听听:从前有一个人,在朝中做了大官。他乡下的某亲属,依仗他的权势,占了老百姓的一墙之地,老百姓不服欺压,告了状。这亲属便给那大官写了封信,要得到那大官的包庇。那大官回了一封信,只有四句诗,'千里捎书为一墙,让了一墙又何妨?万里长城依然在,而今不见秦始皇。'不知大家听了这个故事,都有何感想?我已经收到了几张条子,请求我高抬贵手,允许某些人占据光华街上老百姓住宅的行为。这样的条子,恐怕在座的各位也收到了。我也请求各位,让了几套民宅又何妨,让了吧!请求大家。我有言在先,我是君子之度,先礼而后治!"

同一时间内,商业局长许维昌也在家中与女儿许晶晶进行着一场谈话。

"爸爸,我虽然长大了,可我的心所迷恋的,却还是小时候的那些梦啊!它毁了我!"女儿双腿坐在沙发上,侧身偎缩在长沙发的一角,两手捂住脸,羞耻难当地对父亲哭诉着。

当父亲的用既怜悯又凛峻的目光瞅着女儿,心中默默地想:女儿,女儿,难道你竟是这么耽于成熟么?你这只可怜的被玫瑰色的梦所饲养过的小鸟啊！在动乱的年代里，你善于用眼泪和哀叹当作精神上的饲料，填喂你那颗高傲而娇嫩的心。一旦觉得对你来说阳光重又明媚、生活重又美好，周围的一切似乎重又变成了玫瑰色的，你便又飞回到了你过去的梦中。在你内心的精神殿堂里，饰演起了你童年和少女时期惯于饰演的白雪公主。十年的血与火，电与雷，造成了中国大地上空前的种种变异，难道竟没有轰塌你心中的殿堂？你在那过去的梦中又能够重温到什么呢？不错，那是一座唯你独尊的殿堂，爸爸妈妈曾是你的臣仆，你周围的一切人都曾向你吟诵过赞美的诗句。但须知在那梦中，原本是溺宠多于教诲，虚荣多于朴实，脆弱多于刚强的啊！女儿，女儿，对你来说，那梦曾是家庭赏赐于你的恩泽。对爸爸妈妈来说，那梦也许正是我们对你的罪过啊！

他不禁徐缓地扭转头，朝悬挂在墙上的亡妻的遗像看了一眼，在心中对她说："宽恕我吧，我这失职的父亲！"

"爸爸，我只请求您，在您的生活中……重新……容纳您可怜的晶晶……看在我死去的妈妈的份儿上……"

听了女儿的话，他难受得直想落泪。

他朝女儿转过脸，说："晶晶，听爸爸的一句话，你只有鼓起勇气回到玉龙身边去，请求他的饶恕。"

"爸爸，我……又怎么能鼓起这样的勇气来啊！"女儿的抽泣之声充满了绝望。

他急躁了，大声说："难道你至今还不明白，你失去的不是一个葛玉龙，而是一种生活选择！爸爸还能活在世上几年？你只有和他生活在一起，你才有希望将自己改变成一个朴实的刚强的人，你才有希望学会自己掌握自己的命运啊！"

这时，父女俩听到了敲门声，还没等许维昌站起身去开门，老公安局长已经走进,朗声说:"我给你们带来了一位客人!"

许晶晶瞪大了一双泪眼——她的高伯伯身后站着她的葛玉龙!

老公安局长对许维昌做了个手势:"老许,我有事同你谈。"

许维昌看看年轻的酱油工人,又看看自己的女儿,领会地走出了客厅。老公安局长轻轻将葛玉龙推入客厅,与主人走进了另一房间。他们并没有谈什么,彼此注视着,屏息敛声,满怀期望地聆听着。

葛玉龙像一尊石雕立在客厅中。

许晶晶只穿着袜子,呆呆地站在沙发前,呆呆地瞪着葛玉龙。羞耻,负罪,忏悔……任何一种情感,那一时刻在她心中都不复存在了。

她的心那一时刻是空洞的,她觉得自己仿佛也变成了一尊雕像。她只被一个愿望所统治:但愿她和他都变成雕像,永久地彼此注视着。只愿能够彼此注视,唯愿能够彼此注视!她恍如隔了整整十年没有这样注视着他了。

那年轻的酱油工人的两眼不能转动似的盯着她,可以说他的目光中什么内容也没有,更可以说他的目光中包容了人类的全部情感!

她下意识地向他移动了几步。突然,她双膝跪在他面前,双手紧紧地抓住了他的一只手。他并没有俯视她,仍一动不动。他使劲想从她的双手中抽出自己的手。然而,她将他的手抓住得那么紧,那么紧。他感觉到了她那双手在痉挛,感觉到了她的整个身体都在战栗。

他还是执拗地想要抽出他那只手。

她抓住他的手丝毫不肯放松。她将他那只手贴在自己的脸上。他感到他的手湿了。她开始狂纵地亲吻他的手。他的手背接触到她那柔软温润的双唇,他的心顿时被软化了。

他不禁缓缓低下了头,不知所措地俯视着她——她的头发散乱,遮住了她的脸,令他无法看到。

她的双肩颤抖不已。

他几乎就要也跪下去了,一种强烈的冲动驱使着他,欲将她那颤抖的身体紧紧搂在自己怀中。

难道我葛玉龙就只能得到这种被玷污过亵渎过的爱情吗?爱情的公正在哪里?

这思想如一根烧红了的针,深深刺入他的头脑中。

"不!……"他猛然大声喊出一个字,用力从她手中抽出自己的手,一转身像头豹子似的奔出了客厅,奔出了这人家。

门砰地关上了。

当父亲的和当伯伯的出现在客厅门口,两位长者遗憾而失望地瞧着她。

她慢慢地站起了身,若有所失地怔愣了片刻,随即奔向父亲怀中,身子贴在父亲胸前,喃喃着:"爸爸,亲爱的爸爸,祝福我吧!他恨……证明他也许……还爱着……"

两位长者茫然地对视了一眼,不知是否应该信服她的话……

十一

老公安局长坐在他办公室内那张庄严的黑色的大写字台后,一口紧接一口地吸着烟,左右脸腮上的深深的皱纹,凝聚着发自内心的愤怒的厉色。

写字台上放着七封法院转来的信,都是控告省军区副司令员的两个儿子的。一个前几天还是他的老战友商业局长的"女婿",已被他押了起来。另一个是劫持交通大队安全宣传车的主犯,还逍遥法外。他们参与走私,强奸妇女,欺压百姓,无恶不作!信中历数的条条罪状，几欲使他拍案而起。

可是他们的父亲，刚才还在电话中打着官腔对他说："我的两个儿子，是有些淘气不假，我今后多加管教就是了。"言外之意，"管教"对方那两个"淘气"的儿子，应是对方当父亲的事，他这位公安局长倒似乎有点"多此一举"了。

这种当父亲的，简直应与他的儿子们同时受到法律制裁！他暗想：我一定要当着那做父亲的面，亲自给他的另一个儿子铐上手铐！

秘书小王走进来，将一份文件递给他，低声说："局长，这是省军区派一名保卫干事刚才亲自送来的文件。"他翻开文件，几行黑体印刷字映入眼中——省军区各级干部，对子女触犯国家法律的罪行，不得知情不举，更不得包庇或为其开脱罪行，应协助公安部门，对犯法子女绳之以法。干涉或阻挠公安部门行使职权者，按情节轻重，将给予严肃处分。

他放下文件，站了起来，苍老的脸上的每一条皱纹顿时舒展开了一些。

他指示秘书："以我的名义，不，以公安局全体公安干警的名义，立刻给省军区写一封信，代表人民向他们致以敬意！"

半小时后，一辆警车出动了……

车开至省军区大院院门二十米处，他命令司机停车，自己首先跳下车，正了一下警帽，从容地走上前去。

仍是上次那个小战士在持枪站岗，小战士已经认识了他，待他走上前，向他敬了一个军礼。

他也向小战士回了一个军礼。

"首长，请你们进去执行任务吧！"小战士大声说，随后，又低声说了一句，"那坏小子在家。"

他点点头,微笑了一下,转身招手。

这时,一位中年军人从门卫室走出,也向他敬礼道:"我是保卫干事,奉命协助你们完成任务。"

老公安局长的心呼地热了一下,右手,又一次肃然地举向帽檐。警车驶入院内,他向司机吩咐道:"慢开缓行,不许鸣笛!"

在保卫干事的引导下,警车像一位礼貌的客人,不声不张地驶到了一幢小小的别墅式二层楼前停下。

一个公安人员几步跨上楼阶,正欲举手拍门,被他拦住了。他用目光寻找到铃后,轻轻按了一下。

一会儿,一个四十多岁的女人将门开了一道缝,见门外是几个公安人员,怔愣了一下,问:"你们找谁呀?这是韩副司令员家。"

他看出她是这一家的"阿姨",回答:"我们没找错门。"对方疑疑惑惑地将门完全打开,放他们进入。

进入楼内之后,他提醒手下的人:"脚步轻些,行动有礼!"

"司令员在二楼呢!""阿姨"告诉他们,同时悄悄打量着这三个第一次出现在这位副司令员家中的公安人员。

保卫干事在前,引导他们上了二楼。保卫干事在一个房间门外站住,通告式地敲了敲门,见房间内无人应声,迟疑了一下,索性把门推开,闪身将他们让入。

房间内,那位副司令员坐在沙发上,似乎正等着他们的"光临"。

他的第一个举动,便是在门口向这位副司令员敬了一礼。虽然,他的年龄要比对方大,也明知自己的级别与对方不相上下。

对方下意识地站了起来,对方那只右手,也不由得分明违心地举了起来,但还没有举到额角,又缓缓地放下了。大概想到自己既没有穿军上装,又没有戴军帽,军容不整,敬军礼不恭。对方是那么尴尬,保卫干事开口声明道:"首长,我是奉司令部命令,前来协助公安人员执行任务的。"

"我们来拘捕您的儿子。"他向对方出示了拘捕证。对方的目光,朝持在他手中的拘捕证扫了一下。从这一掠而过的目光中,他那双老公安人员的敏锐的眼睛,分析出了对方此刻的心理——一种羞惭和愠恼绞缠的心理。同时,掺杂着起码一半成分的,对他这位公安局长本人的恨意。他明白,他可能从此在生活中多了一个死对头。

对方呆立片刻,又坐在沙发上了,两臂平放在沙发扶手上,脸转向了窗外。看得出,对方要在这种局面下,努力不失掉一位副司令员的尊严。

老公安局长心中顿时产生了一种同情,同情的并非这个做父亲的人,而是军人的军威。他自己也曾是一位军人,他对军人的军威一向是怀着由衷的崇高敬意的。而今天,一位老军人的军威,实际上是被他这位公安局长亲自打掉了。从他出现在对方家里那一时刻,他相信,对方一定也是一位冒过枪林弹雨的老战士。也许,像他一样,身上留着伤疤。身为公安局长几十年,他亲自带领公安人员执行任务无数次。今天,却闯入了一位老军人家中,向一位老军人出示了拘捕证!

他倏然产生了一种无法形容的复杂心情,但愿这是第一次也是最后一次!

对方沉默不语。他的职责却不容许这种令人窒息的沉默持续下去。他不得不低声开口问道:"副司令员同志,您的儿子在哪儿?"

对方将脸迟缓地从窗外转向了他,还没有开口,只听一个傲慢的声音说:"老子在这儿!"

这声音像什么利器击了他一下,使他猛地转过了身——副司令员的儿子从门外走进房间,一直走到他跟前,伸出双手,冷笑着说:

"请吧!"

他被激怒了,大声命令:"铐上!"

一个公安人员掏出手铐,将这不法之徒铐上了。

那位当父亲的,又将脸转向了窗外。

那恶少一边挣扭着被铐住的双手,一边对他嚷叫:"局长大人,你已经六十多岁了,该退职了!你退职那一天,就是有人将我释放的那一天,我会在那一天去拜访你的!"

他知道这恶少所指望的释放者是谁——刑警处长。他也知道,依靠多种后台势力官运亨通的刑警处长,正很有把握地盼望着早一天占据他的局长办公室呢!这是非常可能的。

他低吼了一声:"卡紧!"

那恶少的手铐被卡紧了,疼得叫了一声,但仍很霸悍,又说了一句:"咱们走着瞧!"

那当父亲的,突然从沙发上站起,跨到儿子跟前,左右开弓,狠狠打了儿子两记耳光。

他看得出,是两记实实在在的耳光,绝非做戏。

他对保卫干事说了声"谢谢",大步向外就走。在门口,他站住了,转过身,目光阴郁地望着那位副司令员。

在他的注视下,对方的表情比他更阴郁,不,那是阴沉。这阴沉的表情究竟体现了多少复杂的心理,是他这位老公安人员也无法分析的。

他不卑不亢地举手敬了一礼:"打扰了!"

坐入警车,老公安局长再次提醒司机:"慢开缓行,没拐出这马路前,不许鸣笛。"

司机非常理解地点了一下头。

"真会……判我刑吗？"那被戴上了手铐的"公子"，此时此刻，身在警车之中，才似乎显得略有点不安了，怯怯地问。

谁也没回答这句话。

警车驶过两条马路后，老公安局长暗暗吁了一口气。他的心情，并不因结束了这次行动而觉得轻松。

……

这天晚上，当他回到家，商业局长许维昌又像几天前一样，等候在客厅里。

"她死了……"老战友的第一句话，就是这三个不祥之字。

"谁？"

"我的托儿所所长。"

啪！妻子手中的茶杯和托盘落地，都碎了。他看了妻子一眼，敏感地意识到了什么，又盯住老战友，声音有些颤抖地问："和振武……有关？"

老战友点了一下头，他呆住了。

许维昌看了女主人一眼，低声问："她……没告诉过你？"

老公安局长颓然地坐在沙发上，许久，才吃力地摇了摇头。

"她的家，当年掩护过我……三年自然灾害时期，我亲自到南方乡下把她接来。她是个不幸的女人，丈夫死后，再没嫁人，孑然一身……"

女主人扑到了他跟前："那么她已经死了，不存在原告了？没人会替她打官司了？"

许维昌盯着女主人看了半天，肯定地回答："有人替她打官司。"

"她的什么人？干什么的？"

"我。"

"……"

女主人一步步从他跟前退了开去。

"我已经无颜再回到当年养伤的那个南方乡村……希望你们……谅解我……"

他慢慢站起身,也不告辞,默默地走了。

"老高,你……你得为孩子想主意呀!"她又扑向丈夫。

"让我……安静……一会儿……"老公安局长将妻子推开了。

妻子跑进卧室,坐在床上,双手捧着脸绝望地哭起来。老公安局长仿佛没有听到妻子的哭声,一动不动。落地式台灯的灯光,侧映在他脸上,使他脸上的每条皱纹,都仿佛一个形容词,清晰地描写出了他脸上的全部老态。

房门突然砰的一声被踢开了,儿子回来了。

> 我迷了来我知道,
> 不知迷了哪一窍,
> 情人那里怎能晓,
> ……

儿子嘴里哼着,跟跟跄跄地从客厅门前走过,径直走入自己的房间去了。儿子又喝醉了。

倒水之声,暖水瓶落地砰然而碎之声,呕吐之声,连续从儿子房间传出。

啪!一只皮鞋重重地扔在地。啪!第二只。

哼声渐弱,鼾声渐起,儿子的鼾声伴着妻子的泣声。

老公安局长猛地从沙发上站了起来。他心中产生了一种要想毁坏点什么的不良冲动，摔一只茶杯，或砸一件家具。他那灼灼的目光在客厅内凶暴地寻视着，最后固定在衣架上——衣架上静止地挂着他的枪套。

他几大步跨过去，不假思索地从枪套中抽出了手枪，一转身离开客厅，迈入了儿子的房间。

儿子，没脱衣服，四肢摊摆地仰躺在床。他走到床边，枪筒，对准了儿子的太阳穴。

儿子，睡得很死，微张的口中，随着呼吸喷出酒气。儿子那张脸，酒后显得更加苍白。在这张苍白的脸上，既可以找出他的相貌特征，也可以找出妻子的相貌特征。不论他或妻的相貌特征，都对得起这张脸。这张脸五官端正，甚至可以说长得很帅。左眼眶，青痕还未消退，是昔日争凶斗狠的结果。上嘴唇肿着，嘴角血迹始干，是今夜滋事生非的明证。

他注视着这张脸，像从一面被摔破了的镜子里注视他自己的面容。

这就是我的儿子么？他悲哀得直想落泪。儿子和女儿，血管中都流着他的血液，体魄都具有他的遗传基因，但又是多么不同的后代啊！

就像干柴和木炭一样不同。女儿是干柴，在社会上碰到一颗火星，就会猛烈燃烧起来。儿子是木炭，对什么颜色都能吸收，但炭终归还是炭。

女儿和儿子，都极少带给他精神上和心理上的安慰。他从不喜欢女儿的偏激，更加憎恨儿子一天天令他束手无策的堕落。女儿已经失去了，现在儿子也不可救药了。

面对晚年这种凄惨的命运，他不能不进行悲凉的沉思：五十年代的每一个中国共产党党员，都知道一位美国国务卿的名字——杜勒斯。

就像那个年代的小学生都知道美国有个黑孩子小杰克一样，这位具有预言家头脑的美国国务卿，曾将改变中国颜色的希望，寄托在中国共产党人的第三代和第四代身上。他的"希望"像险恶的鬼魂一样时时刻刻警示着中国共产党人。三十年弹指一挥间，杜勒斯如今或者在天堂里，或者在地狱中。年轻的中国共产党党员，甚至不知其为何人。许多老党员，也早已把他的名字忘掉了。那鬼魂，仿佛从我们的生活中消隐了。消隐了的，便等于不存在了吗？他曾时时朦胧地感到，有一种无形的力量，要将儿子从他身边夺走。这种力量的本质是并不微弱的。因其无形，因其作用在自己的儿子身上，使他丧失了清醒的意识，丧失了警觉。别人都认为不存在了的，自己偏偏看到了幽影，是很可能被讥为神经质的。

但今天他终于明白了，那险恶的鬼魂并没有死灭，它还确确实实地飘荡在生活中，对共产党人实行报复似的，专附在共产党人们的后代身上，更专附在共产党人中某些职高权大者们的后代身上，像病毒专爱进攻娇贵的躯体。在目前的"开放"时期，染着"开放"的色彩，从他们敞开的门户侵入他们的家庭，像大肠杆菌一样，将他们家中的一切，都变成了传染的"媒介"。

某些当父亲的共产党人，尤其是共产党人中当官的父亲，造就了某些纨绔的后代，堕落的后代，无法无天的后代。社会主义国家中精神上和物质上都热衷于追求疯狂的刺激性的满足，渴望达到贵族化的一代！

难道这不是今天现实生活中的一部分并不夸张的生活现实吗？

难道他自己，竟也成了这样的父亲们中间的一个吗？

那么……勾响一枪吗？

亲手将这不可救药的儿子……断送吗？

公安局长……犯一次违反法律的杀子罪？

也许，人民会理解他的？

但法律是神圣的啊！即使出于神圣的动机，也不容亵渎法律的神圣条规！

他握枪的手，出了满把冷汗。

而他的另一只手，颤抖地伸向儿子的嘴角，拭去了儿子嘴角的血迹。

儿子翻了个身，又呼呼睡去。

一双手抓住了他那只握枪的手，将枪筒从儿子的头边扭转了。

"你先打死我！……"

妻子的两眼被恐惧撑大了。

妻子，在床边跪下了……

第二天早晨，儿子刚刚起来，还没有洗漱，两名公安人员出现在老公安局长家中。

"局长，我们是来执行您的电话命令的。现在可以么？"其中一个尊敬地问。

他点了一下头，便走到阳台上去了。

于是他们给他的儿子戴上了手铐。

儿子被从家中带走时，用戴上了手铐的双手抓住门框，大叫："爸爸！他们一定是弄错了！你快告诉他们，我是你的儿子呀！……"

他站在阳台上，一动未动，居高临下，他看到了儿子被带出楼外，被推上警车。

"爸爸！……"儿子被推上警车前，仰起脸，向他求援地喊了一声。

警车迅速开走了。

"你！你疯了！……"妻子冲到阳台上，歇斯底里地叫嚷。

他,缓缓地朝妻子转过身,目光呆滞地瞪着妻子。

他的身体摇晃了一下,伸出双手,似乎要扶住什么,却什么都没有来得及扶住,突然吐出一口鲜血,倒在阳台上……

在市立医院的病房里,公安局长的妻子和商业局长一旁一个,守坐在病床两侧。

老公安局长脸色灰白,微闭双眼,仰躺在病床上,呼吸急促而沉重。一只手,露在被外,压着胸口。

市长跟在护士身后,轻轻走入病房,走近他病床边。

护士朝他俯下身,低声说:"市长同志看您来了。"

那双微闭的眼睛,缓缓睁开了,千言万语,都凝聚在黯然的目光中。

"老高,你怎么……这样突然地躺倒了?你不是说,要亲自带一个治安小队,协助市委工作组落实光华街上的搬迁么?……"

老公安局长的头,微微在枕上动了一下,目光中流露出极大的歉意。

市长握住了他放在胸口的那只手,大动感情地说:"老高……你一向是刚强的,你可不能就这么垮了啊!你要给我好好休养,休养好了,我亲自来接你,有许多事我需要你的帮助啊!我们的党,即将开始整党了……"

老公安局长眼中,闪射出了闪烁的光彩。他的嘴唇微微启动着。

"老高,你在说什么?你是不是在说我们的儿子?你大一点声音啊!……"妻子扑伏在他身上,将耳朵贴在丈夫嘴上。她多么希望听到丈夫吐出"儿子"两个字啊!她却什么也没有听到,失望地直起了身,惶然而又茫然地看看商业局长,又看看市长,语无伦次地说:"儿子!市长!我们的儿子!……我听到了!市长,您得替振武说句话呀!我们可是亲家呀!……"

老公安局长的嘴唇仍在微微启动着。

商业局长终于明白了什么，试探地问："老战友，你……是要看整党文件么？"

老公安局长的嘴唇不动了，闭上了眼睛。

市长将他的手握得更紧，说："好好休养，以后我会亲自给你送来的。"

眼泪渐渐从老公安局长眼角淌了下来。

那当妻子的，此时此刻简直无法理解自己的丈夫了。她转过身去，悲伤地哭了。

市长放开老公安局长的手，站起身，走到了窗前。

医院大楼对面，工业大学校园内正在召开什么会。广播声很清楚："……感谢老工人葛全德父子领导之下的这个施工队，确保质量地提前完成了我校的扩建工程，促进了我校的正常教学。师生们得知施工队许多工人的家遭受了风灾火灾，主动捐款捐物，合计四千余元，将由师生代表组成慰问队……"

市长肃立窗前，很久未动。

远处，传来列车的长鸣。

他想到了他的儿子。

到医院之前，他收到了儿子的一封信。一封短信。儿子在信中写道：

爸爸：

当您接到这封信时，我已离开这座城市，主动要求到西北某有色金属基地去了，那里更需要我。爸爸，我这一决定，也是为您而做出的。您可以毫无顾虑地去做党的原则和您的职责要求您做的每一件事了。您不必为珍珍操心，我将她托付给一个值得信任的好姑娘了。她会非常疼爱珍珍的。

儿子

列车的声音渐渐远去，儿子，是否乘坐的便是这一次列车呢？

东北——西北。

是啊，儿子这一决定，无疑也是为我而做出的。从今天起，儿子遥远地离开了我。

他心中默默地想，对儿子充满感激。正如他的儿子当年在炼钢厂，心中对他这位父亲充满了感激一样。同时，他对儿子的眷恋，也忽然变得缠绵起来。一队肩扛锹镐的战士，从窗下的街道走过，他们是到光华街上参加义务劳动的。

他眺望着远近的市容，预感到一股强于几天前的大风的力量，将扫荡这城市的种种无形的肮脏和污染，给这座城市本身，给生活在这座城市的人民，带来一些变化。带来的绝不会是摧毁或灾难性的变化，而一定是希望，是信心。

一只小麻雀落在窗台上，活泼地用翅膀扑打着洁净的积雪，隔着玻璃泰然地瞧着他……

失聪

那是一个很正常的早晨。

天气相当不错——从窗口望出去，晴空万里，阳光明媚。可谓朗朗乾坤，荡荡宇宙。

我自己也很正常——不，完全错误的说法。我的意思是，我觉得自己——或者更深刻地作一个交代——我自以为我自己——很正常。

你们都了解的，我是个一向自以为是的人。

你们也都了解的，我又是个一向循规蹈矩的人。

我洗漱完毕，然后坐下来吃饭。而不像某些不循规蹈矩的人，吃罢早饭才洗漱。

我坐得也很端正，吃饭要有良好的吃相是不是？

我从会使用筷子那一天起就右手拿筷子，这是正常的大多数人的正常规则。那个"那一天"我并未心血来潮违反这一规则。我坐在椅子上，将碗放在桌子上，而没有坐在桌子上，将饭碗放在椅子上。

我抬头时，就看一眼墙上的挂历——女电影明星挺正经，不苟言笑的模样，作深沉状，或曰"玩深沉"。她也很正常，并未朝我真的"飞"出一媚眼,也并未将她那种可人的深沉"玩"得活起来。

我有胃病,有胃病就吃得少。我又有肝病,肝病需要注意营养。

这是一对儿矛盾。我是怎样解决这一对儿矛盾的呢?靠的不是辩证法,不是练气功,不是中草药。一日三餐,吃一口饭,我看一眼挂历。"秀色可餐"这话是符合科学道理的。就着些个人面桃花,原先早饭只能喝一碗粥,现如今能喝两碗了。而且无需乎小咸菜佐味儿了。尤其夏天,她们穿得很少,使你看着就心里往外感到凉快……

妻子上班了,儿子上学去了。

电视机开着——一位穿红色紧身旗袍的姑娘捏着麦克风,表演印度蛇舞般地扭动着窈窕身段,死去活来地唱着"死去活来……"当我的目光从挂历移向电视屏幕——不幸就此发生——啪!——读者诸君啊,尽管白纸黑字,我这么写着一个——啪!——而事实上……

事实上不是枪声。

朗朗乾坤,荡荡宇宙,响的什么枪?

再说枪声该是砰该是叭而不是啪……

事实上是,粥碗落地——水泥地。粥浆四溅,细瓷破碎!

但——居然没有——啪!

果真——啪!——的话,那一个早晨,也就一切一切都很正常了!

也就该唱"我们的生活比蜜甜"了!

我半点儿响声没听到。

无声落地,无声破碎,我低头怔愣地瞅着它的碎片,忽然觉得这碗有点儿邪,有点儿不对劲儿。

它怎么可以默默地就破碎了呢?

一只碗——瓷碗,落在水泥地上,四分五裂居然没有——啪!难道不是比发出——啪——的一声脆响,更令人吃惊吗?

我是一个凡事很认真的人。这一点想必读者诸君早已公认。

于是我又拿起一只碗,和那只破碎的一式一样的,高高举起,狠狠朝水泥地一摔……

我想弄明白,究竟是我自己有什么不对劲儿,太邪门了,还是那只默默地就破碎了的碗不对劲儿太邪门了。在一个原本很正常来着的早晨,这个疑问的产生,难道还不够严肃吗?我所采取的证明方式,也不算怎么荒唐吧?

读者诸君呀,我诚诚实实地告诉你们,我是多么希望听到——啪!——的一声脆响哇!

然而,真可悲,真叫人沮丧啊——我还是半点儿声音也没听到!

我感到问题更加严重了。

这个早晨怎么这样不正常,世界怎么瞬忽间变得这样不正常?几乎我们所有的人,当自身出了毛病的时候,起初不是都认为这世界变邪了吗?

这一个早晨这世界怎么如此静悄悄的?世界难道可以这样的吗?

我又起身去调电视机的音量,调至最大,仍毫无声音。看看荧屏,荧屏之上还是那个穿红色紧身旗袍的女歌星,还在表演蛇舞般地扭动她那美妙的身段,还在死去活来地唱着——我却毫不被她的歌声所感动。歌声……吗?见鬼!我半点儿都没听到!比他妈的在电影院里看无声片还默默无声!

突然我家的邻居小刘出现在我面前,对我大吼大叫。看他那挥舞着胳膊的样子,分明是气愤已极。

当时我却还不能明白这世界的毛病恰恰出在我自己的身上——如果我也不折不扣地算作这物质世界的物质的一部分的话。更没有想到他是被我家的电视机音量从床上震醒的——他上夜班,刚回到家里入睡不久，我甚至也没有来得及问问我自己——他怎么能够悄没声儿就闯进了我的家？并且我为什么连他对我吼叫了些什么也没听到？

几乎我们所有的人都在正常之中生活惯了，当不正常突兀到来的时候，我们往往傻乎乎地整个儿发蒙！

我居然虚心讨教地对他说："你看我这电视机怎么了？光有图像没有声音！"

他像一位哑剧演员似的，凑近我，说了一通什么。说罢，用一根指头，恶狠狠地朝我家的电视机开关按键一捅，转身扬长而去。我家屋门，在他背后，骤然关上。

我看得清清楚楚——用一句文词形容之，那叫"掼门而去"！

门被掼之却毫无声响。

这个世界令我茫然不知所措。我对此是太缺乏心理准备了。

我懵懵懂懂地坐在椅子上，呆愣了半天才恍然大悟——妈的，我该不是双耳彻彻底底聋了吧？

这究竟算怎么一档子事儿？……

昨天晚上我还很正常，双耳还没聋嘛！

昨天晚上临睡前，妻子蹬了我一脚，说："往床里边靠靠，想把我们娘儿俩挤下床呀！"

而儿子紧接着对我说的是："爸，给我搔搔痒儿，后背这儿！"

我记得很清楚，不是梦。

那么不幸真的是从今天早晨才开始的了？

那么我的的确确是变成一个聋子了？

而这世界却并没出什么毛病？很正常？

而两只默默就摔碎了的饭碗，也完全不是由于质量问题？

电视机并不需要往维修部送？

邻居大发脾气责任全在于我？……

我不信！

我不信我聋了！

我猛地站起来，敞开喉咙，高声呼喊：哦……嗬嗬嗬嗬……就像山里人站立在一座山顶上，向另一座山顶上的人呼喊一样。

妈的！我居然听不到我自己的呼喊之声……仿佛我的声音刚一出口就变成了空气。

一个人听不到自己的喊声，亲爱的读者诸君，请设身处地替我想一想吧，那会使一个人自己首先感到自己多么古怪啊！

我看见家门又被缓缓推开了，筒子楼内另一邻居的小女孩，探进脑袋，瞪着一双好奇的大眼睛瞅我。

我瞅她时，她缩回脑袋跑了。

我看见我家和小刘家之间薄如纸板的隔壁墙忽悠了一下，想必是小刘挥拳猛搥的结果。挂在那面墙上的贝雕工艺品被震了下来，像那只瓷碗的下场一样，也他妈的默默地碎了。

这未免太不像话了！我不是指小刘……我的意思是，难道对于我，一切物质的破碎，从此后都他妈的成了无声无息的事情吗？读者诸君，请试想想吧，想想这样的情形，如果一个贼溜入你的家里，哪怕噼里啪啦地翻箱倒柜，而你除非看见了他，否则竟毫无觉察！如果你家的高压锅因没有及时关闭煤气火而炸上天花板，将天花板炸了一个大窟窿，你眼睁睁地看见了那种惊心动魄的场面，却连丝毫声响也听不到，这不简直比瞎子能听到不能看到更令你觉得世界变得荒谬了吗？须知是声音才使世界生动起来的！一个完完全全没有了声音的、静悄悄的世界，那同变幻无穷的卡通有何区别？你一定会感到一切都很虚假，匪夷所思。你不是定会认为你自己的存在都很虚假，太不真实了吗!

我怀着纠缠不清的疑惑,走到衣柜前。当然了,穿衣镜中的我,并没变成一个怪物,反而比往日体面有加——吹过风定过型的中分式大背——某些人又叫作"青年毛泽东式",深灰色西服使我显得成熟而持重,红色加黑色斜条的领带不松不紧地系在我不粗不细的脖子上,喉结并不突出。脖子的皮肤看去也很卫生。并非所有男人的脖子看去都很卫生。如此一段男人的脖子,木桩顶球似的,顶着的是一颗智商满够用的头,我的头。一般的一张脸,国字脸,满脸一览无余地告诉给人们的是四个字——踌躇志得,这张脸是我自己拾掇出来的!刮胡子用的是七毛钱一片的进口刀片!……

可这一切,现在还有什么意义了呢?今天原本对我的一生是十分重要的日子——昨天我刚被任命为文学艺术信托开发及研究所之所长。

正局级的一个职位啊!而今天早晨我却双耳失聪,聋啦!盼这个职位我已盼了三年四个月二十七天,屈指算来,提前了大约两千余天。我的前任暴病猝死,对我不啻一大喜事……

可是……可是……

难道堂堂文学艺术信托开发及研究所之所长能被允许是聋子吗?

今天我要向我的下属们发表就职演说……

哦,圣母玛丽亚!

我又坐在椅子上,陷入了沉思——

一个人双眼失明是骗不了别人的。一个人瘸了也是骗不了别人的。感冒就会流鼻涕打喷嚏。发烧到一定程度就会打摆子说胡话。而一个人聋了,单从外表是看不出来的,只要我自己不说,谁又能知道呢?而我干吗非说呢?

这样一想，我对个人前途和我们的总体生活，又乐观起来。

聋又算得了什么不幸呢？不就是听不见声音了吗？听不见声音了究竟又有什么不好呢？通常情况下，我们不是要寻求片刻的宁静都很难吗？我们不是想逃避那些噪音的干扰都不知向何处逃避吗？

我手中拿着单放机，头上戴着耳机；抖擞起踌躇志得的中年人的精神；伪装起一副充满了自信的佼佼者强中人的神态，嘴角挆一抹对现实表现出嘲讽意味的矜持的冷笑，以一种一往无前的豪迈的姿态和气概迈出了家门。我在心中暗暗鼓励自己——下定决心，不怕牺牲，排除万难，去争取胜利！

宁静的正确含义是这样的——它时时提醒我们这世界是不宁静的。

先天失聪的人无法想象声音，正如先天失明的人无法想象色彩。

而我，读者诸君已十分清楚，刚刚才是一个后天的聋子！生活呈现在一个后天的聋子眼前的则是一派虚假景观。我一走到街上就感到了这一点。

各种车马在路上悄无声息地开来驶去，行人悄无声息地走行。我驻足饶有兴趣看一个园林工修剪树墙。尺半长的大剪刀悄无声息地绝对悄无声息地剪动。树枝被悄无声息地绝对悄声息地剪断。他剪了一阵，停止，从工具袋里取出头，将剪刀垫在人行道沿上，砸了一阵。对我来说，那是悄无声息的绝对悄无声息的一串动作而已。他发现我总在看他，瞪着我对我说了一句什么。我当然不知他说了什么，但又不愿使我碰到的这第一个人明白我是聋子，于是我抬头望望天空，回答道："今天的天气……哈哈哈……"

他站起来了，走到我跟前，掏出烟盒，弹出一支烟叼在嘴上……

我以为他刚才对我说的是借火之类的话，赶紧掏出我的打火机……

他却用他自己的打火机点着烟，吸了一口，板着他的脸，盯着我的脸，又对我说了一句什么。

我大惑不解。

我想我仍得对他也说句什么，于是我又说了一句话是——"我十分愿意为您效劳，但您是否可以把您的话说得更清楚？"

他眯起了眼睛。他摘下了我一直戴着的耳机，使它卡在我的脖子上，接着他对我耳朵吼。

我从他的口形判断，他一字一顿吼出的四个字是："滚你妈的！"

这时我发现已有不少男女停下脚步观看，一个个脸上都有一种期待，分明是期待发生什么热闹。我想事情有些不妙，转身便走。

不料他一把揪住我的衣襟，不许我走。

我大声向他也向那些围观者说："君子动口不动手！大家看见了，我没动手，他可已经动手了，我是知识分子。我有知识分子的涵养。我既没招他也没惹他……"

他也同时在说，理直气壮地对围观者们说，究竟说了些什么我也不知道。

看得出来，他是渐渐地赢得了公理了，因为那些停下脚步围观的男女，一个个将谴责的目光投射在我身上……

情急之下，我冲口而出喊了一句："我是聋子！"

于是那些男女们纷纷笑起来。

四周悄无声息地绝对悄无声息。

这时我多么希望打天上垂下一条幕布，幕布上写着解说词。那就好了，那些闲男散女就不会嘲笑我了。我自己也能明白，我和那园林工之间究竟发生了什么误会以及他为什么像受了凌辱似的发那么大的脾气……

那些男女笑了一阵，获得微小的某种满足，就都走了。

只剩下了园林工和我。

他终于放开我衣襟，竟也笑了。接着弄正我的领带，将卡在我脖子上的耳机戴在我头上，拍拍我肩，嘟哝一句什么，转身干他的活儿去了。

我大步匆匆，连头都不敢回一下。要不是考虑到自己是知识分子，而且西装领带的，未免太使人注意，我真会撒开腿飞快地逃之夭夭……

揣着一肚子莫名其妙，我在公共汽车站等候汽车。

马路对面有一家新营业的商店正庆贺开张。十来人组成的管乐队分列店门两侧，齐奏着什么曲子。一长列鞭炮炸飞不止，空气中弥漫着火药味儿……

突然我周围的男女一片惊慌，四处散开。

我低头看时，一只"二踢脚"，不知怎么会横着飞到了马路这边儿来，躺在我鞋跟前，眼睁睁地我见它肚子那儿炸出个大窟窿，还冒着烟。

我岸然不动眼皮都没眨一下。

我身后的男女个个双手还捂在耳朵上，他们皆以那么一种愕异的眼神儿瞧着我，仿佛瞧着一个机器人儿。

倏忽间我感到非常自得——与那些男女比较起来，我是一个特殊的人。尽管我聋了，但聋有聋的优势。同时我预见到，今后，我的优势，定会在许多方面表现出来。

我竟觉得聋了对一个人来说未见得是什么不幸，简直是挺好玩挺有意思的事儿。世界因此而妙趣横生了，相当值得观赏了。连自身，都妙趣横生起来，相当值得自我玩味了。

一辆公共汽车悄无声息地靠站,停下。车门被打开,人们悄无声息地挤着上车。我踩了一个小伙子的脚,他悄无声息地大骂了我一句(从他脸上的表情,我判断他是骂了我一句什么而不是说了我一句什么),并且朝我肩胛窝捣了一拳。他又踩了一个女人的脚,那女人发出无声的尖叫,挥手提包儿抡了他一下。于是小伙子不依不饶,也不上车了,跟那女人较量起高低来……

我刚挤上车,车门就悄无声息地关了。售票员拿起话筒,张着嘴说些什么。被遗留在站台的那个小伙子和那个女人,仍在悄无声息地互相辱骂不休。

公共汽车开走了,我仿佛置身在一个悄无声息的真空的器皿里。

忽然我头脑中产生一个设想,或者说一项发明——我感到聋对于脑力劳动者简直是何乐而不为的大好事,比如对于哲学家、小说家、诗人之类。他们不是总抱怨缺少宁静干扰思考吗?如果发明一种药物,或一种外科手术,使他们全成为聋子,岂不就等于做了一件于他们有益的事吗?

一个站在我身旁的男人轻轻碰了我一下,看模样是外地人。他将一个纸条诡秘地塞在我手里。我展开纸条,见上面写的是:同志,我聋。请您在这纸上告诉我,王府胡同怎么走?谢谢!

我再看他,他对我自卑而且信赖地笑着。

既然他也是聋子,我想无论我对他说什么岂不全等于废话?

于是我从内衣兜取出自己的笔,垫着售票台在那页纸上写:你要去旧王府胡同还是新王府胡同?

他接过笔,写的是:我不知王府胡同还有新旧两条之分……

我又写的是:旧王府胡同是旧文化街的第一条胡同,旧文化街离旧文明广场不远,在民主巷下,转乘去自由路无轨电车。不过旧王府胡同现在已是拆迁地带。新王府胡同在政府街的街尾，往左拐，再往左拐，总之一直左拐，拐三五次，你一打听，就是了。不知你要找的是单位还是人家？……

那一张纸，密密麻麻地，已经被我写满了字。

那个聋子，再次接过我的笔，将那张纸翻过来，又写的是：我要找一位专治耳聋的老气功师……

我又写的是：我记得本市晚报介绍过一位专治耳聋的老气功师，听说死了。死于中耳癌。你不妨到报社去问问，乘三站下车，路左……

一抹失望掠过那聋子的脸膛，他收好纸条，感激地握了握我的手。

售票员也对我满目敬意，瞧我的神态像瞧着转世的雷锋。

我心里倏地产生一个怪想法——要是立刻地，所有的人都一齐变成了聋子多好？那么，他们的思维逻辑一定会是——渐渐忘却语言习惯，而不得不依赖于纸笔。再无人跟我说话，我也就不必不安于哪一天被指出是聋子这样一个事实。你看，此时此刻，仅仅因为另一个聋子的存在，我在满车厢的人眼中，不是明明的不是聋子吗？他们不是以称赞的目光向我表示敬意吗？……

一、二、三……

如果这么着，他们一齐都变成聋子，他们一定都会虔诚地作证，还有一个人不是聋子——那就是我！……

一、二、三……

再接着，全市的人一齐变成了聋子……

一、二、三……

再接着……

四周悄无声息绝对悄无声息。

我在悄无声息的车厢里悄无声息地进行着坏思想，脸上挂着具有助人为乐之美德的人那种堪称信赖的微笑,藉以回报投到我身上充满敬意的目光。

突然这辆公共汽车猛烈地震荡了一下,好像一匹驽马猛地尥了一个大蹶子——原来它和一辆载重卡车相撞了……

于是交通警察适时出现……

于是许多人围观……

于是旋转着独眼的交通警车默默地赶到……

于是车门被打开,售票员对全体乘客大声说了些什么话……

于是满车男女悄无声息地下车,某些男女还在默默地嘟哝着什么……

于是两个聋子也不得不下车——唯恐被发现是聋子的我和唯恐不被当聋子的外地人……

我见围观者中有人脸上露出了幸灾乐祸的笑……

我见从车上下来的男女中也有脸上露出幸灾乐祸的笑……

自己乘的车半路出了车祸本没什么可幸灾乐祸的——我百思不得其解……

那个外地聋子又跟我握手又对我说了一堆悄无声息的话才与我依依惜别。

平素被挤对惯了,谁给谁点儿不足论道的好颜色就足以使对方受宠若惊。我这本地聋子望着那个外地聋子远去的背影心中倏起一种茫然若失之感,仿佛另一个孤雁飘游似的离我而去……

我来到单位,传达室的老张头走出传达室恭恭敬敬地交给我几份报,张着嘴对我诉说了一番话。看他那种期期艾艾的表情我猜想他诉说的准是关于他小女儿接班的问题。

我回答:"放心,放心,你的个人困难,你不说我也清楚。等我们研究研究。凡事总需要研究，啊？……"

要求子女接班的人本所绝不止老张头一个，十几个呐！哪儿那么容易解决啊？按哪方面的资格排队，他也得是最末一个呀。"研究研究"不过是种说法，既然我的前几任都是习惯于这么说的，从今天起，我也会很快就习惯的。

老张头听了我的话，竟一时怔愣在那儿，眨巴眨巴眼睛，再就没说出什么话来，像是挺受感动。

我唯恐被他纠缠住，拍了拍他的肩，趁机抽身急急便走。科长们处长们领导班子一干人等，早已聚齐在会议室内恭候我的大驾了。有的在悄无声息地交头接耳，有的在悄无声息地大发宏论，见我到来，人人缄口，个个正襟危坐，气氛一时显得有几分肃穆。

我落座后，郑重其事地将耳机从头上摘下来，将袖珍录音机从兜里掏出，轻摆轻放。于是大家的目光就都集中于它。仿佛要开的，是关于它的质量鉴定会，或产品推销会。这恰是我要达到之目的。我希望它引起他们的充分注意。藉它而向他们证明——他们的顶头上司不是一个聋子，绝对地不是。

"同志们，"我开口说道，"首先请大家原谅，我迟到了二十分钟。我为什么会迟到呢？因为，我在公共汽车上，看见一个失聪的外地人，也就是一个彻底的聋子，以纸和笔询问他要去的地方，却无人愿以同样的方式告诉他。同志们，目前世风日下，人与人的关系太冷漠，这非常令人沮丧。所以，我宁可迟到二十分钟，使大家在这里久等，也要把那个两耳失聪的外地人亲自送到他要去的地方。只有这样做了，我才安心。同志们，你们说我这样做对不对呢？……"

众人纷纷点头。

"同志们，我们是一个文化信托开发和研究单位。文化是一位老大姐，左手挽着的是文艺，右手挽着的是文明。同志们，我们的工作是历史赋予我们的光荣使命呀！任重而道远呀！今天我特别要解释我迟到的原因，并非做了一件好事就夸夸其谈，而是要呼吁我们的同志，今后人人争当活雷锋，以实际行动……"

我的话被一阵热烈的悄无声息的掌声打断。尽管我什么都没听见，但众人鼓掌之时，我是明白应该装作听见了的样子的。我有自知之明，并且很识趣。

我无法判断众人一齐鼓掌，是否证明个个都很虔诚。但是我认为，虔诚不虔诚一点儿也不重要，重要的是我赢得了掌声。我自己听得见听不见也不重要。听不见的掌声使人产生骄傲心理的可能性相对小些。如果众人对我的话内心里并不以为然，却还要当着我的面大鼓其掌，起码证明他们畏我三分，起码证明他们都想讨好于我，取悦于我。

敬畏敬畏，要博得下属们的敬，那对当官的来说，是挺不容易的事儿。

纵然他们内心里并不敬我，也行，那我也有充分的信心对付着当他三年五载的。对自己对他人对现实要求过高，在今天不都是一种矫情吗？我可不是个矫情的人。

"同志们，"我又说，"每个人都应该有种起码的自省意识，有种起码的分析自己解剖自己的勇气。我提倡自省意识和解剖自己的勇气，并且先带一次头——如果我刚才对自己的迟到所作的不无必要的解释，有什么私心杂念作祟的话，那也无非是——我企图趁机向大家证明，你们的新任所长自己不是一个聋子……"

笑声。

一阵悄无声息的人人由衷的笑声。

气氛由最初的肃穆而变得活跃了起来。

"我想,本所长的企图已经达到了是不是?"

又是一阵悄无声息的人人由衷的笑声。

我自己却不笑。我知道幽默的最低技巧便是自己很严肃。我——扫视众人,心想这真是些可爱的好同志啊。上司不失时机地跟他们幽一小默,他们的心便顿时就和上司贴近了些,多么好的同志们啊!干部审批条例中,怎么就总忘了加上"幽默素质"这一项呢?一种责任感油然而生,一定要郑重其事地向上级干部部门提此建设性意见。要郑重其事得如同我此时此刻在这儿众目睽睽之下证明我不是一个聋子一样……

我接着说:"同志们,大家请看——这是什么?这是耳机。这又是什么?这是袖珍收录机。它有什么用途呢?它可以收听广播。养成收听广播的习惯,就会使人关心国际国内大事。还可以在不干扰别人的情况下收听音乐。听音乐,对于我们的同志来说,也很重要,足以陶冶我们的性情。潜移默化地,对我们的艺术感觉精神状态,起良好的影响作用。当然,要听健康的好音乐,音乐乃诸艺术之母。我们是搞文化工作的,怎么可以不懂得音乐呐?我提议,从文化事业基金中,拨出一笔钱,凡本所的同志,每人发一台袖珍收录机……"

掌声。

几乎可以说是经久不息的一阵掌声。

有点儿遗憾的是,悄无声息。

"不过,得有个原则。耳聋的同志,我看就大可不必了吧?"

笑声。

又是一阵悄无声息由衷的笑声。

这年头,对于当官的,发东西也未必就一定能赢得掌声,幽默也未见得就一定有人给你面子笑一笑。我没想到我还这么有人缘儿!多可爱的多好的这些个同志啊！我对自己的第一次公开亮相极为满意。

"下面请同志们自由发言，咱们也无须列什么中心议题了，对本所的批评性意见也罢，建设性意见也罢，改革设想和措施也罢，随便谈吧！"

气氛相当活跃，发言相当踊跃。

四周悄无声息绝对地悄无声息。

有人在娓娓道来，有人在侃侃而谈。有人十分激动，站起又坐下，坐下又站起。如果无视他们的表情他们翻动的双唇，他们的样子就显得非常可笑，好像一泡尿眼看就要憋不住了，站起来准备冲出会议室冲向厕所，却又不敢冒失行动……还有的一边踱来踱去一边无休无止地说着些悄无声息的自言自语般的话，还有的一边指手画脚一边眉飞色舞地说着一套接一套的悄无声息的话……凡能一套接一套地说的，必是些废话无疑，我想。

之后的两个半小时我就坐在我的位置听。不，不是听，是看。你周围一旦悄无声息绝对地悄无声息一切进行着的事情都不过是哑剧，都变得好玩儿而有意味儿而有旨趣，近乎艺术水准的意味儿和旨趣。

很现实的一个我和他们仿佛处在非现实的情境中。

我为了向自己也向他们证明我们眼前是一个绝对真实的现实，我便勇敢而谨慎地参与到这一场非现实的哑剧之中。我目不转睛地注视每一个说话的人。我知道在他们说话时我是否注视着他们对他们是很重要的。他们当然会挺在乎这一点，我可不扫他们的兴。我不时地点头表示同意，不时地说"正确""有道理""对，很对"之类的话，不时地加以鼓励——"说下去！难道没什么可说的了？我怎么觉得你还有许多话没说出来呢？"我甚至不时地表现出亢奋——"此处当为之鼓掌"——于是带头鼓掌。于是众人跟我一起鼓掌。我还要不时地对秘书加以强调——"老张提的这一点很客观,一语中的,原话记下来!"或"老李的话很深刻,别光听着不记呀!"……

起初我有些忐忑,不知会不会一旦失误,露出马脚,渐渐地我发现,不管每个说话的人说的是些什么,只要我在注视着他,显出认真倾听的样子,只要我不是摇头而是点头,只要我的话表示的是一种认同的态度,只要我自己是表情严肃若有所思的,说话的人总是很受用的。其他的人也都因我之严肃而严肃,因我之深思而深思,倒未见得他们全都虚伪或诏媚。不,并不是那么回事儿。我看出一点儿我不是聋子的时候很难看出的门道,就是——哪怕别人说"饿极了糖也充饥"这类半聪明不聪明的话,你的表情异常严肃,你的沉思状做得很到家,你频频点头,你附和"讲得好",有些人也会不由自主地跟着你变得异常严肃起来,也会情不自禁地跟着你作深思状,也会和你一样频频点头,咀嚼那句半聪明不聪明的话,仿佛其中有无尽的含意无尽的哲理。只要你尽量摆出一副权威的模样。如果你还是一位顶头上司,那情形就更好玩更妙不可言了。

失聪后的观察往往变得细腻多了,所谓有一失必有一得……

于是我的表演到后来也就很放得开。放不开白放不开,是不是?

轮到我结束的时候我说:"同志们,大家都对我今后的工作发表了很好的见解,谢谢。最后我想强调一点,每一位当领导的,都有各自的领导风格。我这个人最反对的,就是在日常工作方面说废话,这使我们的机关氛围有时简直如同茶馆。我现在郑重颁布第一项机关工作条例——凡须直接向我请示或汇报工作的同志,包括商谈什么事务,巨细无论,都请采取书面的方式。我认为这至少是一个可以避免说废话的方式。因为最爱说废话的人,当他拿起笔的时候,也是希望自己能尽量写得简单扼要的,对不对?坚持这样的方式,我相信,对我们每个人今后的行文水平都将有提高,这并非提倡文牍作风。恰恰相反,这有利于我们在日常工作中克服口头八股。如果同志们没有异议,请大家鼓掌支持我……"

于是众人鼓掌。

于是我说——"散会"。

当然也就散会了。

我看得出来,众人对我今天的就职演说很满意,因为我毕竟今天显得特别。特别就是新颖。大多数人总喜欢特别的东西,包括顶头上司……

整个下午我在所长办公室里喝茶,吸烟,看报,倒也清静自在,没谁来烦我。有那么七八个下属来过,并不开口说话,只把写了字的纸,恭恭敬敬地放在我的办公室桌上。我也不开口说话,仅在那些纸上批几行诸如"同意""缓办""请×处长解决""与×科长协商"之类。

由于我对处长科长们庄严若此,秘书对我的要求则倍加遵守,好比一只小猫,换了一位主人,一时不完全了解主人的脾气秉性,不敢贸然亲近。她一下午专心致志整理会议记录,静若处子般坐在我的办公室外间,仿佛根本不存在她这么个人似的。

快下班时,她如释重负般地将会议记录呈送给我。

我独自看了几页,七窍生烟,几乎拍案而起。原来上午的发言,十之八九,矛头乃是直指我个人的。归纳起来,无非一点,对上级委我所长之职,对我未经受过任何考验的领导能力,表示了他们的不信任和由此产生的忧虑。而我恰恰对那些最放肆、最露骨、最具有挖苦意味的发言,插话说了些"好,一语中的""很深刻""正确无比"之类……

如此看来,上午我简直等于扮演的是一只猴子。即使我因耳聋表现出了极大的涵养和无与伦比的镇定,那也不过是猴子的涵养和猴子的镇定呀。

我一个劲儿地在心里对自己说:"冷静,冷静,所长同志,您可要保持高度的冷静呀!上午你不是相当出色来着吗?……"

于是我吸烟。

吸完两支烟,我笑了。

于是,我在记录上当着秘书的面写下如下批语——多么好的一次会议啊!此记录须妥善存档。

秘书拿过记录时,我亲切地对她笑笑,说:"大王,你整理得很认真,应受到表扬。"这是我下午开口说的第一句话。

也许是我的亲切的笑容鼓舞了她,她那种随时准备接受批评和教训的模样松弛了些。她从兜里掏出一张折几折的纸,展开来铺放在桌上。

我见几行字写的是——所长,今晚我想请您去看歌剧,不知您是否肯赏光?

我想不到有什么值得犹豫的理由,欢颜悦色写的是——愿陪您度过美好时光!

她又写的是——我太高兴啦,我去准备一下就来。

我又写的是——我耐心等待!

当我和她走下楼,小汽车已停在楼口。我一时挺替自己刚买不久的月票遗憾。

我怕她在车上对我说什么,问什么,心想主动权还是掌握在我方为妙,于是喋喋不休地向她讲我的童年、少年、青年时代,以及我对一种恬淡的无忧无虑的卸除了责任感和义务感的老年生活的憧憬。

大学文科毕业生,二十九岁的既渴望拥抱浪漫又过分矜持过分言谨行规的老姑娘,不时地忽闪着一双大眼睛,故作小女孩的天真状。

我这才发现——她圆珰耳上照,方绣领间斜,淡施脂粉,梨窝浅现。

我不禁有些心猿意马。

我的异样情绪的冲动以及她对我造成的不负责任的蛊惑,使我极想在那一时刻对她说些与我的童年、少年、青年和几十年后的老年无关的话。但碍于司机,有话不好直说。

于是我从兜里掏出那张我俩对过话的纸,写了一行字,暗暗给她看。

我写的是——今晚你真漂亮!

她笑笑,脸红了,那是一种羞红。那一时刻她的脸才叫"秀色可餐"呐!

她缓缓由我手中接过笔,写的是——您拿我开玩笑,我老了。

——是吗?……

我亲爱的读者诸君,原谅我不能向你们评价那一场歌剧的水平。

歌剧不是聋子欣赏的艺术。就我的个人体验而言,"看"歌剧和"听"马戏的情形是差不了多少的。如果没有节目单,我根本不晓得那是普希金的著名小说改编的歌剧《黑桃皇后》。

但我不断地向她喃喃私语:"音乐太美啦!真是太美了,可谓声遏行云,歌成白雪啊!"

她也是,不断地向我悄悄说些比我更内行的话——"男高音的音域多宽广啊!简直是我们中国的帕瓦罗蒂!"

中场休息时,我请她喝冷饮。有一个女人和卖冰淇淋的小伙子争吵什么。我想我应不失时机地进一步向我的秘书证明我绝不是一个聋子,于是我彬彬有礼上前调停。我只管对双方说:"同志,同志,何必呢,何必呢,我已听一会儿了,我认为你这位同志火气太大了点。而你,女同志,您的态度也有些不对。你们双方该冷静点儿是不是……"

直到下半场开演的铃声响了,我的秘书才挽着我的手臂使我停止表演。

我嘟哝:"吵架是人为的噪音!我这个人最听不得争吵!……"

演出结束,善解人意的秘书俯耳提议我到后台去见见演员们。这正中我下怀。一切作家、诗人、文艺家、演员,当然都在我的信托、开发、研究有限公司之研究之列。他们研究艺术,我们既不但要研究艺术,更责无旁贷地是要研究他们本身。我这位所长见见他们,使他们认识认识我,了解到我对他们进行研究的使命,岂不顺理成章?

于是在秘书的陪同下,我来到后台。她把正忙于卸妆的男女演员们引荐给我,并像介绍一位权威似的,把我介绍给他们。他们对我肃然起敬。我觉得不就演出说点什么,反而未免显得谦虚过了头,于是对演出水平大加赞赏一番。尤其就歌剧的音乐和唱法方面,谈了些"技巧是高的,特点是鲜明的,追求是健康的"之类套话。说套话是很便当的事。套话由所谓"权威"口中说出,就宝贵了。演员中有人掏出小本,飞快地记录……

我回到家里,已十点三刻。

儿子睡了。妻子坐在沙发上,像是一心一意等我回来,又像等的根本不是我——瞪我一眼,一扭身子,不知为哪般赌气不理我。

一个聋子,尤其一个当领导的聋子,想瞒天过海,证明自己不是聋子,毕竟相当不容易。

我感到很累,没情绪问问妻子为哪般和我赌气。匆匆脱衣,上得床去,倒头便睡。

睡乡中,我被妻子拧耳朵拧醒了,揉揉蒙眬睡眼瞅瞅表,正是子夜时分。

我说:"哎,你拧我干什么!"

妻说:"你自己心里明白!"

我说:"我什么也不明白,见鬼!"

说罢翻身又睡。

她又拧我耳朵。

我火了:"深更半夜,你抽什么风?"

妻问:"你想想,今天是什么日子?"

我看挂历,回答她是星期五。

"不对!"

我又看看挂历,明明是星期五。我反问:"那你说今天是什么日子?"

妻说:"今天是我生日!"

我说:"今天是你生日?那也不是你拧我耳朵的理由呀!"

妻说:"人家做好了饭菜,左等你不回来,右等你不回来!连儿子都记着今天是我生日,可你!你!你!……"

妻子把我的胸膛当成一面鼓。

我抓住她双拳,说:"你别这样好不好,同志?老夫老妻的了,你这不是耍娇吗!你不就是要让我送你一件什么礼物吗?一百元以内,随便你要什么,我明天给你买回来就是了嘛!"

她咬我手,我一疼,她挣脱了双拳。她对我大喊大叫……

我却瞪着她呆若木鸡。

四周悄无声息绝对地悄无声息。

于是猛地想起我聋了。

我大声说:"你别这样行不行?我聋了!你喊叫也白喊叫!……"

妻瞪着我,像一只乌鸦瞪着另一只乌鸦,恨不得啄出我眼珠子似的。

啪!她甩手给了我一个大嘴巴。

当然,我没有听见她的手掌扇在我脸上发出的那一声"啪",纯粹是我的想象。那一声"啪"事实上一定很脆生,因为我的脸顿时火辣辣的。

我捂着脸,懵了。分明她根本不相信我聋了;所以我说"我聋了",她才愤怒地扇我嘴巴了。

她又怎么能相信我聋了呢?我刚才不明明和她一问一答地对话来着吗?可是——是聋了呀!可我——刚才怎么不聋了呢?

我对我自己也糊涂起来了。

四周悄无声息地绝对悄无声息。

我又说:"亲爱的,你千万要相信——我聋了。你别激怒,你别和我争辩,因为我聋了,这是一个无可争辩的事实。你和我争辩也没有用,事实终归是事实,事实胜于雄辩。从现在开始,你必须接受这样一个事实,你的丈夫是一个聋子。当然,这也不是什么大不了的不幸,你也不必感到悲哀。你要节哀……"

"我、一、点、儿、也、不、哀!"

妻一字一句地,咬牙切齿地说。

噢,上帝!噢,我的天!

我瞧着她目瞪口呆。

我的耳朵……我的耳朵……我的耳朵它、它、它、它又能听见了。

同时还听见,外面有个"城市的幽灵"在吼:"吉昌跳下去了!唐卡也跳下去了!现在该轮到你了,跳吧,跳呀跳呀!"紧接着就唱:

"风在吼,马在叫,黄河在咆哮,黄河在咆哮……"

八岁的儿子出现了,瞅瞅我,瞅瞅妻,一副惴惴不安、马上要哭的模样。

我的震惊文字无法形容。

这一种震惊绝对强大于我今天早晨发觉自己双耳失聪时那一种震惊。

我下了床,赤着脚走到穿衣镜前,观察镜中的我,观察我的两只耳朵。从外形上看,它们没什么变化,还是老样子。我拨拉一下左耳,又拨拉一下右耳,它们都还长得结实,都没掉下来,也并不摇摇欲坠。

我转身从茶几上拿起了彩琉烟灰缸,用力摔在水泥地上。

啪!——

我把自己吓了一大跳。

十几个小时没听见任何声音了,很寻常的破碎声听来也不寻常了。

儿子终于哇地哭了起来。分明地,并非是被那一声"啪"吓的,而是被我吓的。

该轮到妻子震惊和目瞪口呆了。

"好儿子好儿子,别哭别哭。爸爸没和你妈吵架。爸爸和你妈闹着玩呐!爸爸不过是变个小戏法给你看,没变好……"

我抱起儿子,哄他,把他抱到他的小床上,耐心地拍睡了他。

妻子却嘤嘤哭起来。

我不看她,径直走向床。我想,一不做二不休。如果使她明白我此时此刻又不聋了,大概比使她明白我曾经聋过还要艰难,一切误会将更无法解释清楚。本来她就那么不相信我聋了这件事儿。倘由我自己承认这会儿又不聋了,几分钟后若我又聋了,她不以为我耍弄她才怪呢!我聋时须伴装不聋,不聋时也须伴装聋,总之我得装啊!既听不见,也装没看见,我就有充分的理由不理睬她在哭这一个事实,是不是?

那么我难道不该继续睡觉吗?

不料她不许我睡觉。

她一步跨到床前,喝问:"这是什么?"

她手里拿着那页纸,也就是我和我的秘书进行笔谈的那页纸。

我摇摇头,说:"我已经告诉过你,我聋了,所以我根本听不见你在跟我说什么。要不,你把你的话写在纸上吧!"

她眯起眼睛,盯视了我半天,那样子,看来是把我恨透了。于是她找来厚厚的一沓稿纸,在第一页上写了一行字是——你跟你的秘书,究竟是什么关系?老实交代!

我接过笔,在第二页写了一行字是——革命同志之关系。刀搁在脖子上,也是革命同志之关系,没什么好交代的!

——放屁!你和她写在那页纸上的话,白纸黑字,便是证据!还不放老实点?坦白从宽,抗拒从严!

——那页纸上的话说明不了什么,你威胁不了我!

——说明你和她调情!

——那是你的看法!

——而且你们还有可耻的行为!

——什么行为。请讲!

——被你们用删节号删去啦!足见你们做贼心虚!

——这不可能,人的行为是没法儿用删节号删去的!

——可能!你自己看!这不是删节号是什么?小说里男女间的下流勾当都是靠删节号掩护的!证明你们的下流超出了文字和语言表述的范围……

——你自己这不是也用了删节号吗？

——用的地方不同，性质也不同……

——我揍你！

——你敢！你碰我一指头，我明天就到你单位揭发你！还跟你打离婚！孩子归我。

——你自己用了这么多删节号，只许州官放火，不许百姓点灯？

——你是犯了严重错误的人，还敢跟我争什么平等？

……

读者诸君呀，一个人聋了，要装没聋，仅仅需具有表演技巧的话，那么一个人装聋，则常常是有理也变得无理了。装聋的下场，大抵总是很吃亏的。装聋其实莫如真聋，真聋听不见对方的胡说八道，对方等于在对牛弹琴。而装聋等于你在对牛弹琴，思维的速度能和语言同步。不过是第一和第二差别。语言迟些也迟不到哪儿去，却不能和文字同步。你在思维方面逻辑清楚，但文字随即表达明白了思维的逻辑，却并非易如反掌的事儿。

笔谈使我处于很吃力很被动的地位。在几个回合后我想张开口大喊大叫："亲爱的，我这会儿根本不聋，你别得寸进尺欺负一个装聋之人！"可又一想，千万不能啊！小不忍则乱大谋嘛！我和妻进行的这一场笔谈好比是一场笔战。一个回合接一个回合厮杀得不可开交。文字碰文字，火星乱迸，刀光剑影，你刺过来，我砍过去。逐渐地，我疲惫了，一路败下阵来。而妻则越杀越勇，可谓狠批负心郎，穷追下坡兔。"金猴奋起千钧棒，玉宇澄清万里埃！"

稿纸用完，遂又取一沓，比用完的那一沓厚两倍。并且，吸了一次墨水儿。笔管插入墨水儿瓶，半天不动。取出时，仿佛沉甸甸的，在我看来，好比她又往手提机关枪里压上了一万发子弹。

我暗暗叫苦不迭,心想此番命休矣。瞥一眼表,差十五分凌晨三点……

胜败已成定局,我不趁早投降,还负隅顽抗个什么劲儿呢?

好汉不吃眼前亏。

于是轮到我"发球"时,我一笔一画工工整整写了几个字是——我供认不讳,我该死。

妻又写的是——供认不讳就拉倒了吗?必须写三千字书面检查!

妻放下笔,将写字的那一厚沓稿纸归拢,塞入一个大信封,锁进了抽屉。她伸了个懒腰,打了个哈欠,入静片刻,做了一节"宇宙自然功",心安理得睡觉去了。

于是我伏案写检查。

没被逼到写检查的份儿上时,我觉得自己清白,很无辜,很委屈。真写起来,竟又觉得自己并不那么清白,并不那么无辜,也就并不那么委屈。在汽车里,在剧院里,我难道不是心猿意马过吗?如果汽车不是汽车,剧院并非剧院,而是密室,而是闺房,而是床第,细思忖之,我未必就能做到仅仅心猿意马而方寸不乱,若方寸乱,则淫念生,进而做出什么苟且之事,岂不在逻辑推理之内吗?

好比一个人没偷东西,试问潜意识里不曾想偷东西?就算不曾想偷过,也不曾想捡过吗?就算连捡也不曾想过,那么是否做过在现实中获得不到而在梦中捡到了的梦呢?梦乃白日所思,捡得之物亦属不义之财。你在你的潜意识里分明也是个贼了,你还有什么好狡辩有什么感到委屈的呢?

有位国际名记者问美国前总统卡特——请问总统先生,您见到那些漂亮女郎时,都做何想法?

那位美国佬回答曰——什么想法都有,最经常的想法是企图强暴她们。

联想到卡特，我觉得我该向他学习。诚实难道不是一种可敬的品质吗？

于是遂没了任何顾虑，也没了种种心理负担，唰唰唰，唰唰唰，读书破万卷，下笔如有神，一气呵成，一挥而就，态度虔诚，胸臆率肆。老婆规定不得少于三千字，我一发而不可收，竟写了五千七八百字。超额完成指标百分之九十多，形势一片大好，不是小好……

我也不知自己究竟什么时候上的床，什么时候睡的觉。

当我醒来，第一眼看到的，是一张女人的泪涟涟的脸。我自然不晓得她为什么哭成泪人儿般模样，十分的惊异，也不无惊恐，以为她换了一种战术，又要开始夜以继日地整治我了。

不料她拿了一张纸给我看。纸上写的是——亲爱的可怜儿的，我彻底相信你是真的聋了！你睡着了的时候，我将收录机耳塞插入你耳朵里，拨到了最大频率，换了四盘摇滚歌曲的带子，用的是新买的三节大号电池，而你却能睡得像死狗，还打呼噜，不是真聋了谁能这么样呢？这将多么影响你和我和孩子之间的感情交流哇？天呀！我怎么能习惯你突然变成了个聋子……

我默默地看她写在纸上的这番话如同看一段戏剧台词，她则在一旁一把鼻涕一把泪。

屋里倏地一亮，窗外一次大闪电在窗上划过，紧接着大概是一串雷霆——因为她双手捂上了她的耳朵，一头扎在我怀里……

这世界重又变得悄无声息绝对地悄无声息。

我又成了一个聋子。

想想昨夜妻子对我实行的疲劳战术，我竟不免幸灾乐祸，觉得也算是对她的报复。

我首先问她儿子呐？

她用笔和纸回答我儿子上学去了。

我又问儿子是否知道我聋了？

她写道可能知道也可能不知道。

我安慰她不必伤心，聋了也有聋了的好处甚至妙处，比如听不到雷声，听不到闲言碎语流短蜚长。听不到批评、批判、表扬、表彰也就有可能做到荣辱不惊、处之泰然。听不到噪音不但耳根清净并得以脑静心静等等。唯一遗憾的是也就同时听不到音乐了……

妻用笔和纸说我太自私，说我没替她想一想，说夫妻俩有一个是聋子终归交谈起来不方便。

我回答道，在我没聋的时候我们也很少交谈什么，这根本不算什么损失，何况用笔和纸交谈能提高我俩的书写速度和水平，是一种大的补偿，所谓塞翁失马安知非福也。

又一次大闪电撕裂窗子，又一串悄无声息绝对地悄无声息的雷霆，妻又一次双手捂住耳朵一头扎在我怀里。雨，瓢泼般的大雨夹杂着拇指甲般大的冰雹，悄无声息绝对地悄无声息地扫射着窗子。那情形由于悄无声息绝对地悄无声息便很值得欣赏。

妻突然奔到窗前，不顾被雨和冰雹淋打，将上身探出窗外朝楼下观望什么。接着，湿漉漉地用笔和纸问我——楼下停了一辆小汽车，已经按了很久喇叭，是不是接我上班的？

我这才想起我不但是个没有任何规律性可循的聋子，而且是位在上下班时间观念方面必须以身作则的所长。我一跃而起，匆匆穿上衣服，就要奔出家门。

妻跑在我身前，又将一页纸展示给我看，上面写的是——脸是应该经常洗的，不洗就会灰尘满面。

我犹豫片刻，回答道："我不洗自有我不洗之考虑。这不是讲不讲个人卫生的问题，而是一个思想方法的问题。"

我坐入车，见司机虎着脸，便知他因等久了不高兴。

我赔了歉意的笑脸，自言自语："有份报告今天必须交上去，开夜车一直开到这会儿，连脸都顾不得洗了……"

司机听了我的话，神色顿时好转，扭回头对我也赔了个笑脸。他那笑脸中有几分体恤的意味。

跨入办公室，一和秘书照面，我又将对司机说过的那番话说了一遍。她那体恤的模样儿，分外令我感动。

她旋即出去，一会儿，端回一盆温水，并带回了毛巾、香皂、牙刷、牙膏、牙缸。显然是在本所的小卖部刚买的。

于是我在办公室从容不迫地洗漱完毕。

她又及时地将她的"增白蜜"给我用。用过了她的"增白蜜"，她又递给我她的小梳子。

在家里我也用过老婆的这些东西。第一次用不是老婆的女人的这些东西，觉得那都是些特殊的富于女性味儿的东西，潜意识里便可耻地萌发一种占为己有的念头，包括它们的主人。

瞧着她又默默地端起脸盆去倒水。我暗想，若我和她反过来，那多好！不，我的意思，并不是她也是聋子，聋子当秘书，无论怎样可亲可爱的女性，情形都是很难想象的。我的意思是——如果我不聋，而她是哑巴，那多好！她是哑巴，她就必须用文字请示和汇报，而我就毫无唯恐被她识破我是聋子的忧患了。进而联想到一部叫作《哑奴》的外国电影。奴而哑而女性，才是主人的幸运呐。那部外国电影中的男主人公，十分地宠爱自己的漂亮的女哑奴，不是没有道理的。女性哑而漂亮，魅力无穷。

我正独自想入非非,她倒罢水回来了,交给我一个折成燕尾形的纸条。

我打开一看,上面写的是——所长,听司机说您通宵达旦开夜车,很心疼您。您还年轻,刚走上领导岗位,千万别累坏了身体呀。身体是革命的本钱,珍重,珍重。

署名是所里的某一位处长。

所长总换,有一年换两次的时候,有两年换三次的时候。给所长开车的却始终是一个,由小王而大王,一直开到现在,已然被小青年们称起老王来了。某处长跟司机一向是"哥们儿"。谁也不知为什么他们会是"哥们儿",他们的脾气秉性大不相同。司机还常常挖苦某处长,讽刺他,训他,当众抢白他,甚至当众出他的丑。他却从不生气,更不记仇,始终跟司机很讲交情,供给司机烟。倒也没听他求过司机什么事儿,反而是司机总求他帮些什么忙。有一点是多少人都看得清清楚楚的,那就是由于他跟司机"哥们儿",在哪一任所长面前说话都很得宠,是备受器重的人。人们评论他这是"曲线巴结",和西方的"夫人外交"乃是同一手段。他的夫人其貌不扬,否则,人们断言,他才不屑于和司机"套磁"呢!

秘书也凑过来看。看罢,她就抿嘴儿笑。

我在那纸上添了一行字是——点点滴滴记心头。照原样儿把纸条折成燕尾形,吩咐秘书"物归原主"。

她转身离开时,一阵风雨袭入办公室。她急忙去关窗,碰倒了暖瓶。暖瓶悄无声息绝对地悄无声息地掉在地上。瓶胆的碎片儿悄无声息绝对地悄无声息地散成一片……

我认为那该发出一声猝响的,尽管我一点儿声音也没听见……

我瞅着女秘书背身一时惊愕不已。

分明是，我的秘书她、她、她、她也仿佛一点儿声音没听见……

她关好窗，才发现她造成的"事故"，"呀"了一声，显出慌乱。拿起暖瓶壳，放到墙角，赶紧就扫地上的碎片和水渍。

我一直狐疑地从旁观察她，企图进一步观察出什么破绽。待她放下笤帚，拿起拖把时，我说："我来。"

我一边拖地，一边问："吓了你一大跳吧？"

这时她的神色已恢复。

她什么都没说，她从她两个耳朵里各取出一个耳塞给我看——我竟没有注意到她是戴着耳塞的！

我不敢再问什么，怕自我暴露。

但是从那一天起，我常常在不引起她注意的情况下，细心监视她的举动，想要获得某种根据，证明她也是一个聋子或她并不是一个聋子。

事实告诉我，一个聋子是可以当领导的，比如像我这么个当法儿，而且还会当得怪省心的。我为自己坐办公室里画圈和批示，颁布了堂而皇之的制度，这套制度已被我的下属们渐渐习惯成一种由我倡导的"机关作风"。这一种"机关作风"使我所肃静非常。

由我批准买的小型录放机买了，也发下去了。从传达室到办公室到食堂到厕所，我见到的每一个人几乎时时刻刻戴着耳机。也不知他们百听不厌的都是些什么音乐。简直使我常常怀疑，我这一不得已而为之的纯粹是保全自己的倡导，是不是同时也掩护了为数不少的些个聋子？既然我的倡导蔚然成风，则我自己耳朵上戴不戴耳机倒也必要也不必要了。

于是我感到，我们通常说的人的那个叫作"灵魂"的东西，恐怕原本未必是那么不喜欢孤独的，恐怕原本未必是那么耐不住寂寞的，也许恰恰相反,不喜欢孤独的是人自身,耐不住寂寞的也是人自身。而"灵魂",其实是个寻求独立甚至可能是个时时刻刻希望摆脱人自身的东西,我的下属和我的全体群众,一旦人人戴上了我"赐"给他们的耳机,则聚在一起"侃大山"、吹牛皮,三三五五嘀嘀咕咕什么,密议什么,谋划什么,彼此探问什么,钩心斗角进行什么"冷战"的少了。每个人似乎都有非常正大的理由,将和他人的接触面缩小到最低程度。仿佛,是是非非少了,恩恩怨怨少了,磕磕绊绊少了。当然擦痕也少了,每个人似乎都多了些安全系数。

我竟有点儿窃喜了。

料想不到的是,上级机关里有位朋友预先向我通风报信儿,说是收到了联名信,揭发我是聋子。直属领导很重视,说在干部队伍中居然有聋子滥竽充数,是可忍孰不可忍?着令立即组成调查组,不日即将来所调查核实。如若我真是聋子,定要抓此典型,做反面教员,严惩不贷,以儆效尤。

托朋友关照,以"病因不详,住院检查"之名,朦朦胧胧地住了两星期医院。本没什么病,连小病也没有。全身零件,一项项细细会诊,直至出院那一天,医生们对我的病情,还是莫衷一是,朦胧得很。

唯一没检查的,是耳朵。

一场小风波,在我出院之前,烟消云散。秘书、司机、传达室的老张、某处长及所内广大有正义感的干部群众,对我遭到卑鄙诬蔑,表示了无比的义愤,列举出桩桩件件事实,证明我根本不是一个聋子。聋子提倡大家以爱听音乐为荣、不爱听音乐为耻吗?聋子在公共场合,比如剧院这种地方会劝架吗?聋子能够耐心倾听群众述说困难,主动保证解决吗?聋子?笑话!人们认为,这不但是对一名刚上任的干部的诬蔑,也是对全所广大干部群众的诬蔑。难道广大干部群众眼睛瞎了,居然看不出来自己的所长是聋子,而只有"一小撮"别有用心的小人才看得出来?

妻子还到所里大闹一场,要求调查组非将那"一小撮"别有用心的小人揪出来示众不可。同时要求工作组给我恢复名誉。经工作组做了一番工作,方才罢休。

工作组撤离之日,宣布所谓"联名信"是无聊的阴暗心理驱使下的勾当,是痞子行径,是百分之百的诬蔑。此风该煞,绝不可长。

我回到所里的当天,召开全所大会,作了三五分钟的一次演说:"同志们,我刚出院没回家就直接来所里上班。在我住院这两个星期,据悉所里发生了一件令人不快的事。什么事,我不讲了。我只想告诉大家,我不是聋子,尽管我常常希望自己是聋子。聋子可以少听到许多不想听到的话是不是?世上原本没有那么多值得用耳朵去听的话是不是?至于那件令人不快的事,只当它是一阵风,就算刮过了好不好?或者,当它是玩笑,并无恶意的恶作剧,黑色幽默。大家活得都挺累,无妨多些幽默。而幽默顶数黑色的为上等货色……"

于是全体笑了。

我扫视着那一张张脸上各式各样的笑,尽量使自己保持绝对的严肃。亲爱的读者诸君,你们知道的,我一向很会这一套。那一时刻,我竟体验到一种欺骗的快感。

下午我收到一封信,是我在公共汽车上帮助,不,欺骗过的那个外地的聋子写给我的。

他的信是这样写的:

梁所长:

您好!认识了您很高兴。您使我相信,雷锋还活着,并且会永远活在我们的现实生活中。

虽然我没寻找到那位专治耳聋的气功大师,虽然我的双耳依然聋,但请不要以为我会失望。不,我一点儿也不失望。我此行之目的,只不过在于寻找,而并不在于根治耳聋。若我寻找到了那位气功大师,若他果真使我的耳朵恢复了听力,那我便也没有了从此想根治耳聋的心愿。而这一点是我目前唯一的心愿。

一个人没有了心愿,他的灵魂便会渐渐干瘪。我倒宁肯我永远是聋子,永远保留有想根治耳聋的心愿,永远寻找能使我恢复听力的人,永远产生一种实现自己心愿的憧憬和寻找某一个人的冲动……

其实我早已很习惯于聋。聋有聋的绝妙的好处,比如全中国的人,对"文化大革命"都该有反思的责任,而我就从不受这种责任的压迫。因为当年那一种史无前例的轰轰烈烈,实际上对我是一如既往的静悄悄。悄悄地开始,悄悄地结束,悄悄地运动了十余年。当年造反派对我有过特殊的照顾——允许我在任何情况之下都有权保持庄严的沉默,不跟随着喊口号。所以我在"文革"中从未喊过一句口号,连"毛主席万岁"也没跟着喊过。因为我无法判断,我以为我是在跟着喊"毛主席万岁",而实际上是不是跟着喊了一句反动口号。我有充分的理由说,我没参与打倒过谁,也没参与捍卫过任何人。我没正确过,所以也就没错误过。

"文革"后,许许多多的人都不得不"说清楚",而我什么也不用说。我是清清楚楚的人,完全由于我是聋子。

你无疑是个善良的人。

我将为您天天祈祷有朝一日双耳全聋。

我是虔诚的基督徒。尽管上帝是根本不存在的，但唯一值得我相信的，想来想去，还是上帝。

愿上帝赐福于您！

名不具
×月×日

这封信使我独自沉思默想了一个多小时，并使我一支接一支地吸掉了半包烟。

我把这封信烧了。

我没回信。

因为对方"名不具"，也因为我根本不愿回信。

我恨那个外地的聋子，又有几分感激他。

他的信仿佛在点拨我明白什么，亦仿佛在诱惑我坠入迷津。

从此我也产生了一种巨大的强烈的冲动，想要寻找一个人。寻找到一个能根治耳聋的人。管他是"气功大师"还是一个十恶不赦的坏蛋。我只是希望寻找到他而已，并不指望使我的听力恢复。

我曾潜访过本市某一位气功大师。

起初他竭力否认他能治耳聋，他说那纯粹是以讹传讹。

我说晚报上都登了，分明是替他宣传，并出示一份旧晚报请他看。

他根本不屑于看一眼。他用笔坦率地告诉我采访他的那位晚报记者是他朋友的女儿。女孩儿家没经验，意在吹捧他，反而给他平添了许多烦恼。他说毛泽东活着的时候，曾在天安门城楼上对美国记者斯诺说过，个人崇拜很讨嫌，但人人有时候都需要。一位伟大领袖在某些方面也是凡夫俗子，气功师更不例外。想不想要点儿个人崇拜是他的事儿，如何替他制造点儿宣传效应是记者的事儿，信不信则是读者的事儿，玄化各异，灵用不同，我应姑妄听之才对。

听他这么一说，倒好像我很愚了。

我央求他半天，他拗不过我，遂对我左右两耳，各发功半小时。

半小时后，他脑门儿上沁出一层细密的汗珠儿。世界对我依然悄无声息绝对地悄无声息。

他无奈地对我摇摇头，在纸上写下一句话是——另请高明吧！

我就笑将起来。

他奇怪地端详了我一阵。

我忍俊不禁由微笑而大笑。

他在纸上又写了一句诘问——你笑什么？

我在纸上写下一句话回答——未结同心人，空结同心草，莫非因我心不诚？

他复写道——枝迎南北鸟，叶送往来风，世道业已不诚，人心还有什么诚与不诚的？咱俩不过相互奉陪着玩了一把气功，玩得好接着玩，玩得不好就此拉倒，只不过双方都别太认真玩恼了就是……

于是我很知趣地告辞。

而我想寻找到值得相信的什么那一种冲动，从此更巨大更强烈。

晚上。儿子将他上学以来的第一次作文给我看。题目把我震得愣了许久——《论我的爸爸不是聋子》：

在我爸爸的单位，有人诬蔑我爸爸是聋子。我爸爸究竟是不是聋子，我最清楚。我认为我爸爸绝不是一个聋子，这是铁一般的事实，怀疑我爸爸是一个聋子，就是怀疑铁一般的事实。怀疑铁一般的事实，跟怀疑真理犯的是同样的错误。如果连真理都瞎怀疑，那么世界上就没有什么可相信的啦。真理万岁！……

他的教师用红笔作的批语是——立论明确，逻辑性强。难能可贵的是，将相信爸爸不是聋子，同相信真理联系在一起，就有一种严肃的思想，意义深刻了！

为了表示鼓励，我给儿子一元钱，并允许他邀同学去看录像。

儿子走后，我和妻子相对无语。

后来我们又开始进行一场长达两小时之久的笔谈。

通过笔谈，统一了判断和看法。一致认为，儿子显然明明知道我已经变成一个聋子，但儿子不愿面对这样一个铁的事实。我们都并非欺骗儿子，我们只不过是想瞒着他，结果却是他自己欺骗自己，还很自豪，把自己欺骗到了并不觉得自欺欺人的地步……

我们为此忧心忡忡。

我们不知该如何是好。

还是妻子聪明，她说她一位同事的丈夫，是本市最有权威的耳科专家。她说她一定要陪我去医院，她说只要我的听力恢复了，哪怕恢复了一点点儿，也就等于我不是一个聋子真正的"铁的事实"，也就可以把我曾经聋过当成一件莫须有的事儿，也就等于儿子并没有自欺欺人，而儿子的作文，当然是一篇好的作文，他的教师那番评语也就值得我们替儿子高兴……

事关教育下一代的重大问题，我们都表现得非常识大局，顾大体，求大同，存小异。思想统一到了一个正确的原则上。

第二天我向单位请假，说胃疼，其实是在妻子的陪同下去看耳朵。

看了就令人肃然起敬的耳科专家，对我的耳朵检查得很认真，之后单独跟我的妻子谈了许久。其实他有什么话，完全可以当着我的面儿跟我妻子说。在医院里，一个聋子是愿意被一位耳科专家视为聋子的。

在别的地方，比如在我的单位，才是另一回事儿。

结束谈话，妻子的脸色很难看。

走出门诊室，我一眼看见，在候诊的一排长椅上，间隔地坐着好几位我们所的人！有某处长，有几位群众，有传达室的老张头儿！还有……我的秘书！他们人人手里都明面儿捧着录放机，耳朵上都戴着耳机。他们有的和我心照不宣地点头微笑。有的目光旁视，佯装没有看见我。唯独我的秘书表现得最自然，笑得也自然，仿佛我来医院看耳朵，她来医院看耳朵是正常得不能再正常的事儿。一副见怪不怪、其怪必败的庄重模样。

一回到家里，我就迫不及待地想要知道专家的诊断结果。

妻子在纸上写了三点：

一、专家认为，我的两耳作为器官，根本不存在任何毛病。

二、我之两耳失聪，可能是因为神经系统的负担一度太紧张造成的。这种现象，本无须治，神经松弛，自然会好。

三、而我的听力这么长时间未恢复，显然不单单是神经系统方面的毛病，问题很可能出在心理障碍方面。专家为我发明了一种说法，叫作"功能拒绝症"。好比我希望我的眼睛看不见，于是导致失明，我希望我的鼻子丧失嗅觉，于是香臭不分。

妻子在纸上继而质问我——你说，你为什么希望你是聋子？你这不是和你自己过不去，你这不等于是在报复我吗？我和你夫妻这么多年，替你生了一个儿子并且抚养大，从无二心，究竟有什么对不起你的地方？……

接着她伤心痛哭。

我猛然地想到了那个外地的聋子写给我的信。难怪我当时读着就感到意识里受着某种不可抗拒的诱惑！我真恨不得一刀子捅了那家伙。

翌日去上班，见了所里的每一位同志，照例主动点头微笑，主动打招呼，主动说"早"，对年轻的，则拍拍他们的肩膀，传达给他们无须言语表达的友好。对年老的，则敬一支烟，说几句关于天气的话。而不管他们回答什么，我总是哈哈一笑，笑得爽朗而富有感染力。经验证明，这是最巧妙的掩饰方式，不信你们也试试。

我昨天在医院耳科门诊不期然而见到的几个人，见了我模样都有些不自然。我想不自然本该是我，他们仿佛认为该是他们，那就随他们去吧，我也就大可不必显得心中有鬼似的了。

我在办公室门外挂出了"请勿打扰"的牌子，和我的女秘书进行一次坦率的、诚恳的、态度庄重又庄严的"笔谈"。

我一开始写道——生？还是死？

她注视了我片刻，写道——菩提本无树，明镜亦非台，何必忒认真？

——咱俩是一根绳拴俩蚂蚱。

——一荣俱荣，一损俱损。

——苦海无涯，回头是岸。

——岸在脚下，何须回头？

——你的意思是，继续当下去？

——你不认为你聋？谁敢认为你聋？何况患"功能拒绝症"的人，目前相当多，本所的几位处长副处长，其实不同程度地都染上了此症。有视而不见的，有听而不闻的，有沉而不思的，有言而不行的，有行而不果的。现在不撞钟也能当和尚，甚至能当比和尚更和尚的和尚。否则，你能假装到今天却安然稳坐吗？试想，如果你不聋，当那些申请解决住房问题的，工资低的，子女待业的，评不上职称的，夫妻闹离婚的，邻居打架的，对你诉苦、愤怒、喋喋不休和大喊大叫时，你能表现出那么彻底的涵养么？就像你表现出的那么成功？……

——听君一席话，胜读十年书。

——彼此彼此。

——相见恨晚呀！

唱歌女孩

从前,有一个像那英的女孩儿……

从前?从前究竟意味着是多久以前呢?这暧昧得似乎很遥远的两个字呵,它所表达的某个年代,为什么离我的记忆近得仿佛是我的昨天?为什么就如同刚刚冲洗出来的照片,湿漉漉的那么真切?

而我自己并不很古老呀!

不是雾里看花呵不是不是!

弄湿我记忆底片的是那个像那英的女孩儿的眼泪么?

我根本不需要借一双慧眼也足以把它看清。

我回首以前,但见那个像那英的女孩儿,她在忍泣哀伤着……

清清楚楚真真切切那正是她呀!

是的,正是正是……

还听到她的歌唱穿透三十余年的时间,传送到摇曳多姿的今天,传送给并不古老的今天的我听。在三十余年的过程中,时间里肯定积淀了许多肮脏的东西吧?时间也肯定变得脏兮兮的粘嗒嗒的似流淌进煤灰里的酱膏似的了吧?奇怪呀奇怪,我那像那英的女孩儿呵,你的歌唱怎么居然能够穿透如此腐厚的时间，而仍那么的清音幽婉呢？

那的确是你的歌唱呀！断断续续的，如丝竹和金石，如冰下之咽泉。又如月光莹莹，江流脉脉的旷野之夜，有雁鸣秋风，有渚禽低唳，有莎草蛩吟……

你为谁而歌？为谁而唱？你这被囚禁在从前的歌唱的精灵呀，我这边的时代将有千万人欣赏你，将有千千万万人为你喝彩，正如为春风得意的那英喝彩一样……而你却无法随着你的歌声穿透到时间这边的时代来！唉，你是被铸在从前里了……呵，我那像那英的女孩儿呀，你怎能不令我"思旧故以想象兮，长太息而掩涕"？

女孩儿？——这又是多么容易使人产生模糊印象的一种说法呢！

如今，从出生以后到二十五六岁以下乃至三十岁以内的"第二性"人，不是都很喜欢自谓"女孩儿"吗？假爱心而献殷勤的些个男人不是很喜欢口吻甜腻腻地叫她们"女孩儿"吗？

"女孩儿"这一种模糊的说法，已经具有了黑色幽默的意味儿。

而在我的中学时代，"女孩儿"的叫法则是相当确定的。大抵指十五岁以下的少女。超过了十五岁，即使上学较晚的她们，也该是中学生了。女孩儿一成中学生，在大人们眼里往往就不再是女孩儿了。甚至，也不是少女，而是"大姑娘"了。若她们中有谁的言行被认为突规破矩，太失体统，自己的家长或别人的家长就必斥曰——"瞧，瞧，都上中学了，还没个大姑娘样儿！"

当年的女孩儿真不幸。她们是女孩儿的权利被剥夺得太早了呀！被时代的手掌一推，就很懵里懵懂地，很不情愿地，也很有点儿不知所措地——直接从女孩儿变成了所谓"大姑娘"！她们如花季的少女阶段，被大人们颇不以为然地，像裁缝剪掉衣样多余的边角似的，胸有成竹地一剪刀就给剪去了……

那个从前的冬季，究竟是哪一年的冬季呢？

多大的一场雪呀！

想出家门，门推不开了。被一尺来深的雪堵住了。终于推开道门缝挤出家门，顿见满目覆银砌玉。远近的树全都变成银珊瑚啦。房顶上和街道上的雪，在阳光的反射下从四面八方刺耀人眼。

哦，忆起来了，那是一九六五年的冬季呀。

那一年我已经是初三生了。已经过了十六岁的生日了。放了寒假再开学，就是初中应届毕业生了。

离一九六六年还有半个多月。

那天一步步踏着深雪去上学，如同一次刚刚开始的北极探险……

从我家到学校，途经一段一千多米长的坡路。我得从坡路的腰段横穿而过，进入一条胡同。以往我上学，走得特别快，仿佛急行军。而且，每每边走边吃什么。到了学校，也算吃过早饭了。天天早上顺坡而下的人很多，有骑自行车去上班的工人，有背着书包去上学的中小学生。如果昨夜没下一尺来深的雪，那么坡路上将会车铃阵阵。有些骑自行车的男人还一边轻刹着闸一边扯开嗓子大叫："借光！借光！……"

无论工人还是学生，他们中不少人的面孔，都早已是我所熟悉的了。这真是一种细细一想令人不免若有所失的生活现象——你是那么的熟悉某些人的脸，不管在什么地方，你一旦望定他们的脸，就会有把握地对自己暗说："这个人肯定是我经常见到的！"而且，可能几秒钟后你的记忆就会明确地告诉你为什么你熟悉他们。但是你对他们一无所知，丝毫也不了解。尽管你对他们的背影和他们的脸一样的熟悉。尽管他们对你也几乎同样熟悉。你内心里时常会产生接近他们的潜念。这并不是用交际的愿望可以解释得清的冲动。不，不是的。更不是企图窥探别人之人生内容的好奇。实际上十六岁的我性格非常内向，从不与任何人主动交往。当年内心里那一种潜念，更是一种打算反叛自己性格的企图。好比中规中矩惯了的人，有时偏要证明自己也是敢于肆无忌惮地放纵自己一遭的……

但那一天也许是由于下了大雪的缘故，工人和学生出家门都比较早。待那条坡路呈现在我眼前，已不复是往日络绎不绝的情形。显然有多辆卡车和马车顺坡而下过，厚雪上被碾压出了一条条深辙，宛如谁用熨斗在一坡蓬松的新棉上来回熨的。而脚印却并不杂乱，挺齐地排列在一条条深辙的两旁。又像是谁用击孔器造成了一排排孔，是由于后来者踏着前行人的脚窝走才那样的……

遍坡从上至下只一个人走着。她的红头巾被雪地映衬得格外惹人注目。她罩在棉袄外的上衣是花的。鼓鼓的书包是在她的右肩上，所以她走时身子微微向左倾斜，怕书包滑落下去。她刚出现在坡顶上，我当然就已看出她是一名中学女生。

从前十六岁的少年的头脑中，对于和自己同龄的她们，是断不会产生出什么"女孩儿"的概念的。"女生"是我们对她们约定俗成的统一的叫法。从前的中学女生，也是不太穿鲜艳的花衣服的。怕老师用什么罪名加以批评。怕大人用稽查性的眼光加以审视。怕男生用刻薄的话语加以伤害……她那件花袄罩的底色是红的，印满了黑色的大大小小的圆环。圆环重叠交错，组成着些仿佛随心所欲的古古怪怪的图案。用今天的时髦说法，很有点儿前卫派的意味儿……

我对自己说："今天我一定要和这名女生认识，不管她是哪所中学的！"

于是我放慢了脚步。因为我如果不放慢脚步，那么当我横穿过那坡路走入胡同以后，她也未必会走到坡的中段。当时她与那胡同口的距离，几乎两倍于我与那胡同口的距离。只有她迈出两步而我迈一步，我们才能在那坡上接近胡同口的地方相互接近到跟前……

为了认识她，我就低下头，很慢很慢地抬脚，很慢很慢地落下。比老头儿老奶奶们雪天走得还慢。我知道那么慢那么踟蹰不前的走法，对于一名上学路上的中学男生是很可笑的。好在雪太深，周围没有行人，我的走法不会引起别人观看。为了能够认识她，即使已引起了许多人的观看我也不在乎。两个半学期里，除了星期天，我每天至少要横穿过那坡路两次——早晨上学一次，傍晚放学回家一次。在那坡路上，我每天要看见不少另外一所中学的女生。住在坡上几条街道的中学生，每天上学放学，也都至少两次走在坡上……

为什么我单单要认识她呢？我连她的脸还未看清呢！如果仅仅是她花袄罩的色彩对比很鲜明，而她的脸一点儿都不漂亮，我该怎么办呢？我也要搭搭讪讪地跟她说话么？如果她是个讨厌陌生男生主动跟她搭讪着说话的女生呢？如果我因而碰了钉子遭她白眼和轻蔑呢？如果我的主动搭讪给她留下一种很坏的印象，以为我是个心存不良之念的男生呢？……从前，在我的中学时代，大多数女生都是很讨厌既陌生又主动与她们搭搭讪讪地说话的男生的。相互接近后我该开口对她说什么呢？……连说什么都没想好我可是何必呢？明摆着我再不放开步子快走我准要迟到了呀！……

我低着头在心里对自己说——迟到就迟到，遭白眼就遭白眼，坏印象就坏印象，不漂亮就不漂亮！……反正我豁出去了！……

至今我也想不明白那一天的我是怎么了？

真的，为什么我偏要煞费苦心地认识她呢？

我低着头通过雷区似的走，并在心中估计着她和我之间的距离。十六岁的我的中学生经验告诉我，倘一名男生一路走一路扭头看一名女生，而且并不认识她，那将肯定是一种心思不良的表现。我一向与这样的不良表现无涉。虽然我明明心存异常之念，打定主意放纵自己一次，却又根本没到毫无顾忌的程度……

我想要在接近她的时候，猝然站住，猛地抬起头来。那我就可以装出只顾低头走着，差点儿撞到别人身上，因而自己首先吃惊起来的模样。我猜想我那样也准会使她吃一惊。她一吃惊她不是也就站住了么？

两个都因对方而感到吃惊之人，不是往往会互相瞪视一会儿的吗？我所期望的正是这么一种情形。那"一会儿"将是多长的时间呢？起码半分钟吧！十六岁的我还从没有机会也没有勇气在半分钟那么长的时间内目眈眈地瞪视过一名女生呢，也从没感受过在半分钟那么长的时间内被一名女生目眈眈地瞪视过的陶醉。依我想来，一名男生只要被一名女生瞪视着，哪怕她是由于吃惊，甚至由于生气，她的目光作用于一名男生的心理，也必会使他产生某种快活。我们班上的男生，常搞些恶作剧，吓女生一跳，或惹她们生气。那时，他们在她们的瞪视之下，就无不显出发自内心的快活。而某些女生们的目光，瞪视着瞪视着，倏忽间就会变得温柔起来。那一种目光的变化在女生们眼里是非常奇妙的现象。比火烧云在天空的变化奇妙多了，也美丽多了。那时容易害羞的男生，就会像喝了酒似的，满脸彤红，视线不知朝哪儿望。而且，据十六岁的我观察，一名脸儿可爱的女生，也许会由于生气而使她的脸儿变得不那么可爱了。但吃惊的模样，却不会使任何一名女生的脸儿变得不可爱。恰恰相反，吃惊会使女生可爱的脸儿变得更加可爱，甚至会使女生不那么可爱的脸儿变得可爱起来。因为吃惊的表情对于女生们的脸儿，无疑是最生动而又最不至于变丑的表情。好比万花筒里的图案由于一晃而变化，却无论怎么变都不会变出可怕的结果……

我要体会到被那坡上的扎红头巾的别的中学的陌生女生目眈眈瞪视着的快活!

我要发现她眼里有比火烧云变化在天空还奇妙还美丽的变化!

我要感觉到她吃惊地瞪视着我的目光倏忽间变得温柔了,又倏忽间变得更温柔了……

我的视线从眼角瞟向她,暗数着她走过来的步子——一、二、三……

自然的她也在低着头走。尽量使她的每一步都能踏在别人们踏出的雪窝里。分明的,横穿那段坡的我,一点儿也没引起她的注意。或者,她从坡顶走下来时,早已看见了我。但我这名中学男生对于她却是司空见惯的,并不值得再多看一眼……

四……五……

只要她再往前迈两步,我再往前迈一步,我们就走到一起了,就最大限度地接近了!

可她竟不往前迈出她的第四步!

她站住了。虽然站住了,却不抬头望我。似乎停住在十字路口的一辆车,礼让地等待我这辆车先开过去……只要我再往前走两步,我的煞费苦心就真成了没有任何意义的枉自多情的煞费苦心了!我不!我也站住了。我觉得我们之间的雪地,似乎被她的红头巾映红了。那当然是不可能的。那当然纯粹是我的幻觉加想象……

我听到了她轻微的喘息,而我口中也在呼出着大团大团的白气。踩着一尺来深的雪以很慢很慢的速度走是绝不轻松的事。何况背着沉重的中学生的书包。

嘿,你倒是往前走哇!我心里竟有点儿生她的气了。但她就是不往前走了。也不抬头看我。是直感告诉我这后一点的。如果她真是一辆车,我猜准会响起喇叭催促我赶快开过去,免得和她车头撞车头……那么她不走我就走吧!于是我迈出了一大步。不是向坡路那边迈出了一大步,而是斜过身子向她跟前迈出了一大步……同时我猛抬起头,望定她的脸说:"嗨,上学去吗?"话一出口,我觉得自己好蠢好蠢。问的什么鬼话呀!一名中学女生,在非是星期天的早上背着书包走在路上,不是去上学又会是去干什么呢?当然她也抬起了头。红头巾已从她头顶滑下去了,松弛地环系在脖颈那儿。她的头发好黑好浓,从正中齐整地分开后,又统统梳拢在一条大辫子里了。辫子从背后搭到胸前,辫梢缠着一指宽的红头绳。

她那双细长的眉同时向上一扬,两眼睥睨着我——那并不是吃惊的表情,而是愕愣的神态。仿佛在无声地问我:我又不认识你,你干吗跟我说话?

那时我脚下不知怎么的一滑,一屁股跌坐于雪地。如果仅仅是跌坐于雪地就好了——雪下正是那段坡的石头道沿。我疼得龇牙咧嘴……

她却看着我,默默从我身旁绕过去了。

我想起来,一时疼得起不来……

"你……没事儿吧?……"

我不禁连声哎哟……

她从我身后走回到我面前了,低头看着我又问:"要我拉你起来吗?"我恼火地说:"不用!……"我真的很恼火。不是恼火自己,而是恼火她。我不讲道理地认为,我跌得如此之重,她应该负全部的责任!

"你怪我?"

"我没这么说!"

"反正不怪我……"

"滚开!……"我恼羞成怒了。

她并没生气。相反,她犹豫片刻,向我伸出了一只手……那是一只多么白的小手啊!手心朝上,十指纤纤,从手腕一直白到指尖那儿,才有些红润。我连她手心浅浅的掌纹也看清了。连她手腕那儿一条淡蓝色的血管也看清了……我没法拒绝那一只小手的帮助。我及时抓住了它。唯恐我自己出手迟了,它又不耐烦地缩回去了……它真柔软!我抓住她手,她朝后用力一扯我,我就站起来了……我刚一站起来,她自己却跌坐下去了。幸而她并未跌坐在道沿上……她眼望着我哧哧笑了……我也笑了。我仍抓住着她的手呢。我舍不得放开那一只小手……

她说:"你别只抓住我手哇,你倒是把我也拉起来呀!"

我将她拉起来以后,一边替她拍打后身的雪,一边嘟嘟哝哝地说:"总是这样的!……"

她莫名其妙地问:"总是哪样的呀?"

我说:"到头来,总是男生帮女生呗!"

"你?……帮我?……"

"不是呀?我拉你起来,还要帮你拍尽身上的雪!"

"可我是因为拉你起来才跌倒的!"

"我求你拉我起来了吗?我并没有吧?我明明白白对你说不用,是你自己又走回来的吧?我让你滚开,是你自己向我伸出手的吧?……"

"你……你的意思是……是说我犯贱啦?!"她那双细长的眉毛又扬了起来。她脸上有了愠怒的表情。

"我没那么说嘛!"我仅用一只手替她拍打身后的雪来着。我另一只手依然紧紧握着她那只小手呐!它不但那么的柔软,而且使我手心感觉到一种特别舒服的微微的温暖。真奇怪,这女生也没戴手套,她的小手为什么会热乎乎的呢?

"可你就是那个意思!"她生气地挣脱了她那只手,往腰际斜着一插,揣入了她的袄兜……我闹不明白我自己当时为什么偏要说些不三不四的话惹她生气。

其实我也并非是成心惹她生气。我只不过想和她多说几句话。以为只要和她多说了几句话,就会给她留下极深刻的印象。就算从此和她是熟人了。甚至,是朋友了。那么,以后我们再在那段坡上互相望见,不是就可以彼此亲切地微笑,举手打招呼了吗?能这么着认识一名外校的女生,并与之保持友谊的关系,一直是十六岁的我头脑中的一种浪漫的憧憬。在本班和本校,我虽然也可以尝试着讨好某一名女生,但那不是不太浪漫么?……于今想来,当时我之所以说了那些惹她生气的话,可能由于我不知究竟该对她说些什么,只有没话找话地故意抬杠……

我见她生气了,心中暗悔。张了张嘴,竟再说不出一句足以使她听了顿时消气微笑起来的话。她刚才咴咴笑的模样多可爱呀!她那低低的笑声又是多么悦耳呀!简直比任何一种乐器所能发出的轻音都使人着迷……我红了脸,终于憋出一句更蠢的话是:"今天我们都要迟到啦!"她哼一声,一扬下颔,高傲地又从我身旁走过去了,连看都没再看我一眼……

我呆望她背影,暗暗祈祷:回头!回头!求求你回一下头吧!……只要她回一下头,哪怕并不站住,边走边回头,我都会不顾一切地追上去。再跌多少次屁蹾儿我都不在乎!把屁股跌八瓣儿了我都不在乎。而且，我会豁出第一节课不上了，一直陪她走到她的学校门口。她一路不跟我说话不理睬我，我也不觉得没趣儿！

因为我迷上了她那双大大的杏眼……因为我好喜欢她那种咪咪而笑的有点儿缺心眼儿似的又仿佛心眼儿很多的笑模样儿……但是她却一次也没回头。不仅没回头，反而走得特别快。也不再踩着别人的脚窝儿走，是不怕滑倒勇往直前地走。她确实摔倒了几次，每当我要赶过去扶她，她便很快就自己站起来了，接着大步匆匆往前走……显然，她真的生气极了。我想象，她也许还是眼含着两汪泪在往前走……我不禁恨我自己。恨我为什么不善于讨好女生。我本是一心打算讨好这外校的素不相识的女生的呀！我真想扇自己一耳光。事情已有着一个多么多么使我快活的开始呀，怎么就被我搞成了这么一种结果呢？我站在原地，一直呆呆地望着她的背影走至坡下，一拐，花衣服不见了……

我跌得比我感觉到的疼痛还严重。一瘸一跛地走到学校，进了教室屁股不敢挨椅子。放学后是被两名男同学搀回家的。晚上也不能躺着睡，只得趴着睡。第二天我哥哥带我去医院。那是十六岁的我第一次去市里的大医院看病。也是第一次挂号骨科。第一次拍X光片。医生看着光片说问题不太大，但骶骨摔裂了一道小缝儿，休养一个多月就会长好……

但这对我却不是小问题。我一个多月不能去上学。不能去上学当然并非不幸。我曾多次梦想自己有最充分的理由一个多月不能去上学。可一个多月的日子里白天晚上总趴在床上的滋味儿却太难熬了。对于十六岁的我那几乎等于是刑罚呀！而且我也不能参加期末考试了。学校同意我新学期开学后与不及格的同学一起补考……

我的病假就这样和我的寒假连在一起了。十六岁的我仍对春节怀有很强烈的盼望。连那一年的春节我也是趴着度过的。对于这一重大损失的唯一补偿，是我尽可以趴着想她，想她那双杏眼，想她纤秀而柔软的小手，想她咻咻笑时的模样。十六岁的我似乎终于明白了，为什么某些男女大人之间每互称"冤家"……

春节过去了，我开始很强烈地盼望着开学。而以前临近开学我总是非常珍惜地记数着假期所剩的日子，巴不得开学是很久很久以后的事。我盼望着早点儿开学是因为我就又可以每天早上横穿那段坡路了，而她也必每天早上自坡走下。也许我有机会再接近她，并且请她原谅，向她承认我惹她生气是多么不应该又是多么蠢……

但是开学以后的四个月内我竟一次也没看见她。这使我头脑中为她产生过许多胡思乱想。她家从坡上的某条街搬走了？她转学了？生病了？……

六月的哈尔滨是最美丽的。榆树刚刚开过榆钱儿不久，随后生长出的叶片新绿新绿的。而杨树的叶子，是北方树种中最大的。六月里已经长到婴孩儿的小脚丫儿那么大了。形状也像婴孩儿的小脚丫儿似的。冰雪在四月末就融化净了。街道被五月的春风一吹，被六月的初雨一洗，清洁多了。至于柳树，它们细长柔韧的枝条长着指甲盖儿那么大的小叶，在微风中摇来摆去，是北方城市里赏心悦目的景色。那段坡路的两旁，栽种的就是一株株有一二十年树龄的柳树。它们枝条茂密。如果风大点儿，会飘扬到坡路上去。骑自行车上班的男人和女人，往往一手扶把，一手拨开挡住自己脸的柳枝，如同拨开挡住自己视线的长发……

大人孩子都在六月里迫不及待地换上了夏装，都变得身姿轻盈了。

"文化大革命"已经在北京开始了。哈尔滨的某几所著名高校里，已经出现了"煽风点火"的首都红卫兵。但普遍的中学里却还没受到什么大的影响。中学生高中生依然天天上课。应届毕业生满脑子打算的无非是升高中、考中专,还是考大学。市民们也在照常生活着。都以为"文化大革命"只不过仅仅是北京的事,离自己很远的事,很快就会结束过去的事……

我的毕业志向是考哈尔滨师范学校。我觉得自己天生是当一名小学语文老师的材料,而且觉得我能愉快胜任。事实上,那一年我的哥哥已因精神分裂症退学,这对母亲等于是当头一棒。母亲对哥哥的全部期望崩溃了。我家终日笼罩着愁云。我自己的学习成绩也"全线失利",几乎到了一败涂地的程度。如果我竟侥幸能考上师范学校,便该谢天谢地了……

即使在那样的些个日子里,我心底也常常怀想着那名像那英的外校的女生。

有一天我终于又看见了她。她穿一件白上衣,一条黑色的绸裙,眼望前方从坡上走下来。她的白上衣束在裙腰里。原来她的身材在夏季看去竟是那么的苗条!她的辫子剪掉了。齐耳短发护着她白皙的脸庞,如同对称的黑色的框子护住一面椭圆形的玉镜,使她的脸庞看去是更加眉清目秀颊俏唇红了。她前额留着一排整齐的刘海儿。她的胸高挺着。她始终目不旁视地迈着轻快的步子走着。她的腿很长。没穿袜子。黑色的绸裙黑色的扣绊布鞋,将她的双腿和双足衬托得如同象牙雕成的一般。用今天的说法来形容,她的模样很"酷"。而在当年,那其实是许许多多中学女生最寻常的衣着,寻常得接近着某些中学规定的校服……

但我被她完全吸引住了。

当时我已跨过了那段坡路,走到胡同口前了。我仿佛听到背后有人叫我。站住了回头看,没看到熟人或同学,知道是自己幻听。收回目光的瞬间,不经意地朝坡上望了一眼,这一望就望见了她的身影。事实上起初我并没一眼就认出她来。她换了夏装,又剪了短发,我不可能一眼就确认出是她。但冥冥中仿佛有一个神秘的声音在告诉我——别转过身去,别走进胡同,别错过机会,那就是她,那就是她,那就是她呀!……

于是我站住在坡路道沿外,目不转睛地望着她自坡走下。她每走近我一步,我就越确定那肯定是她无疑。她一手举在胸前,抓住着书包带儿,另一只手随臂摆动身旁。她的白上衣是短袖的。她的臂她的手,也如象牙雕成的一般洁白秀美。

她是一个冰肌玉肤的姑娘。

虽然她贴近着坡路的道沿走,虽然我就站在道沿外,一直目不转睛地呆呆地望她,但仿佛的,我根本就不存在于她的目光之中。她的眼睛似乎没有视角,因而只能望到正前方的景物,看不到旁边的任何东西似的。

当她几乎与我擦面而过时,我忍不住大声说:"嗨,你不认识我了吗?"

她的脸稍微向我转了一下,脚步却没停止。两三秒后,我已只能呆望她婀娜的背影了。我相信,她肯定老远就看到了我。并且,肯定她渐渐走近我时当然也就认出了我。只不过她不愿搭理我罢了。其实我不知道我对她说话的声音是不是真的很大。也许我自以为很大,其实很小。但我的声音再小,她也肯定听到了。否则她会向我转脸吗?在那一瞬间,我看清了她脸上分明有种高傲的、对我不屑一顾的表情。

我心里难受极了。

我的自尊心被深深地刺伤了……

以后,我不敢再看见她了。更确切地说,是唯恐再被她看见了。

我每天早上走近那段坡路之前，总是不禁地向坡顶张望。如果发现了她的身影，我就会隐蔽在一株大柳树后，痴痴地呆呆地望着她走下来。一直目送她的身影走至坡底，拐弯消失。如果坡顶没有她的身影，我便像胆小的兔子似的蹿过那段坡路，迅速跑入胡同里……

然而我心里还是不能忘掉她！

一九六六年我又长了一岁，十七了。于今想来，当年虚岁十七的我，毫无疑问地，是为那名像那英的外校的女生而害了单相思。我变得心事重重了。我变得沉默寡言了。我变得喜欢独自低着头发呆发傻了。邻居们却对母亲夸我："瞧你家二小子，才又长了一岁，就成熟多了，稳重得像大姑娘似的了！"母亲往往叹口气说："哪儿啊，他是和我一样，为他哥哥的病愁的呀！"

转眼到了九月，全中国天下大乱，哈尔滨也没有宁日了。学校开始停课闹革命了。"大串联"的"大串联"去了！一向老实的待在家里不去学校了；只有造反派们在学校里替无产阶级掌权了……

我也不常到学校去了。

我已近三个月没见到过她的身影了……

我的同校男生中，有一名和我一样喜爱文学，叫刘海波。他父亲是黑龙江出版社的编辑。他家有不少中外名著。虽然被他父亲某天晚上烧了一夜，但却被他从家中偷偷转移了一部分。用"转移"这个词有点儿夸张，其实也转移不到多远处去。他家窗前小院里有一口冬季储存白菜土豆的菜窖。他将一部分书放在箱子里，藏于菜窖中。除了我，没谁知道那个秘密。除了我，也没谁能从他手中借出书来。对于有些书，他珍爱如宝。连我也是借不去的。十七岁的我，当年开始像母亲的一个大女儿似的，几乎包揽了一切家务。因为母亲在短短的几个月里愁白不少头发，没心思持家了。除了做家务，读小说成为我排忧解愁的唯一方式。也是最能直接安慰到我心灵深处的方式。我常去刘海波家里还书，借书。有时也顺着梯子下到他家菜窖里，连续几个小时读某一本他不肯借给我带回家去看的书。比如《安娜·卡列尼娜》《红与黑》《红字》和《白痴》，便都是我在他家菜窖里读完的。那些书当年被认为是彻底的坏书，甚至被认为是"黄色小说"。一名十七岁的少年在"文革"中被发现读那类小说，显然是冒天下之大不韪之事。倘被政治恶徒追查，不说则自己过不了关，如实交代了必等于出卖别人。想明白这些道理，我也就不强借。觉得能躲在他家菜窖里读，挺好。我不知道有多少人在十七岁的时候，经常躲在别人家的菜窖里读中外名著。其实那也是很惬意的，精神和肉体的双重享受。九月的哈尔滨，白天还是怪热的。但菜窖里却阴凉阴凉的。刘海波为我在菜窖里铺了一个草垫子，我甚至可以头枕一卷麻袋，舒舒服服地躺在草垫子上读。菜窖盖支起，阳光往往直洒窖底，洒在我脸上，洒在书上。光线也几乎可以说是一流的。空气也足够我一个人呼吸，一点儿也不会感到憋闷。因为九月正是家家户户的菜窖空着的季节。何况他家的菜窖真够大，居然有半间屋子那么宽敞。他往往还会用小篮吊下一根黄瓜或几个西红柿给我吃。请想想吧，一边吃着一边读世界名著，不也算是"文革"时期的一大幸福吗？读《巴黎圣母院》，我想象我的她是爱斯梅拉；读《红与黑》我想象她是玛特尔；而读《茶花女》，我就想象她是玛格丽特；至于读《聊斋》，那便仿佛一切美丽可爱的花精鬼魅都像是她了，或反过来说，想象她是她们现代的化身。只有读梅里美的《卡尔曼》时，并不愿想象她是那风情万种放荡不羁的吉卜赛女郎。因为十七岁的我，对卡尔曼的心态是很矛盾的。一方面我觉得那书中的美女特别使我着迷，一方面又认为，假如她从书中化身于现实，必会以她有点儿邪恶的美伤害无数男人。如果我爱上了她，我怎会经得起那么严重的伤害？从前的少年，对于女性的美的欣赏是较纯洁的。从前没有所谓"邪恶美""放荡美""颓废美"这种种时髦的说法。少年们尤其本能地要求自己的心灵嫌恶那一种美……

是的，我已经一厢情愿地认为那名像那英的外校的女生是"我的她"了！难道我不可以这样认为吗？三年中我每天至少两次横穿那段坡路，每天上上下下走在那段坡路的外校女生三五成群的。是我从她们中发现了她！是我首先觉得她身上有种与众不同的美！而且她扶起过我，我扶起过她，我跟她说过话，我还握过她的小手，惹她生气过……那么她不是我的又是谁的呢？……

有天我正在读《白痴》，忽然听到一阵歌唱。是女声，唱的是"文革"前在哈尔滨市很流行的一首外国革命摇篮曲：

宝贝
你爸爸参加游击队
正在打击敌人啊
我的宝贝……宝贝……

"文革"前在哈尔滨市的几乎一切文艺演唱会中，那首歌都是必唱的。即使节目单上没有，听众也往往会以最热情的掌声唤出最受欢迎的女歌唱者唱它。收音机里也经常播它。但是七月以后，它被革命宣布为禁歌了。不要说公开唱是与革命对抗的行为，就是背地里唱，也犯革命之大忌。

起初我以为收音机里在唱，但立刻想到根本不可能的。又以为是唱片发出的，但谁家还敢保留有那一首歌的唱片呢？

我终于得出了一种有把握的判断——显然是在菜窖上面,在附近,正有人唱着啊!

她唱得多么好呀!其音缠绵,如玉杵击编钟,美声入耳,令听到的人不禁心生出一大片似水柔情。

我放下《白痴》,好奇地攀梯爬上了菜窖。刘海波家窗前的小院儿,与他家隔壁邻居的窗前小院之间,并没再加栅栏分开。可以认为那小院儿是共有的。这边儿挖着他家的菜窖,那边儿挖着邻家的菜窖。菜窖之间是两株老丁香树。他家的窗敞开在树这边,邻家的窗敞开在树那边。两家都是干净的人家。两边的窗都擦得非常明亮。

歌声是从邻家的屋里传出来的。起初轻轻地唱,而唱第二遍时,就没顾虑地放开了嗓音,歌声也就更优美更动听更使人入迷了……

我蹑足一步步走过去,隐在一株老丁香树下倾听。歌声突然停止——九月的墨绿的叶丛,将那人家明亮的窗玻璃衬得如同一面镜子,而我从那镜子里发现了自己的傻样……

显然,唱歌的小女子也从她自己家里发现了我这个偷听者。我觉得特别尴尬,正打算悄悄退回地窖口那儿,屋里伸出一只修长的裸臂,将两扇敞开的窗子先后都关上了……

向刘海波告辞时,我装出若无其事的样子问:"隔壁邻居家都有些什么人?"他一愣,随即敏感地反问:"你了解这一点干什么?"我说:"我可不是户籍警察。我刚才听到那家里有个小女子在唱歌儿,唱得好极了!""你偷听来着?""很快就被发现了。""那你以后就别偷听了。"——他见我不好意思了,又说,"当然唱得好极了。不过她可不是什么小女子,和咱俩一样,也是六六届毕业的中学生……"

我觉得,他谈他隔壁邻家的女生时那一种表情,远比谈他家最宝贵的一本书时的表情更得意,仿佛他是她的监护人。不,简直像是拥有者。而且分明的,她使他有了某种自豪的资本似的……

过了一个多星期,我又到他家去借书。他爱写诗,立志将来要当一位马雅可夫斯基那样的中国诗人。刚写就一首诗,便激情澎湃地在他家里大声朗诵给我听。那一天已经快到国庆节了,天已经开始转凉了。他家的窗没敞开,邻家的窗也关闭着。他大声朗诵着的诗句,被笼住在屋子里,余音回荡……

我正听得出神,有人敲门。不是敲院子里那扇外门,而是敲隔开门厅的那一扇门。他一边不停止地朗诵,一边推开了门……一个甜甜的声音在门外亲昵地对他说:"诗人,又朗诵你的伟大诗篇了?允许我进屋坐着听吗?"他只得停止了朗诵,矜持地说:"可……我有客人……""客人?是不是你那位爱读小说的朋友?"他回头看我一眼,替我声明似地说:"正是他……可我这位朋友,在女生面前很腼腆……"

当时给我的印象是,刘海波他分明是有点儿不愿介绍我们认识的。至于主要是不愿我认识她,还是不愿她认识我,就不得而知了。为什么?更不得而知了。那甜甜的声音亲昵又嗔怪地说:"是个腼腆的男生又怎么样?难道我是猛兽?专吃腼腆的男生?还不闪开让我进去呀!……"

刘海波挠挠头闪开了,门外那声音甜甜的人儿进屋了。她刚一进屋,我立刻如坐针毡,无地自容起来。因为她正是那名外校的,我许久无缘再见到的,像那英的女生啊!我赶紧低下头佯装看书……

她瞧见我,难免一愣。随即退后一步,并且向门口转过身去……我的目光从眼角瞟向她,将她那一连串不自然的举止都瞟在眼里了。刘海波却仍站在门口,一手拿着诗稿,另一只手撑在门框上,使她没法儿一步迈出去。我暗想,否则她就已经不在屋里了……

其实我比她更想马上离开啊！刘海波奇怪地问她："既然来了，为什么又想走？听我从头再朗诵一遍吧！"他不无请求的意味儿。她说："我不是想走呀……但我真的得走了，我家炉子上还煮着粥呢！……"她说完，趁他将目光转向我，泥鳅似的，从他臂下钻过，夺门而出……"你骗我！……"刘海波一步追出。"我不喜欢你的朋友！"她抛下的话使我脸上一阵发烧。刘海波失落地转身走进屋里，盯着我的脸说："她喜欢我写的每一首诗，她认为我将来一定能成为马雅可夫斯基那样的大诗人！"我说："这我相信。""如果你不在，她不会走。她会安安静静地坐下，听我从头把我写的诗朗诵完！"我说："这我也相信。""她走是因为她不喜欢你！"我听出了他的口吻中包含着对我的某种怀疑。

我猛抬起头，迎住他目光，生气地说："我听到了，我又不聋！"

刘海波也生气了，挥舞着手臂大声嚷："但是我要知道为什么？你们早已认识了，对不对？什么时候认识的？什么情况下认识的？为什么她一看见你，连坐也不坐就走了？……"

手臂挥舞之际，他忘了他的诗，松了他的手，结果十几页纸飘落满地。

我也大声嚷起来："为什么？为什么？你有什么权力审问我？……"

他以研究的目光久久地注视我，那意思是——这就是你对好朋友的态度吗？

我看出来了——他很喜欢她，甚至可以说很欣赏她。我也看出来了——他显然认为她是他的。像一切时代早恋的青少年们一样，从前的我们一旦喜欢上了某个女生，那也是"爱"得特别特别自私的。对于她和别的男生的关系，那也是又敏感又多疑的。

我们二人之间的气氛那会儿是太凝重了。凝重得简直有点儿严峻。

几乎要把我的心从胸膛里压迫出来了。

我本想起身便走。但又明白,若在那种令他不明不白的情况下一走,以后我就不好再到他家来了。也许,还会永远失去他这位朋友。作为朋友,他是忠诚的人。我不愿失去他这位朋友,不愿失去可以躲在他家菜窖里读世界名著的特权。

于是我一声不吭,在他面前弯下腰去,一页页捡起地上的诗稿。当我将诗稿归放在桌上时,装出一笑。

我说:"你莫名其妙地发脾气干什么呀?"接着,我如实向他交代了我认识她的那一点点过程。当然我得承认,那种交代也根本不能算如实交代。因为我略去了我当时握住她的小手的愉悦感觉。至于我对她的单相思,更是只字不提。

他这位神经质的大诗人也渐渐冷静了。他告诉我她叫姚晓玥。从初一就开始参加每年举行一届的哈尔滨之夏音乐会。而且获得过两次中学生独唱第一名。他告诉我她期待着黑龙江省歌舞团招考独唱演员。他说那样的机会只要一到,她准能考上。他还说省歌舞团原来的许多演员都是熟悉她的,但他们和她们差不多都被"文革"扫地出门了,幸免的也都发配到干校去了。她为此常常陷于苦恼之中……

我看出刘海波也为她的苦恼而心存着一份苦恼。

我煞有介事地说:"海波呀,你不必为她苦恼,她也不必为自己的前途苦恼。我的一位远房大爷是省歌舞团的新领导,第一把手。虽然是远房大爷,但血缘上没出五服,对我家的人特别亲呀!区区小事,包在我身上了!……"

我这么胡说八道时,自尊心陡然大增。仿佛我是主宰她命运的上帝,仿佛我是带给刘海波福音的天使。"真的?!"刘海波两眼霎时一亮,烁烁放光。我说:"当然是真的了。不过我究竟肯不肯成全她,那还要具体看她对我的态度如何。难道有谁乐于帮助一个不喜欢自己的人吗？"我话一说完，起身往外便走。刘海波一直追到院子里，扯住胳膊问："那你什么时候带我和晓玥去见你大爷？"我说："我大爷忙着呢！你以为谁想见就可以一见呀？"——说完挣脱他的手，溜之大吉。

走在回家的路上，我渐觉双腿有些发软。是被我自己的胡说八道吓的。十七岁的我，第一次红嘴白牙地编瞎话骗人。而且骗的是我最好的朋友。也等于骗了我深深暗恋的姑娘。我想象着海波已经迫不及待地冲入晓玥家，将我的胡说八道兴冲冲地告诉她了！也想象得到她惊喜得说不出话的模样。

我不由坐在马路沿儿上暗骂自己太混蛋。如果海波以后整天陪着晓玥找我，纠缠着我带他们去省歌舞团找我子虚乌有的大爷，我可怎么办呢？

我第一次感到了谎话对一个人自己所造成的巨大压力。两个星期内我敢没去海波家。那时"十一"已经过去了。满城的树叶已经开始黄了。有几天的早晨，已经开始降霜了。到哈尔滨"串联"的外省市红卫兵依然不少。火车站也依然天天云集着打算截车去外地"串联"的本市红卫兵……在纷乱的年代那些纷乱的日子里，对我而言，最美好的时刻，是傍晚守在炉前，一边读小说，一边想着应该搅几下锅里的大子粥。所谓大子就是整粒的苞谷一碾两瓣儿。煮软一锅大子粥起码需要两个小时。两个小时内，炉火从炉门口映到脸上，书上，手上，使手和脸都暖暖的，使书页变红了，书页上的字仿佛被霞光照耀着。而且，闻着越来越浓的粥香味儿……那真是神仙般的享受哇……一天我被海波从那种神仙般的享受中拽出了家门。门外站着晓玥。她低声下气而又显然不怎么情愿地对我说："我是对你太傲慢了，我赔礼，我道歉，请别生我的气了，啊？"她向我和好地伸出了一只手。而海波从旁望着我，板着脸说："要么你握她的手一下，要么咱俩从此不再是朋友。"我只有两种选择——或者承认我骗了他们，或者握一下晓玥的手。我看出即使我承认我骗了他们，他们那时也不会相信的。

我作出了后一种选择。我明知那等于卑劣地耍弄他们，但是我实在抗拒不了她那只主动伸出的小手对我的诱惑呀！我一边在心里骂自己混蛋，一边还装出不计前嫌的宽宏大量的模样说："你的事儿我负责了！"

他俩都笑了。我竟也笑了。

以后他们几乎天天找我，我每一次都编出不同的理由拖延。就像今天赖债的人对讨债的人进行拖延一样。晓玥是一次比一次更加诚惶诚恐了。海波是一次比一次更加给我难看的脸色了……

有天晓玥单独来找我。在我家房子后边，她仿佛做了什么对不起我的事，以非常内疚的口吻问我："你是不是内心里还在记恨我，并不打算真的原谅我？"她的语调有些发颤，我看出她都快哭了。我说："真的原谅你是可以的。帮助你实现你的愿望对于我也易如反掌，只不过一句话的事儿。因为我大爷当我是他亲儿子一样！但你得向我坦白——后来我两三个月见不着你，是不是因为你成心绕道躲我？"

她垂下头低声说不是。

"那是为什么？"

"我……我妈妈病了，那两三个月我没去上学……"

"撒谎！"

"我没撒谎……"

她倏地抬起了头，泪眼汪汪。

"明明撒谎！我最讨厌撒谎的人！"

"我真的没撒谎……"

她的眼泪顿时涌出眼眶，淌在脸上了。

"什么病？！……"

我仿佛在审问犯人。正如一出话剧的剧名——《初恋时我们不懂爱情》。至今我也想不明白，当时我为什么会变得那么凶？那么忍心？她流着泪一个劲儿摇头，但就是不肯回答我她妈妈什么病？我宽恕般地说："算了，我也不逼你回答了！但是现在请告诉我——你入了歌舞团，打算怎么报答我？"她说她会经常送票给我……我不屑地打鼻子里嗤了一声……她问那我希望她怎样报答我？我四下里望望，斩钉截铁地说："亲我！现在！一下就行！"她愣了。一双泪眼呆瞪着我，仿佛我说的不是中国话，她听不懂似的。而我，则无耻地将一边脸凑向她……许久，我觉脸腮一湿。看她时，她已双手捂脸跑了……谎话的"利息"是最高的。正如所谓"驴打滚儿"的利息。到后来那利息也就远远高出了前账本身。每一次新的谎话确实能把人从难堪之中"拯救"出来，但接下来你立刻便会陷入债台高筑的一筹莫展……有天他们又来找我。我被海波逼着立刻陪他们去找我"大爷"……越走近省歌舞团，我的脚步越慢。终于走到了省歌舞团的台阶前，我们三人仰望着那块对我们来说都很神圣的白底黑字的大牌子，各自脸上不禁表情肃然。"你给我上去！"——海波往台阶上推我。我踏上了两级，猝然转身跃下，拔腿就跑。没跑几步，被海波追上拽住了。晓玥也困惑不解地跟了过来……海波吼："你跑什么？今天你要是不让我们见到你大爷，我饶不了你！"到了不得不摊牌的时候。我只有一种选择了，那就是承认我的卑劣。我承认了。

海波气得一脚接一脚踢我屁股……

晓玥当时就气哭了……

那时歌舞团的大楼里,传出着钢琴声,传出着男声和女声的歌唱——报上登了消息,省歌舞团正在加紧排练一台演唱毛主席诗词的大型晚会……

我灵机一动,对海波说:"你踢我没用。她哭也没用。你瞧那边的砖围墙不是矮些吗?咱俩还莫如帮她翻墙跳进院子里……"海波又踢了我一脚:"那有什么用?!"我说:"进了院子,还愁溜不进楼里去吗?晓玥她嗓子那么好,那么亮,站在走廊敞开嗓子一唱,还不把男女演员都唱出练音房呀?晓玥她在我们面前哭有什么意义呀!她应该在他们面前哭才对!也许她的眼泪,能帮她圆了她一心想当歌唱演员的梦吧?……"

海波沉思起来,看样子有点儿接受我的主意了。我本以为说服晓玥需要我俩费一番口舌。没料到并非那样。我说时她已经不哭了。已经在聚精会神地听我的每一句话了。不待海波明确表态,她迫不及待地说:"反正不能白来!我愿意照他的话试一试!"

于是在我和海波的托举之下,她爬上了那一人多高的砖围墙,回头朝下看了我们一眼,勇敢地毫不犹豫地蹦进了院子。我觉得她看我们时,脸上有种不成功便成仁的意味儿。

我和海波也从高墙上蹦进院子后,晓玥她仍捂着一只脚的踝部蹲在墙根呻吟不止。海波问她怎么了?我说还问个什么劲呀,明摆着,她扭脚了!海波说:"那也得忍着!"于是我俩一左一右架着她胳膊,挟持着她溜进了楼……到了三楼,钢琴声和歌唱声是听得近在咫尺而且使我们更加的肃然了。晓玥竟忘了实现我和海波帮她策划的计谋。我和海波也忘了提醒她抓住时机赶快开始。我们都听呆了。仿佛我们翻墙潜入,只不过仅仅是为了偷听而已。

"你们是翻墙进来的对不对?想干什么?"我们一转身,见两个男人站在我们背后,对我们虎视眈眈。我们面面相觑。

"走,跟我们到保卫处去!"两个男人分别抓住我和海波后衣领,粗暴地推搡我们下楼。晓玥嚷:"放开他俩,与他俩无关!"一个男人冲她厉喝:"不许嚷!你也得乖乖跟我们走!"海波急了,扭头朝晓玥大叫:"别管我们,你快唱!你快唱呀!"晓玥这才省悟过来。她跑到走廊尽头,站住后定了定神,引吭高歌……她唱的是毛主席诗词《西江月》:

西风烈,
长空雁叫霜晨月,
霜晨月,
马蹄声碎,
喇叭声咽。
……

好晓玥!她真令人敬佩啊!在那么一种非常不利的情况之下,一旦开口唱了,歌声竟仍飞扬激越,令人听来回肠荡气。真是唱得"跻攀分寸不可上,失势一落千丈强"啊!真是将一首毛主席的军旅诗词唱得如"银瓶乍破水浆迸,铁骑突出刀枪鸣"啊!

抓住我和海波后衣领的两个男人止步了。他们不约而同地回了头,目瞪口呆地望晓玥。钢琴声停了。别人们的歌唱也停了。整个三层楼一时鸦雀无声,只晓玥站在走廊尽头,背触墙角而唱:

雄关漫道真如铁,
而今迈步从头越,

从头越，

苍山如海，

残阳如血。

除了《沁园春·雪》，那是我最喜欢的一首毛主席诗词。也是我认为谱得最好的一首。我喜欢它的悲怆壮美。

一扇扇门开了，一些男人女人悄无声息地走出了，默默排列走廊两侧，都目不转睛地望晓玥，都全神贯注地听她唱……人们的目光中充满了惊讶和惊奇。晓玥唱罢，片刻的肃静之后，一阵掌声！而"我的"晓玥却早已是泪流满面……一位五十来岁的男人走到晓玥跟前，问她是否还是学生？晓玥含泪点头。又问她是哪所中学的学生？海波抢先开口替她回答了。"我知道你，让我们谈谈。"那男人说着，将一只手臂搂在晓玥肩上，护着她似的与她一块儿进了一个房间……揪住我和海波后衣领的两只大手自然早已松开了。我和海波不禁相互交换替晓玥暗暗感到庆幸的目光……那些欣赏晓玥的人告诉我俩，正在和晓玥谈话的是大型演唱会的艺术总监……我和海波自觉使命已经基本完成，便都如释重负地走到了外边，并坐在最低一级台阶上耐心地等晓玥。

不到半小时她出来了。我和海波同时站起，都以猜测的目光望着她的脸。都希望无须开口问，便能从她脸上获得到我们所期待着的那一种答案。但晓玥脸上除了泪痕，并未呈现着什么与以往特别不同的表情。她那样子仿佛大梦初醒，不知身在何处。

海波忍不住嚷："你倒是开口说话呀！告诉我们个结果呀！"晓玥仰头看了一眼省歌舞团的牌子，反问："我们刚才真的进去了？"我说真的，真的！"那么我唱了歌，许多人鼓掌，有一位男人带我到一间屋子里去谈话,也不是我的梦啦?"我说不是,不是!晓玥的目光从我脸上滑开,注视到了海波脸上。"海波,走近我。"他疑惑地看我一眼,不明所以地走近了晓玥。

她抓住了他的一只手,紧紧按在她脸上。从前,在大街上,少男少女那样子是被认为很有伤风化的。海波不禁心虚四顾。而也的确有行人驻足,望着我们这三个神情怪异的六六届初中毕业生。晓玥轻声问:"我心跳得多快,是吗?"海波也轻声回答:"是,跳得快极了。"而我从旁醋叽叽地说:"人的心脏不在右边,在左边!""那人说我唱得好极了!说歌舞团太缺像我这种年龄的独唱演员!说我经过培养,肯定能成为一名优秀的独唱演员!总之……总之他让我回家等待通知!说如果一切顺利,我能直接参加他们的大型演唱会!……"

晓玥显然根本没听到我醋叽叽的话。她只目不转睛地注视着海波,只对他一句接一句地说。而且说得急促,说得兴奋,说得幸福。她眼里和脸上,都焕发着无比喜悦的光彩……

忽然,他们紧紧拥抱在一起了。不但紧紧拥抱在一起了,而且……而且他们的嘴唇长久地吻在一起了……那是在从前呀!那是在省歌舞团的台阶旁,兆麟公园门前人来人往的地方呀!是在光天化日之下呀!……

我难以确切地说清,究竟是海波先拥抱住了晓玥,先吻的她,还是晓玥先拥抱住了海波,先吻的他。那情形发生得太快,太自然,也太惊世骇俗了。

我转过了身。我的目光望向了别处。我自己的心不但也跳得快极了,而且针刺似的隐隐作痛……那是十七岁的我第一次在现实生活中看见两个人紧紧拥抱在一起还长久地互相吻着——而一个是"我的"晓玥,一个是我最好的朋友……如果我不转身望向别处,我便只有眼睁睁地看着他们那么亲爱的情形。

谁说人不应该嫉妒朋友呢？不应该的事这世上几乎每天都在发生着。而嫉妒朋友的人也几乎在一切人群中都存在着。那一天我体会到了嫉妒自己最好的朋友是怎样的一种心理。我想它肯定比嫉妒敌人要强烈十倍，引起的痛苦也要剧烈十倍。虽然我没有什么敌人……

跨过街道就是兆麟公园的正门。海波和晓玥手牵着手跑过了街道。他们已经买了票，晓玥才无意间望见了街道这边呆如木鸡望着他们的我。她对海波低声说了些什么，海波又跑回街道这边，跑到我跟前，请求我别生气，请求我理解他俩。因为他俩太高兴了，一时忘了我的存在绝非成心的。当然，他也几分虔诚几分言不由衷地希望我和他俩一起进公园去玩儿……

我觉得他的虔诚和他的言不由衷差不多是对等的。我苦笑着推说家里有活儿等着我干，说罢转身便走……回到家里之后我照了好几次镜子。凝视着镜子里的自己，在事实面前我不得不暗自承认——我的眉太黑太粗了，我的嘴唇太厚了，我一向表情呆板，满脸傻气……而海波不但具有一副运动员般健美的身材，脸还很英俊。用今天的说法，他很帅，气质很酷，甚至可以说已经具有了一名美男子的性感……

凭什么我居然敢一厢情愿地认为晓玥是"我的"呢？而且海波是家境比较优秀的知识分子家庭的独生子，我不过是瓦工的儿子，我家里那么穷，我身上常表现出底层少年的粗野……

我多么可笑多么荒唐多么无赖呀！他们原谅了我胡说八道欺骗他们的卑劣行为，已经足可证明他们对我算是够友好的了！那一天十七岁的我开始明明白白地告诉我自己，我在海波和晓玥之间的角色应该是怎样的，绝不允许是怎样的。理性超前地在我少年的心里结霜。那是自己对自己的明智。也是自己对自己的冷漠无情……冬季的第一场雪又下起来了。海波踏着纷纷扬扬的大雪又来到了我家里。我正坐在炉前的小凳上一边看《希腊悲剧选》一边守着粥锅。我拖给海波另一只小凳，他也一声不响地在我对面坐下了。我遗憾地说我也没去看晓玥参加了的那一场大型演唱会。我那么说是真的觉得遗憾，同时又不无责备海波没给我送来过票的意思。

海波说晓玥并没去成省歌舞团。因为她有什么严重的海外关系。而且她的父亲早在反右时期拒绝接受"特嫌"审查跳楼身亡。原来晓玥并非哈尔滨人，而是北京出生的姑娘。六十年代初随母亲被遣送到哈尔滨来定居的。她的母亲由于她父亲的事大受刺激，三天明白五天糊涂的。海波还说，为了成全晓玥的愿望，他自己的父母都热心地参与了帮助，亲自引荐晓玥去见了市歌舞团的老朋友们。市歌舞团的人们也都非常欣赏晓玥的歌唱天赋，但也因她的家庭问题都爱莫能助……

海波竟开始吸烟了。

我将他刚吸了几口的烟夺过，从炉口投入炉中去了。他又弹出了一支接着吸起来。我连他叼在嘴上的第二支烟和他手中的烟盒统统夺过，一起投入炉中……

他没恼，双手抱头唉声叹气。

我陪着他唉声叹气。

从炉门四周泄出的火光闪耀在我们脸上。我们的心却为同一个姑娘感到寒冷……

在那一个冬季里，有不少部队的文工团到哈尔滨市招收文艺兵。从十四五岁到三十多岁年龄几乎不限。我和海波四处探听消息，一次次陪着晓玥去应试。晓玥在每一批应试者中都是出色的。但晓玥每一次都被理所当然地淘汰了资格。当年，部队的政审比省市文工团的政审尤其严格啊！……

晓玥的歌唱之心却百折不挠，愈挫愈坚。海波是恨不能明天就见到她"一朝沟陇出，看取拂云飞"。我怎么可以用消极的话语泼灭他们不泯的热望，"忍剪凌云一寸心"呢？……

听说哈尔滨市周遭的几个县也在扩编文工团，我和海波陪晓玥去过了每一个县。那真是一个需要歌舞、鼓励歌舞，文工团在神州大地处处开花的时代啊！现在想来，那样一个太热闹太疯癫的时代，是不可能不走向途穷路末的啊！尽管那一时代需要歌声需要唱歌的人像营养不良的人民需要蛋白质和脂肪一样，却哪儿都拒绝海波心爱的晓玥的歌声。她的家庭问题像缝在她胸前的"红字"。没有人了解之后不冷淡地大摇其头。在某一个县的文工团，色眯眯的文工团长还对晓玥口出狎语、动手动脚，把晓玥吓哭了，逃出了办公室……

那个多雪的冬天寒冷无比。

翌年六月，也就是一九六八年的六月，十八岁的我在全校首批报名下乡了。不是为了去边疆"改天换地"，也不是为了去炼一颗什么样"红心"，而是义无反顾地去为家里挣一份钱……

离开城市前两天我向海波告别。

他说："如果你认为不会给你惹来什么麻烦，如果你想带几本书去，你就下菜窖自己选吧！"我下菜窖去选了三本书——《希腊悲剧选集》《忏悔录》和屠格涅夫的《初恋》。之后我们相对无言，望着窗外飘舞的大雪陷入一阵长久的沉默。我终于忍受不住那种离别前彼此欲说还休的沉默，问他是怎么打算的？他仍望着窗外，专持一念地说："晓玥的事没结果，不管谁如何动员我，我都不会离开城市的！"之后我们又陷入一阵长久的沉默。我起身要走时他才将目光从窗外收回，注视着我直率地问："就不和晓玥见一面？"我无所谓地说："算了，你替我道一句别吧！"其实，我不仅仅是去与他告别的。其实，我很在乎能不能再见上晓玥一面。当海波送我走到院子里，又说："你等着，我去告诉晓玥，你还是当面与她告别的好！"他一说完便进到晓玥家去了。我站在院子里，站在他们两家之间的地方，站在鹅毛大雪之中等着再见晓玥一面。内心里满怀着对于海波理解我的感动和感激。如果他最后不那么说，我就不会痴情地等在雪中。片刻后晓玥出了家门。她穿着一件红色的毛衣，显然是顾不上披棉衣了。我说我两天后就到北大荒去了……她说她母亲又犯病了，没法儿请我进她家去坐坐……之后我们三人之间又彼此都不知说什么好了。晓玥望着我，我望着海波，而海波望着晓玥……大朵大朵的雪花无声无息地往我们身上落……我们都觉得不应该无话可说似的告别了，心情又都分明的被一种欲说还休的迷惘所笼罩。终于还是我首先开口了。

我说："晓玥，进屋去吧！即使我到了北大荒，我也会天天为你的歌唱愿望而祈祷！"

晓玥霎时泪盈双眼。

她说："谢谢你临走了还关心着我的事儿！"

她向我伸出了一只手……

我轻轻地握了她的手一下转身而去……

十八岁的我仅三次握过女生的手。而且握的都是外校的像那英的晓玥的手。三次握她的手三次的心情那么不同。那感觉后来沉淀在我的记忆里，变成了对一个姑娘的印象的化石……

我走着走着不知不觉泪流满面。

我的初恋穿插进别人的初恋中，好比鸽子错落在别人家的窗台外。我只有朝很远的地方飞去了，但我会记住那别人家的窗台。因为它使渴望初恋的我，体会过类似初恋的情愫。类似的，也必含有那种类似的糖分啊！……

在大雪中，我深一脚浅一脚地走，一边在心中反复默诵歌德的诗句："我爱你，与你何干？我爱你，与你何干？我爱你，与你何干？……"

十一月，海波也随第五批知识青年到了北大荒。经他自己要求，被分在了我那个连队。在重新改编班排时，我指名将他"讨"到了我那个班。从此我成了他的班长。

由于他是独生子，由于他自幼在比较优越的家庭长大，由于他一向过的基本上是无忧无虑甚至有点儿娇生惯养的生活，艰苦便成了他最初的日子里所不能适应的。他劳动时拈轻怕重，不会干活儿，也不太想会干活儿。他常生病。有时是真病了，有时是装病。劳动中嫌脏避累并且每每装病请假或要求照顾的知青，是很难在知青群体中受到尊重的。他不在乎大家尊重不尊重他。有我庇护着他，别人对他的轻蔑，毕竟不至于闹到公开化和放肆的地步。但是他绝不惹是生非。也绝不敢违规犯纪。更不敢说什么怪话。他基本上是一名安分守己的知青。我成了他的班长以后，才开始渐渐观察到他谨小慎微、胆小怕事、事不关己高高挂起、明哲保身、自私自利的另一面。我认为是他天生的性格使然。我班里的其他战士可不这么看。他们认为是他的德行问题。我不与他们争执。该庇护他时，依然庇护。

我是唯一了解他心思的人。而且几乎了解他的一切心思。他三分之一的心思是他自己主动向我透露的，另三分之一是我经常问出来的。最后三分之一他不说，我也不问，但我清清楚楚地知道是什么……

其实他最主要的心思仍体现于对晓玥的关心和牵挂。他的父母虽同是知识分子，却并不属于被划入另册的那一类，虽也到干校去了短短的一个时期，但很快就被调回城市"归口"了。也很快就获得了单位"革命委员会"的信任和重用。所以他对父母并不牵挂。倒是他的父母特别牵挂他。不仅频频给他写信关心地询问他的方方面面,而且经常给他寄来包裹。所以他是一名绝不缺少任何一种营养的知青……

他常在宿舍里熄了灯以后,亮着手电将头缩在被窝里读信。家信当然用不着那么偷偷摸摸地读。那么读的是晓玥写给他的信。他也那么偷偷摸摸地给晓玥写信。从前,所谓"早恋"在知青中也被认为是"不良思想意识倾向"。被连队政治思想工作者们顽固地这么认为,也被某些太自觉地改造自己灵魂的知青们这么认为。我却并不这么认为。因为晓玥使我从十六岁就陷入了一往情深的一厢情愿的单相思式的早恋。我每一想,只不过觉得自己可怜,而从不认为自己可耻……

有一天海波居然和别班的一名知青打起架来。他被打出鼻血了,对方眼眶青了。我将他们拉扯开,将他拽到宿舍外一个僻静的地方大加训斥。

"你看!"——他从兜里掏出封信朝我一递……

是晓玥写给他的信。

晓玥她在信中写道——她和他的关系只能结束了。因为她不可能撇下她的母亲于不顾,按照他的要求追随他到北大荒来。那么她在城市里就得有工作,就得挣份工资维持母女二人的生活。她母亲虽常年不能上班,但以前单位是发给一些生活费的。自从她满十八岁了,她母亲单位就停止再发那份生活费了……

晓玥在信中宣布她要嫁给一个比她大十五岁的男人了。因为他是个很有些职权的男人。因为他不但保证能帮她找到一份工作。而且还能满足她登台演唱的夙愿——只要她做了他妻子,她便可以成为一个有几万名工人的大工厂的脱产宣传队员……

她最后在信中写道——自己决心已定,不会改变,也永不后悔……

我明白了海波打架是因为他要通过一种不寻常的方式进行宣泄。

我还他信后说:"对于晓玥,她的决定也未尝不是一件幸事。"而他就狠狠扇了我一耳光。

我理解他内心的痛苦,但我想不出一句可以表示安慰的话……

三天后,海波做出了一件使全连大为震动也大为轰动的事——他擅自离开连队回哈尔滨去了,之前连我都没告诉,我竟也丝毫都无预先的觉察。

我拿着他留给我的所谓"请假条"去向连里汇报时,连长和指导员都大为震怒,对我吹胡子瞪眼,训斥我这名班长是废物。我因此写了检查受了处分……

海波也首创了我们连的一种纪录,那就是"开小差"的纪录。我们生产建设兵团具有军队性质,当年将他的行为上升到"开小差"也不算过……

倘事情仅仅如此并不太会严重地影响海波后来的命运,晓玥后来的命运也将在好坏两说之间。

但是不久有更为严峻的信息传到了连队——海波他是出于憎恨的冲动才回到城市里去的。他找到了要娶晓玥为妻那个男人,他向对方脸上泼了一瓶镪水。最初的信息说对方的脸被毁得一塌糊涂,根本分不清哪儿是鼻子哪儿是眼睛了。后来更确切地信息证实并没那么惨重,但对方脸上将落下丑陋的疤痕则是肯定无疑的。

海波被城市里的公安机关逮捕了。罪名中最重的一条是"残害革命干部"。

因为他是兵团战士,而我们兵团设立有军事法庭,他后来被从地方法院移送至我们兵团的军事法庭。

一个月后他被宣判了十年徒刑。他的知青生涯刚开始不久便结束了。从此他由知青变成了兵团某劳动监管营的犯人。十年正好相等于下乡时间最长的知青在北大荒度过的岁月……

那以后我就再没见过他……

我第一次探家是在一九七〇年的六月。

记得我是在回到城市的第三天晚上七点多时去海波家的。他的父母一和我谈起他就流泪不止。这使我难免心生出一种大的罪过感。因为我不仅是海波的知青班长，而且是他最好的朋友呀！我总觉得他出事了，似乎我也有着一份难以辩说的责任……

他父母请我坐在靠窗的椅子上。两扇窗敞开着，初夏的晚风习习，正是丁香花开的季节，我却没有闻到那沁人肺腑的芬芳。他家的那株老丁香，已枯死在窗前的小院里了。

菜窖口支起着，月光和灯光的交相辉映之下，支起着的菜窖有什么东西闪闪烁烁——那是一张蛛网。

我想到了菜窖里那一箱书，却没敢问。也不忍问。

晓玥家窗前那株老丁香也快枯死了，但还未彻底的死，在几桠死枝上，开着二三簇淡紫色的小花儿。开得那么的纤弱，又开得那么的怯懦——我从一扇窗里看到了它们……

我吞吞吐吐地向海波的父母问起了晓玥。虽然晓玥她不可能再是"我的"了，但我也同样不可能不关心她的命运。两种不可能加在一起，我想便是初恋几乎令一切世人难忘的主要原因了吧？

海波的父母又流泪不止。他们告诉我晓玥好可怜。说当初死活也非娶她不可那个男人，实际上卑鄙地欺骗了她。他信誓旦旦地向她保证的一切，婚后一条也没做到。而且，他成了她合法的丈夫以后，就虐待起她来。对她开口便骂，举手便打，更不允许她回到自己家来照顾一下母亲……

他们说海波回到城市，也只不过想再见晓玥一面。是听了晓玥的哭诉以后，才决心进行报复的……

他们说他们也再没见过晓玥。只知她怀孕了，离婚了，下落不明了，而她的母亲被民政部门送往精神病院了……

我问海波的父母，我可不可以跳进小院儿去，将那几簇花儿折下来带走？

他们允许了。

回到家里，我找了个罐头瓶，将丁香花养在水中。直至我离开城市返回北大荒那一天，它们仍开着，仍散发着那一种具有淡淡的苦艾味儿的芬芳……

以后两次探家，我没再去海波家。主要因为我已不能带给他们什么关于海波的情况。还因为，我觉得也不能从他们那儿获得到什么关于晓玥的确切消息……

一九七四年我上大学了……

一九七七年我分配到了北京……

八十年代初我再回哈尔滨，海波家那一片居民区已经不存在了，他家不知搬迁到哪儿去了……

直到一九九六年，在一次北大荒知青的聚会上，我意外地与海波重逢。

他告诉我，他的命运其实也不像当年风传的那么惨。"珍宝岛事件"时，他写血书要求参加知青担架队，竟获批准。表现英勇，立功受奖。于是解除了对他的劳动改造，恢复了知青身份。返城后他一直在一家经济效益不错的家具厂工作，并且当上了副厂长，分了房子。他妻子是家具厂的会计。他们的孩子在读初中……

他给了我一张名片。他说:"比上不足,比下有余,日子过得还行。"我期待着他能向我提起晓玥。但是他只字未提。也许他知道些什么,不愿告诉我。也许他什么也不知道,无从告诉。也许,他早把晓玥忘了。可不嘛,都三十来年前的事儿了。这么长的时间,能使人彻底忘了许多事儿。许多人不是已经忘了许多事儿吗?

他未提。我也未提。我也有些不愿提。但是我忘不了晓玥,想忘都忘不了……

近年,中国出了多少歌星啊!一茬又一茬地涌现着,层出不穷。而且阴盛阳衰。那些被叫作也喜欢自称是"女孩儿"的女歌星们啊,真是想怎么酷就怎么酷,想怎么唱就怎么唱,而且,几乎想唱什么歌就唱什么歌。她们唱得特来劲儿,活得也特自我……

偶而,我也听她们在电视里唱歌。那时,我就又会想起晓玥。屈指算来,她也该五十岁了。五十岁了的晓玥她如今在哪儿呢?生活怎样了呢?会不会也下岗了呢?

人有按照自己的愿望靠自己的天赋选择职业的权利。这是多么正当多么起码的一种权利啊!但是从前,许多人都没有这一种权利。晓玥便是被剥夺了这一种权利的人之一。有些权利,后来的时代还可以重新还给人。但是另一些权利,显然的,在人年轻时被剥夺了,也就等于终生被剥夺了。中国反省和纠正这一错误,用了三十余年的时间。如今时代和社会,为成千上万的晓玥提供证明她们歌唱天赋的机会。达不到公开登台演唱水平的,可以去唱卡拉 OK,也可以在家里随着歌碟唱。无人喝彩,自我陶醉自我欣赏,别有一种满足在心头……

时代能这样多好!社会能这样多好!爱唱歌的男孩儿女孩儿们能尽情地唱歌多好!也许,从前的那一个晓玥,长的一点儿也不像那英。我觉得她像那英,只不过是我的记忆的一个错误罢了。就像时代也会犯错误一样。只不过是我的想象的一个错误罢了，人的想象没有不犯错误的时候。

今天这个时代，依然有许许多多令我们无奈、令我们无助、令我们烦愁、令我们气愤、令我们有理无处说的方面。但我从来也不敢据此便认为从前比现在好。

起码，现在时代反省和纠正自己的每一个错误，再也不需要三十余年那么长久的时间了！时代有无穷尽的三十余年，而人有几个呢？我仿佛常听到晓玥的声音在从前孤独无助地说——让我登台唱歌吧，难道我唱的不好吗？我不敢见今天的晓玥——如果她还活着的话……